『花』文丛

野莽 主编

星空下的火车

陈应松 著

中国言实出版社

图书在版编目（CIP）数据

星空下的火车/陈应松著.--北京:中国言实出版社,2019.10
（"锐眼撷花"文丛/野莽主编）
ISBN 978-7-5171-3207-3

Ⅰ.①星… Ⅱ.①陈… Ⅲ.①中篇小说—小说集—中国—当代②短篇小说—小说集—中国—当代 Ⅳ.① I247.7

中国版本图书馆 CIP 数据核字（2019）第 210233 号

出　版　人：王昕朋
总　监　制：朱艳华
责任编辑：代青霞
责任校对：崔文婷
出版统筹：史会美
责任印制：佟贵兆
封面设计：竹　子

出版发行　中国言实出版社
　　　　　地　　址：北京市朝阳区北苑路 180 号加利大厦 5 号楼 105 室
　　　　　邮　　编：100101
　　　　　编辑部：北京市海淀区北太平庄路甲 1 号
　　　　　邮　　编：100088
　　　　　电　　话：64924853（总编室）　64924716（发行部）
　　　　　网　　址：www.zgyscbs.cn
　　　　　E-mail：zgyscbs@263.net
经　　销　新华书店
印　　刷　北京中科印刷有限公司
版　　次　2020 年 1 月第 1 版　 2020 年 1 月第 1 次印刷
规　　格　880 毫米 ×1230 毫米　1/32　9.5 印张
字　　数　217 千字
定　　价　39.80 元　　ISBN 978-7-5171-3207-3

山花为什么这样红
——『锐眼撷花』文丛总序

  在花开的日子用短句送别一株远方的落花，这是诗人吟于三月的葬花词，因这株落花最初是诗人和诗评家。小说家不这样，小说家要用他生前所钟爱的方式让他继续生在生前。我从很多的送别文章里也像他撷花一样，选出十位情深的作者，自然首先是我，将他生前一粒一粒摩挲过的文字结集成一套书，以此来作别样的纪念。

  这套书的名字叫"锐眼撷花"，锐是何锐，花是《山花》。如陆游说，开在驿外断桥边的这株花儿多年来寂寞无主，上世纪末的一个风雨黄昏是经了他的全新改版，方才蜚声海内，原因乃在他用好的眼力，将好的作家的好的作品不断引进这本一天天变好的文学期刊。

  回溯多年前，他正半夜三更催着我们写个好稿子的时候，我曾写过一次对他的印象，当时是好笑的，不料多年后却把一位名叫陈绍陟的资深牙医读得哭了。这位牙医自然也是余华式的诗人和作家：

"野莽所写的这人前天躺到了冰冷的水晶棺材里,一会儿就要火化了……在这个时候,我读到这些文字,这的确就是他,这些故事让人忍不住发笑,也忍不住落泪……阿弥陀佛!""他把荣誉和骄傲都给了别人,把沉默给了自己,乐此不疲。他走了,人们发现他是那么的不容易,那么的有趣,那么的可爱。"

水晶棺材是牙医兼诗人为他镶嵌的童话。他的学生谢挺则用了纪实体:"一位殡仪工人扛来一副亮锃锃的不锈钢担架,我们四人将何老师的遗体抬上担架,抬出重症监护室,抬进电梯,抬上殡仪车。"另一名学生李晃接着叙述:"没想到,最后抬何老师一程的是寂荡老师、谢挺老师和我。谢老师说,这是缘。"

我想起八十三年前的上海,抬着鲁迅的棺材去往万国公墓的胡风、巴金、聂绀弩和萧军们。

他当然不是鲁迅,当今之世,谁又是呢?然而他们一定有着何其相似乃尔的珍稀的品质,诸如奉献与牺牲,还有冰冷的外壳里面那一腔烈火般疯狂的热情。同样地,抬棺者一定也有着胡风们的忠诚。

一方高原、边塞、以阳光缺少为域名、当年李白被流放而未达的,历史上曾经有个叫夜郎国的僻壤,一位只会编稿的老爷子驾鹤西去,悲恸者虽不比追随演艺明星的亿万粉丝更多,但一个足以顶一万个。如此换算下来,这在全民娱乐时代已是传奇。

这人一生不知何为娱乐,也未曾有过娱乐,抑或说他的娱乐是不舍昼夜地用含糊不清的男低音催促着被他看上的作家给他写稿子,写好稿子。催来了好稿子反复品咂,逢人就夸,凌晨便凌晨,半夜便半夜,随后迫不及待地编发进他执掌的新刊。

这个世界原来还有这等可乐的事。在没有网络之前,在有了文学之后，书籍和期刊不知何时已成为写作者们的驿站，这群人暗怀托孤的悲壮，将灵魂寄存于此，让肉身继续旅行。而他为自己私定的终身，正是断桥边永远寂寞的驿站长。

他有着别人所无的招魂术，点将台前所向披靡，被他盯上并登记在册者，几乎不会成为漏网之鱼。他真有一双锐眼，撷的也真是一朵朵好花，这些花儿甫一绽放，转眼便被选载，被收录，被上榜，被佳评，被奖赏，被改编成电影和电视，被译成多种文字传播于全世界。

人问文坛何为名编，明白人想一想会如此回答，所谓名编者，往往不会在有名的期刊和出版社里倚重门面坐享其成，而会仗着一己之力，使原本无名的社刊变得赫赫有名，让人闻香下马并给他而不给别人留下一件件优秀的作品。

时下文坛，这样的角色舍何锐其谁？

人又思量着，假使这位撷花使者年少时没有从四川天府去往贵州偏隅，却来到得天独厚的皇城根下，在这悠长的半个世纪里，他已浸淫出一座怎样的花园。

在重要的日子里纪念作家和诗人，常常会忘了背后一些使其成为作家和诗人的人。说是作嫁的裁缝，其实也像拉船的纤夫，他们时而在前拖拽着，时而在后推搡着，文学的船队就这样在逆水的河滩上艰难行进，把他们累得狼狈不堪。

没有这号人物的献身，多少只小船会搁浅在它们本没打算留在的滩头。

我想起有一年的秋天，这人从北京的王府井书店抱了一摞西书出来，和我进一家店里吃有脸的鲽鱼，还喝他从贵州带来的茅台酒。因他比我年长十岁，我就喝了酒说，我从鲁迅那里知道，诗人死了上帝要请去吃糖果，你若是到了那一天，我将为你编一套书。

此前我为他出版过一套"黄果树"丛书，名出支持《山花》的集团；一套"走遍中国"丛书，源于《山花》开创的栏目。他笑着看我，相信了我不是玩笑。他的笑没有声音，只把双唇向两边拉开，让人看出一种宽阔的幸福。

现在，我和我的朋友们正在履行着这件重大的事，我们以这种方式纪念一具倒下的先驱，同时也鼓舞一批身后的来者。唯愿我们在梦中还能听到那个低沉而短促的声音，它以夜半三更的电话铃声唤醒我们，天亮了再写个好稿子。

兴许他们一生没有太多的著作，他们的著作著在我们的著作中，他们为文学所做的奉献，不是每一个写作者都愿做和能做到的。

有良心的写作者大抵会同意我的说法，而文学首先得有良心。

野莽

2019年9月

目 录

弥
留

爹是在大风来临的冬季告诉我们他快要死了的。一个人能预言自己的死期，往往是一辈子修炼、佛法高深的老和尚。可爹不过是一介草民，一辈子与泥土和大山为伍，吃的是苞谷，喝的是土酒，一个从土里扒出来的老人，怎么会知道自己的死期呢？

"我就要去了，要上路了，可这些日子什么也没有。"他这样说。

他要的是什么呢？我们这些后辈百思不得其解，只能听他长吁短叹。他忧心忡忡地望着野外。这样的日子，寒鸦把田垄啼得一干二净，风把石头的皮都要扒下来了。常绿针叶树在山上显得如此孤单。只有一些给女娃们染指甲的红枝子果倒是鲜艳异常，在那儿抖擞。

"你需要什么才能上路？"我们问。

老人家摇摇头。

两个路过的乡政府干部见后，断定我爹患上了一种忧郁症。这病闻所未闻。两个乡干部说是城里人得的，这病慢慢"流传"到山里来了。乡干部说，得了这病后，会产生妄想和幻觉，看什么都不顺眼，看天天昏，看地地暗，要吃一种"百忧解"的药。

那药吃了让人昏昏沉沉，情绪就好了，看天天蓝，看地地白。

爹只要一碗酒。爹说："我能喝进去，就活着，喝不进去，就死球了。"

我们端着满满一碗苞谷酒，酒里还掺了蜂蜜。餐餐如此，哄着他喝下去。可这一次，这一天，他说，他不能喝酒了，吞不下去了。

他说："硬是吞不下去了。"

他的麻栗色胡子浸泡在碗里，酒没见浅去，这证明他滴酒未进。

这是多么伤心的事情，爹要死了。天上大片大片的蓝雾降了下来，从山顶的雪线那儿，往洼子里滚动，气势森然，不可名状。屋脊上的炊烟都被这阵势吓乱了，贴着柿子树的胸径悄悄往沟里蹿去。到了傍晚，归牧的羊群发出凄凉的叫唤，仿佛在为一个即将死去的老人恸哭。晚上，风小了一些，梦呓般的山岚浮在河谷上，和无力的水声一起加深着冬夜的寒意。往田里看去，月下的青桐树干边围着的辣椒梗和苞谷秸秆，缩在一堆，像一些鬼鬼祟祟的野牲口和坏人。

"爹，你究竟要什么？"我们问他。

我们想着，他是不是怕增添儿女们的负担，还是想要的东西太难。你什么也带不去，还要这人世的东西做什么呢？这世上他真的很留恋啊，毕竟有他留恋的东西。可他说："这些日子什么也没有。"他要的东西多啊！

我们要把他舒坦地送走，让他最后谢别人世时，得到那一点可怜的喜乐和满足。

奄奄一息的爹滴水未进，但到了晚上，就异常兴奋和清醒。

他要我们别把后门关上了，从那条通往山沟的小路，他死去的亲人会来看他，同他说话的。

他躺在垫有狼皮的褥子里，蹿进的风把火塘的火星吹得四散飞舞，梁上的马灯在风中摇晃着，狗冻得瑟瑟发抖。我们听见了他亲切的说话声。

他说："毛娃子！"那是五十年前我们死去的哥哥。

他说："傻鸡巴，你吃黄豆炒猪尾，我也爱吃。你不能在山上绝收的那年偷老五叔的黄豆，人家是'五保户'哩。人家两斗笠大的田，政府划给他的，能收多少！一个孤老，还不是想收点黄豆炒了磨牙齿混时辰！我打了你，你咋跑呢，咋就跳了……"

他说："毛娃子，我对不住你。有条猪尾，从你跳崖的那年我就留着，等你回来炒黄豆吃的。我种了那么多黄豆，都在田埂上。我等你回来。毛娃子，有人说你叫野牲口吃了，有人说你流到宜昌去了……猪屋在，你可要回来？黄豆与苞谷我都套种了，今年的雨水太重，明年就好了……"

后来，他又跟我们一个死去四十年的姐姐说话。他喊着姐姐的名字："银花，你看你，这么走路还可以嘛。你为何含着那根火烧苞谷嚼出声来呢？嚼出声来了，让公社主任发现了，那我不打你！打跑了你哥，我打你，手下重了，想把你腿打疼，不让跑，可一打，打断了你的腿。你喊疼啊，我说是装的。那腿就烂了，我用锯子锯你那烂腿的时候，你说你想吃火烧苞谷，可你妈到公社劳动去了。等她回来，你不在了……银花，妮儿哦，你回来快烧苞谷吃，快烧着吃，香哩……"

什么黄豆呀苞谷呀，他尽提吃的事儿，他说起他一个舅舅，也叫他的名字，说："三刀，你的酒甄子到哪儿去了？公社来没收时，你提着甑子上了山。你这个酒虫啊，炒石头喝酒——把石子儿用油盐炒了吮，吮一口喝一口。吮净了，洗了再炒。没吃的。几年下来，一盘石子被吮得像珍珠，服了你哟，三刀。"

在白天，爹睁着深陷的眼睛，一个个都不认识了。端着酒，鼻子不吸溜，像端一碗水去，然后，艰难地摇摇头。

我们抬他出去，在太阳出来的时候。山光秃秃的，田也是。爹摇摇头。

他要的是一条青翠欲滴、叶子覆盖的苞谷路吗？他让我们抬着他，一路能看到苞谷翕翕地生长，然后到苞谷蹿茎，到苞谷吐缨，到苞谷成熟，然后在苞谷收获的歌声中，在喷香的日子里闭上眼睛死去？

爹在想着，他躺在棺木里，带鞘儿的划手的苞谷叶子，一路扫着他的棺木。金黄的棺木，碧绿的风，暖和而又明亮。太阳就像蛋黄似的，直往他的坟坑里泻。

我们就说了："爹，你再坚持半年，把酒狠狠地喝了，然后，你指挥我们，明年是种'老牛牙'呢，还是'大籽黄'？是种'美国二号'呢，还是种咱神农山里的'白马牙'？'白马牙'也不错呀，秆儿高，根又壮，不怕涝，不怕旱。早茬儿顶凌下种在三月，五月就算你挺不住了，一种上全是苞谷绿油油的响声，你看忒美的……"

爹点点头，又无望地、苍凉地摇摇头。一个老人，在即将死去的时候，世界是苍凉的。谁也不知道他的心思。人真是捉摸不透的啊！

苞谷路，他一准说的是苞谷路，我们断言。冬日真是忧郁的日子。

远嫁的姐姐回来，骂我们浑，随行带来个西医。可那西医要给爹输液时，找不到血管了——爹饿得已经没有血管了。姐姐给爹熬了一种很稀的苞谷糁子，加了点麝香。麝香是开窍通脉的。爹问："这是什么香啊？"

　　姐姐没好气地说："还不是苞谷酒香！"

　　"哪里有这种苞谷？我种了一辈子苞谷，没见过这种……"

　　"它叫'妮子贱'！"姐说。姐又说："你病得这个样子，还什么人都记得，老舅也没忘哩，记得我吗？"

　　爹摇摇头。

　　"不记得了？"

　　我们说："姐，你又没死。他只记得死去的人。人越老越记远事。"

　　"啊呀！"姐说，"你们别打岔，看我不是在给爹说话哩，我不是在喂我这个有良心的爹吗？！"

　　姐说："你当年就为了三十斤苞谷酒，把我嫁到了南山里。提亲的酒拖来了，你闻了闻酒，臭涎挂三尺长，说，哈，好酒，好酒，至少在地下埋了三年。让我到南山种苞谷，那深山里有啥好吃好喝的？只有种'妮子贱'，你爱吃吃，不爱吃不吃，咱只当没你这个爹！"

　　姐姐说着，泪水扑簌扑簌掉了下来，落在那糁子碗里。爹这时说话倒很清晰了，吐出糁子道："你还活过来了呢，那几个还没活过来！"

　　姐偷偷笑了，悄悄对我们说："我是在激他。这老头儿，中气十足哩，好像吃了石子似的。"

　　姐一笑，满脸皱纹。她这个年纪，已有五个娃儿，南山里山大人稀，计划生育抓不着。这五个娃子因为穷，一个个都在山里刨食；姐姐已有孙娃儿了，满头白发和一张清瘦如柴的脸。我们至今还记得她嫁出去的样子：大大的头，鸡一样的颈。那一年山洪暴发，没吃的，刘蒿家将几只淹死的老鼠也剥皮吃了。可我们家突然有了三十斤地封子酒，这不是大地主啊？爹见了那个驼子女婿，说，好啊好啊，俺满意。那一年，爹因为有了三十斤地封子酒，被大家推举为村长。他上任之初，就带领全村男村民，去追剿一只饿成皮包骨头的饿狼，一直追了三百里地，追到陕西的秦岭。

打狼的老村长，我爹，现在没了英气啦。姐姐带来的麝香也刺激不了爹。他的眼睛睁得大大的，看着屋外。那些天，能见度少有地好，白茅的穗子一个劲儿向太阳的方向摇摆，头弯得低低的。太阳呢，太阳一闪就不见了，变成了月亮。冬天的月亮是土黄色的。爹看不见月亮，但看得见月光，混在夜空里，靛青色的，带着愁雾，把人家的屋檐和树影拉了过来，拉到他眼际处。白茅和打破碗碗花的絮挂变成了焰火般飞散的冷色，仿佛土地在爆炸，就是这样的。我们希望爹的眼光跟我们的一样，跟我们看到的一样，感受到的一样，并且认为这种景色也是很美的，值得人在这个季节死去。

可爹咽不下这口气。

他们叫来了我爹的一个老伙伴，叫山顺。山顺老汉从椴树丫过来，喘着气，他来跟我爹说话。他抽烟。爹让他抽烟。

他就说："老弟，时下的地膜育种，其实在阳历二月头就可以下种了。在山脚下就是这样。有一年冬天，姚大元试着让竹子出笋，出冬笋，就把锯木场的锯末收来壅在竹园里，壅两尺厚，嘿，还真出了笋——你吃不吃笋啊老弟？"

"今年的雨水太重了。"爹说。

"明年呢，明年你掐算看看？"

"明年我早死球了。"

"你咋会死球呢，老弟，我都没死球你咋会死球？你比我小这个岁数。"山顺老汉伸出两个指头——一个大拇指，一个小指。

爹看着山顺的手，并不惊奇，甚至毫无反应。

"今年的雨水太重，把地都刮干净了，地没肥，还叫地！"爹说。

爹说："天晴后，那么大的螟虫，农药它都不怕，也怪哩。"

"你买了假农药啊！"山顺老汉喊道。

"嘿嘿，农药太多了，认不准。"

"今年我就没下地啦，"山顺老汉说，"儿孙不让我下地，说该休息啦。可人闲不住，想满山走走，这不，来看你来啦。"

"走走？哪片山是你的？走啥呀，树都让人砍得光秃秃了，啥都不长。"

"老弟，明年你看吧，明年，定是满山满山的树，满山满山的苞谷，"山顺老汉说，"明年定是个好收成。到时我再来约你，老哥俩去山里走走，说不定还能打下一两只锦鸡和麂子呢。"

"呵呵。"爹闭上眼睛。

爹对山顺说："你倒是个浪荡子。"

"嘿嘿嘿。"山顺老汉像个老小孩一样笑了。

"山好哩，"山顺老汉说，"山如今也热闹哩，冬月又怎样啊，小到一个虫子，大到一棵树——柿子树，热闹着哩。有那么多好吃的，腊肉蹄子，烘起来的火塘那么高，又凶恶又肥大的懒狗，还有懒鸡、懒猫、懒牛，热闹着哩……"

爹没理他。

山顺老汉怏怏地走了，说："无救了。"

可叔叔说，不是的。叔叔说，让他们的妈来"劝劝"他。他们的妈——我们的祖母已死去多年了，如何让她来"劝劝"？爹这些日子在晚上与死去人的对话中，根本没提到他妈。他跟我们说过，他恨她。

在夜晚来临之后，叔叔就从后门里进来了，坐到爹床头，说："哥，妈来看你来了。"

爹在黑暗中说："可远咧。"

叔叔说："又不是咱爹。"

爹说："爹不知落脚到哪儿了。"

爹停了一下，又说："妈，你就唱个田歌给我听。"

叔叔只好捏着嗓子唱起来：

薅了这半天，

客们要吃烟，

烟是相思草，

歇会儿找相好，

……

爹说："老二，别装神弄鬼了。我就要去见妈了。她的坟，在咱地里咧，我的坟……"

"不是选好了吗？就在妈的坟旁。这个你放心，你就是为这个落不下心吗？"

"狗屁!"爹发脾气了。

过了两天,大雪飘飘。这日子让人越来越忧郁。爹不是患了忧郁症吗?忧心忡忡的,你要死了,你还这么忧愁。可你过去不是这么一个人啊,爹,过去你是没有小心肠的,心肠硬得像石头,这辈子,没见你叹过气。你说,从十岁起就开始开荒,种了荒,荒了种,在石头缝里硬是刨出了三亩地,可惜合作化那会儿,咱交了公。在这块地上,咱打死过一头豹子、一只野猪、十几只山狸和猴子。还与邻家发生过械斗。咱是不怕人的。

爹什么也不能吃,声音也慢慢地小了,沙哑了。

生命就是这么慢慢、慢慢地被阎王收走的。

村长来了。村长一脸麻木。见过了太多的老人死去。

"噢?唔。"村长说,"老哥,好呀你!你好呀!好你个酒仙,酒都不能喝了。你自己酿的那个酒,带进棺材去。"

又说:"老村长呀老村长,嘻嘻……"村长怪笑起来。他说:"按规定,老村长死了,可补助三百元,我就是拿钱来的。"

村长放下三百块钱,说:"还没杀猪吗?赶紧杀。还没漆寿材吗?赶紧漆,冬天漆难得干。"

"都备好了。"我们说。

"哈,那我就不走了,喝一杯。"村长说。

村长喝着酒,说:"坟向阳吗?"又说:"你那是块好地。"他声音很大,怕爹听不见,端了两杯酒到爹床前,递过去一杯,说:"接班人向交班人敬最后一杯酒。"

"我还没死啊!"爹用喉咙细细地说。

"那祝你万寿无疆,永远健康!"

"球。牛傻。"他唤村长。

"啥事？"

爹向他伸出一只瘦骨嶙峋的手。村长疑惑地望着他。

可爹的手又慢慢、慢慢地放了下来，又闭上了眼睛。

村长叹了一口气，说："唉！听说他患的是忧郁病。城里的病传得可快哪。钱也治不了它。"

村长拍拍他放下的三百块钱，醉醺醺地走了。

我们看出，爹是有话要跟村长说。可他又不说，留着，掖着，就像有满腹的心事。

——爹真的是心事重重了哩，怪爹，怪啊！

腊月的最后一天，鞭炮响起了，过年的鞭炮响起了，爹撑不下去了。我们说："要下种了，苞谷。"因为春天蠢蠢欲动，杨柳细瞧时，打了绿苞儿，草根下也有了青。我们故意在爹的床前选种，准备塑料薄膜，好像马上要下地耕塘整田，下苞谷种了。

可爹确实不行了。他那鹰爪般干瘦的手指着后门外，是又在呼唤他死去的亲人？不，不。他就是指着门外，想说一句话。他指着，又用手招着。

"村长。"他说。

村长忙得头昏眼花，在准备过年物资。他来后对我爹说："你究竟想要什么，你说啊！"

爹指着屋后，屋后。那儿有一片缓平的坡地，一棵树，一些泥垄，一些残雪，灰色的垄界植物。

"你要什么啊？"村长加大声音。

"……地。"我们终于听清爹的喉咙深处说出来的这一个字。

"地？你不是有地吗？二轮承包时，不是调给你好孬地共十二亩九吗？王三木的九分地，也调给你了。这样，把你母亲的坟也调到你地头上来，你老村长这下满意了吗？"

"那……那不是我的，"爹说，"那是……公家的。我想……我……"他指指自己，指指自己，手放不下。

爹原来是有这个心事啊。爹要一块自己的地，属于自己的，不是集体的。他想睡在自己的地里，私人的地里！

村长摇摇头，使劲地摇摇头："我无能为力。"

我们也摇头。当我们明白之后，我们也摇头，地都是国家的。一个老农民，爹，他一辈子耕种了土地，他想得到的，是一块属于自己的地，睡在那上面才踏实。原来是这样，他耿耿于怀，不肯离去啊！

豹子最后的舞蹈

我漫游在星星之间，我深知
即使它们都暗淡了
你的双眼仍能亲切地闪烁

——蒙塔莱

（某年某月，神农架一个年轻姑娘徒手打死一只豹子，成为全国闻名的打豹英雄。当人们肢解这头豹子时，发现皮枯毛落，胃囊内无丁点食物。从此，豹子在神农架销声匿迹了。）

在我生命的最后几年里，我整日徜徉在神农架的山山岭岭。我老啦，这种衰老是无法用言语来表达的。衰老就是衰老，包括我生命中的各种欲望。我现在唯一的欲望是进食，除了水，我还需要肉，带血的肉，嚼它，品尝它，伏在某一棵天师栗树下，或是一处灌木丛中，头上悬垂着紫色的"猫儿屎"和通红的老鸹枕头果。然后，我舔食那些动物们的血肉，带着满腹的胀意美美地睡上一觉，不惧寒露和星星，在沉沉的山冈上，在山谷里，重温往日的旧梦。

我是一只孤独的豹子，我的同类，我的兄弟姐妹，我的父母都死了，我是看着他们死去的。有的是无声无息地消失了，像一阵又一阵的岚烟，像一片掉落进山溪的树叶——它们是不会回头的。

孤独，是我们的天性。我们天生是孤独沉默的精灵，我们偶尔吼叫，那也是在没有同类的时候，用以抒发我们内心的心事，还有豪气。我们只想听听我们的回音，在山壁上的回音，在茫茫夜空中的回音。那是我们期待的回答。也就是说，我们只喜欢听我们自己的；有好几次，在我得意时，我看我喷发出去的吼声是否震落了天上的星星。我以为，我总能震落那些高傲的星星。后来应验了，在我的一声吼叫后，我看见西南角的星星像雨点一样滑落下来，半个时辰后还稀稀落落地往下掉。可是，我们的孤独是幸福的孤独，是知道在某一处山谷里还有着我们的族群，有着我们的所爱，有着我们的血亲……而如今，我的孤独才是真正的痛苦的孤独。没有啦，没有与我相同的身影啦，在茫茫的大山中，我成为豹子生命的唯一，再也没有了熟悉的同类。我有一天意识到这个问题时，好像掉进了一个无底的深渊，永远地下坠下去，没有抓挠，没有救助，没有参照物——那一定是时间的空洞，是绝望，是巨大的神秘和恐慌。在那种失重感的恐惧中，有一天我定下心来，我决定活下去。决不决定无所谓，我总得活下去，吃、喝、拉、撒、睡。

我渴望食物，以及在饱食终日中的温暖，这已经是我垂死挣扎的日期了，我的游荡步履蹒跚。我渴望着温暖，然而现在是三月，是严峻的三月，山上的积雪还没有融化，到半夜的时候，偶尔会飘上一场雪花，它们轻盈地落在我皮毛上的样子过去是抒情，现在是寒冷。对于季节的转换，我已经心如枯井了。我听见了麂子们清长的噢叫，那是对春泉的呼唤。在低山地区，农人开始了选种，他们要上山种洋芋和苞谷了。更多的南麦在早春的寒意中抖颤着，生长着，稀稀拉拉。在陡峭的山地上，这些麦子还不及大蓟长得茂盛而体面。我看见了大蓟吗？噢，它们长着坚硬的刺，面色发亮，就是在这儿，我与一头豪猪遽然相遇。只有豪猪才敢在这儿穿行，它们的刺抵御着大蓟的刺。豪猪找到了这样的乐园，也是一个讽刺。它们应该有更温暖的家，可是，哪儿比这儿更安全呢？在树木被砍伐过的地方，大蓟从海拔零米的地方开始了疯狂的翻山越岭，占领着那些只留下树桩和哭泣的空地，俨然成了山岭的主人。

我看着那只豪猪，在这样多刺的山头它也变得更加怒气冲冲了。我能征服它吗？我看着它毛刺倒竖的样子，我压根儿就没征服过它。可是，我想着它一身刺下潜伏的美味皮肉。我舔着嘴唇，可这头豪猪是如此鄙夷地看着我，慢吞吞地，知道我没有了力量，过去没有让我战胜，现在更加休想战胜了。

豪猪钻进了大蓟深处，接着惊起了一只红腹锦鸡，是一只母鸡。这曾是我的美味佳肴，我仰头望着它飞走了，我只能望着，并且不想等候它的飞回。我还知道，在大蓟中，也许有一窝蛋，一群嗷嗷待哺的雏锦鸡，但是我不能纵身进去。面对着大片的大蓟，我是无能为力的。

这是一个叫芒垭的岭子，我要到一个沁水的水窝去，我只好喝水。我小心地绕开猎人们下的套子，钢套和绳套，还有阴险的垫枪。我一共绕过了十几个套子。有一天，我经过一个叫凉风垭的地方，见到过一百多个套子。在这样套子的丛林里穿行，对我来说已不算一回事了，不然，我不可能活到如今，我的奇异之处使我成为最后的见证，成为所有痛苦的集大成者、焦点，成为痛苦中的痛苦、孤单中的孤单、死亡中的死亡。

我喝饱了水，看着自己的影子。在小水窝的周围，布满了更多的套子和黑洞洞的枪口，猎人们知道这种地方会引来喝水的猎物，所以野兽们总是匆匆地喝完水就匆匆地走了。而我却想在此待上一会儿。我累了，我得歇歇。再说，我不再害怕死亡，面对着那些喷火的枪口、滚珠、钢筋头以及更迅猛的铜弹，我没有了惧怕，死亡是迟早的事，而我已经躲过了一千零一次。我看着自己的面容，它丑陋，荒凉，魂不守舍，因饥饿而多少有几分哀伤。我听见了一个农人的歌唱，那是农人，不是鬼鬼祟祟的猎人，猎人总是一声不吭，且心事重重，农人总是欢乐的。他在暮色中唱着一首姐儿情郎的歌。我不知道这个季节他们在山上能收割到什么，只能是猪草吧。

"我要吃猪！"对猪的渴念使我不自觉地来到了一处我过去掩埋猎物的地方，我闻着那个地方依稀可辨的腥气，岩羊、青羊和麂子的腥气，甚至还有一只鬣羚的腥气。这只是臆想吧，这已经是多年前的故事了，雨水和时间早把它们美妙的气味冲得一干二净。我又爬到一棵古松上，这儿曾经挂过我的食物，挂过一只小野猪，一只小熊的后胯。

现在，我躺在古松上，刚才上树用力使我气喘吁吁。我望着四周，渐渐沉落下去的白昼，悄悄围上来的黑夜，我直发困，肚里饥肠辘辘。这时，我想念起我的兄弟来。他叫锤子。他总是喊着我的名字："斧头，斧头！……"我希望他是喊我的名字，而不是叫我"复仇，复仇"。可是，我听到的却是"复仇啊，复仇！"

老林里此刻又响起了这样的声音，我兄弟的声音。这是耳鸣吗？近来，我老是梦见我的兄弟，老是听他在梦中向我授意，要我复仇。这已经有几年了。

我与我的锤子兄弟很难说有什么感情，只是在母亲带领我们的那两年里，我们曾经亲密无间过，自从我们长大，被母亲驱赶着分离后，我们就各自占有了一个山岭，我们并不打招呼，我们熟视无睹。在发情的季节，我们甚至成了情敌，常常咬得鲜血直流。但是，我的兄弟老是出现在我的梦里要我复仇，喊着我的名字。他是如此固执，他的阴魂是如此固执。可是他不知道，我是如此势单力薄，就是有三十头豹子又怎样呢？复仇的愿望永远是不可能实现的。

我的兄弟惨死在我们共同的敌人老关的枪口。我说的"我们"，是指我们所有的野兽，不光只有我们豹子家族。我的兄弟的一只爪子被老关砍下来，将其掏空，做成了一个烟袋。这只"烟袋"的五只指甲完好如初，那就是我兄弟的手，它们张扬着，抓得死任何猎物，铁一样的，不然我们的母亲为何将他取名为"锤子"呢。我看见老关在我兄弟的爪子里掏出一撮烟丝来，放进他的烟斗中。那是一个很长的铜箍竹节的烟斗。在某一天黑夜的窗口，我在山头远看他吧嗒着，坐在火塘边，我的兄弟的爪子晃荡在火光里。

现在要说到老关的两条猎狗——"雪山""草地"了。它们是人类的帮凶，助纣为虐。我兄弟的最后一口气就是雪山咬断的，草地也曾剜下我母亲的一只眼睛。这些凶恶的猎犬，它们简直像青鼬和豺，要剜掉所有猎物的眼睛，它们伸出爪子挖眼掏肛，手段极其残忍。难道雪山、草地也是青鼬和豺的杂种吗？

我的兄弟是一只凶猛的豹子，但他缺根筋。他对家畜的攻击是十分稀少的，主要在自己的领地与那些温顺的偶蹄动物们过不去。不过，他就是不伤害一头家畜，可老关和像老关一样面孔的人都将把我们斩尽杀绝。可以说，在这块地方，遍地都是我们的仇人。我们和人类的对峙已经有若干万年了，现在这种对峙愈来愈强烈，最后的结果是，我们失败了，我们的亲人，都带着仇恨闭上了他们的眼睛，他们至死也不明白，人类为什么会这么强大，会对我们恨之入骨。我们总是躲着人类行走，这是母亲教给我们的。母亲说，不要惹他们，他们有枪。别看他们会微笑，他们的眼睛深处闪烁着嗜血的渴望。

　　说到我的兄弟惹祸，是因为他太自信太忘乎所以的缘故。那时候，他决定征服一只苏门羚，在当地，它叫大羊。这只大羊是从棺材山下来的。棺材山是青羊、岩羊和大羊们的乐土，甭说是我们，猎人也上不去。可是这只大羊出现在我兄弟的眼里时，我的兄弟产生了一股虚妄的激情。征服这上千斤重的大羊，我的祖先可能有过，但我没有见过。

　　我无法阻止他愚蠢的举动，我在我的山头隔着一条峡谷望着他。我甚至不给他提醒，我不敢贸然闯入他的领地。在这一点上，我像我的祖先——对自己的同类冷漠无情。我知道大羊是不好惹的。

　　我的兄弟在第二次见到大羊后，就决定对它动手了。他潜伏在一片老林和草甸的边沿，在那儿，他企图切断大羊逃跑的道路，因为大羊是在老林藏身，而又要在草甸上吃草的动物。它跟一般偶蹄动物不同，它喜欢纵深到草甸的更远处，不害怕没有逃跑和藏匿之路。在我兄弟动手之前的几天，我看到了大羊是怎样将一头觊觎它的老熊打败的。这是难以置信的，猎人不是有"一猪二熊三虎豹"之说吗？我的兄弟对此一无所知。

我的兄弟第一次接触大羊是在一个燠热的中午，在夏天，我的兄弟战胜猎物的欲望尤其强烈。他靠近大羊的时候，大羊十分警惕。我的兄弟是没有见过多少世面的豹子，他在打盹的时候看见了一只庞大的羊子，他打量它，因为他并不害怕这山岭上所有的生灵，除了人类。他一定在想，今日的晚餐解决了。但是他迟疑着，他一定在想怎么下口，这么粗壮的动物，怎么才能咬断它的喉管，怎么从它粗壮的肋骨下拉出五脏六腑来吃掉。可惜，他没有捕获这种庞然大物的经验，然而经验落后于行动，对于豹子来说，不顾一切的行动是它们生存的魅力，是它们作为一缕绚烂的光芒辉映于山岭的独特风景。就在这时，一声寒鸦的清脆的叫声打破了这儿的寂静，使大羊警惕起来，支棱起脖子四下望着，它看见了我的兄弟，那一团火，在蜷伏时也是危险的，于是它跑了，没命地向一面悬崖跑去。如此笨重的身体在它跃上悬崖的时候却又如此轻盈，简直像飞翔的石头。

但是，这片草甸是青翠欲滴的诱饵，大羊总会回来的。它吃了第一口，就会回来吃第二口。可以说，我的兄弟拥有了这山峦的一块草甸，他就拥有了丰衣足食，草食动物们都是一些要草不要命的笨蛋。

笨蛋又来了。这是第三天的下午，刚下过一场阵雨，树叶和草尖上都闪亮着晶莹的水珠，空气湿润，暑热消退。我的兄弟扑向了再次光临的大羊。我的兄弟在一些几近枯黄的箭竹和开满蓝花的羊角七藤蔓间穿行时竟然没弄出一点声响，我的兄弟简直是一抹灿烂宁静的晚霞，他在接近他的敌人。因为饥饿，他要咬掉素不相识者的喉咙，看它汩汩地冒血。

我以为这将是一场生死追逐，疯狂地追赶与没命地逃窜。然而，没有。我看到这只大羊只是在两个转弯后，在一块尖锐的巨石后面突然掉头对准了我的兄弟，出其不意地用它的犄角挑中了我兄弟的腹部。我看见大羊猛冲了！我看见了大羊的肌肉在阳光下聚积着！我看见了愤怒！看见了灰褐色的皮毛几乎要覆盖了我兄弟那淡金色的钱纹皮毛！我看见大羊向我的兄弟压过去！……如此凶猛的大羊，在这些羊类家族中，莫非还有抵抗的热血？我以为它们除了奔跑逃命就没有其他了。其实我清楚，这些大羊就是如此。我的兄弟却不明白。

我的兄弟的腹部显然受了伤。可是，他的英气和傲气不会使他退缩，这是不可能的，哪怕面临着一千只大羊，我的兄弟也会奋勇前进，以死相拼！

我看见我兄弟的血迸溅在那个山岭，这只是搏斗的开始。果然，我的兄弟迎了上去，他跃过尖锐的巨石，像一道闪电。在巨石后面，我看不见打斗，只听得见我兄弟的怒吼和大羊的号叫，大羊的号叫简直像一个生产的女人，这与它们的身躯极不相符。后来，终于打出来了。我看见大羊的犄角高挑着我的兄弟，我兄弟咬着大羊的脖子。不知为什么，我看见大羊挣脱我兄弟的嘴，松开它的犄角，没命地朝老林里跑去，一下子就没有踪影了。刚才的景象像一场梦，独留下我受伤的兄弟，留下他口里正在嚼着的一块大羊的皮。

我的兄弟的力气好像用尽了，他躺在草丛里，浑身发颤，他舔舐着自己的伤口，懒懒的眼神偶尔向远方望一下。他一定很疼，但他决不表现出来。

那一夜，我无望地望着我的兄弟锤子。我朝那个山峦望着，黑魆魆的山峦上高耸着巴山冷杉和粗榧的影子，夜雾一阵一阵地漫上来，在早晨的时候变成了云海。我和我的山岭，都在云海之上了，而我的兄弟却在云海之下，在稍微低矮的地方。就是那个早晨，我听见了枪声。

是老关的枪声。接着吹起了牦筒。云海突然消散了，在牦筒气壮山河的号声中，群山开始一阵一阵地发怵，打战。这是赶仗的号声，老关，和他的三个儿子已经跟踪了大羊整整七天。可是，循着血迹，雪山和草地最先发现的却是我受伤的兄弟。

雪山是一只雪白的母狗，草地是一只草狗，也是母的。雪山的叫声使老关的第三个儿子一跃而起，手拿着猎钩和开山刀向我的兄弟扑去。

后来，云海湮没了它们，湮没了猎杀与被猎杀，追捕与逃亡。我的兄弟是怎么跑的我不得而知，在太阳当顶的时候，一群猎人抬下的不是我的兄弟，而是大羊。

我的兄弟逃向了更高的山巅，可是老关知道，我的兄弟是会下来的，他要下山来喝水，他流了太多的血。山巅上扎不住他，那儿没有水，在这炎热的夏季。

第五天，我的兄弟重又出现在老关的视野里。

最先出现的是大片大片的苍蝇，它们围着我的兄弟。我兄弟的伤口完全腐烂了，腹部、臀部。可他的举止依然有着豹子的尊严，多肉的掌子踏着地时富有弹性和自信，但是那么多的苍蝇正在凌辱他，那些肮脏的小虫，它们知道了我兄弟的死期。

老关正在一个水坑边呼呼大睡，他的三个儿子至少有两个已经喝醉了，是一种地封子酒。而他的三儿子，正在全神贯注地将一撮头发捅进火铳的铳管中去——火药和子弹已被他填满了，这是最后的程序。

就在这时，垫枪响了，是老关早就安好的，我的兄弟绊上了垫枪的索子，索子上的引信拉响了，几乎在一秒钟之内，我的兄弟转过头去，那些钢筋头、滚珠就像碎痰一样向他飞来。老关的三儿子张大着嘴巴将铳举起来，老关和另外两个儿子睁开眼睛望着天空。可恨的雪山记住了我兄弟的气味，在我兄弟踉跄着倒下又准备奔逃时，它早就蹿到了他面前飞竖着尾巴，咬住了我兄弟的喉管。枪弹有几颗斜穿进腹部。我的兄弟的身子在倒地时是扭曲的，他看见苍蝇像烟雾一样散去，他的头触地，又扬起来；伸直，又转过去。他是想再看看那支阴险的垫枪吗？雪山的扑来遮住了他的眼睛。他是想先看一看，所以对扑上来的那条雪白的影子还没有认出来，他的喉咙已经堵住了，接着穿出一个大洞，从那儿流泄出血，也流泻出豹子的元气。

我的兄弟倒在水洼边，倒在碧森森的水洼边。这时的雪山还在拼命撕扯着我兄弟的脖子，草地也在一旁咬着他的后腿。我最后看到我的兄弟就是这样一副样子，无数的狗嘴和苍蝇正在啃噬着他。我的兄弟是渴死的，枪弹的痛感似乎都不算什么，我看见他的眼睛里映着水波的倒影，是那么碧绿，那么清澈。从此以后，我就拼命地喝水，那干渴的知觉传导给了我，我的兄弟告诉我的就是这些。我对水保持了特殊的爱好，在我以后的生活中，我找到了十几处水源，明的，暗的，高山的，低谷的。我想我一定是在替我的兄弟喝水。

我这么回忆我的兄弟的时候，"复仇"的嚣声小了，我的耳畔隐隐传来了麂子的叫声。现在，无论怎么听，这麂子的叫声都像在哭。虽然我明知道它们是在召唤同伴下山喝水。

我想去见一见我这些昔日的佳肴，逮住它们现在是很难了，我的步履不再轻灵、矫健，走路会发出响声，有时候会喘气，还会咳嗽。它们知道我是一只老豹，除了怜悯我，决不会害怕我。有几次，我跟它们坐在连香树下，周围是浓郁的、散发着怪味的牛蒡子气息。它们望着我，我望着它们，相安无事。今天我下去了，我除了想喝水外，还隐隐约约地闻到了一点腐肉的香味。我的嗅觉还在。于是我下了山，在一个流淌着巨大山泉的峡谷里，我终于看到了半只正在腐烂的麂子。这可能是失足摔下悬崖，也可能是中了垫枪，也可能是被野物咬死的。我无法拒绝这一堆难吃的肉，它至少可以填饱肚子。在我吃它的时候，我终于看清它是摔下悬崖的，它的后腿都断了。山顶上的积雪还很厚，它一定是受到了惊吓，才从有雪的悬崖上滑落深谷。

味道的确不好。通过这只麂子，我想起多年以前我曾追逐一只鬣羚，也是在冰天雪地里。它黑色的尖角和棕红的嘴唇对我充满了诱惑。我并不饿，我记得那一天我吃了太多的食物，是岩羊，是角雉，还是一只兔子，我记不清了。我只想戏弄它一下，我不想花那么大的气力去逮它，因为鬣羚的步伐也是众人皆知的。可是，勇猛的鬣羚，知耻负气的鬣羚，大义凛然的鬣羚，它竟跳崖了，舍身成仁了。我追到悬崖边，看到底下那雪地上正在痉挛的鬣羚，鲜血染红了白雪。我对它久久地致意，这样刚烈的鬣羚并不少见。在所有的野兽中，连最弱小的兽类也从来没有束手就擒过，面对死亡，它们一个比一个刚烈。

我实在难以咽下那样的腐肉，在它的后胯那儿我扯下了两块，囫囵地吞了进去，这只能使我更加饥饿，更加唤醒了胃囊对食物的渴望。可是我不能吃下这样的东西，我是一只豹子，不是獾，不是兀鹫或者一只苍蝇。

我踏上一个山脊的时候，见到了一只竹鼠。在洞口，我守着它，我想，如果我不能迅速抓住它的咽喉，我的皮肉就会被它的两颗门齿深深地扎进去。我放弃了这种危险的打算。我还是饿着吧，饿着吧，我已经习惯了饥饿。我头昏眼花地盲目乱窜，眼前甚至出现了幻觉。我不知道我何时走进了一个洞口，在两棵粗大的铁桦背后，我睁开眼睛时仿佛看见了我的母亲向我走来，嘴里叼着一只黄鼠狼。我看见了我的母亲，在淡蓝色的光线那儿走了进来，她的轮廓透着山林和草莽的气息，是那么新鲜。而那只黄鼠狼柔软耷拉的样子突然使我的眼睛湿润起来。

我站起来，像儿时那样迎向她，我心里欢叫着："母亲……"我会像儿时那样上去咬她的尾巴、耳朵，或者接过她的猎物，兄弟姊妹一起撕扯咀嚼起来，然后听着我们母亲的呵斥。我的母亲总是面目狰狞地呵斥我们，可她的心肠是最好的。有一次，她为我们抓捕一只岩羊，花了三天的时间，越过了几道大垭，还摔断了一只后腿，最后她瘸着腿将岩羊叼了回来。五天以后，因为不能远行捕食，为抓一只竹鼠，她竟用尚好的两只前爪刨出一米多深的洞，终于抓住了那个肥胖的家伙。

我本想去咬她的尾巴让她呵斥的，我还想吃那只黄鼠狼，可是我定眼看时，我的母亲消失了，洞外冰凉的风雾朝里灌着，发出怪嚣。"母亲，你在哪儿？母亲！……"

啊，我的母亲已经死了。在洞口，连她的影子也不见了。

我重又软下腿来，蜷在石头上，枕着自己的前爪。一只老鹰飞进洞来，搅起一阵凉雾。洞顶有它的暖巢。

我想念母亲。这是自然的。

我的母亲是一只美丽的母豹。那时候，我们住在白岩对面的山上。它离我们有几十里远，可是白岩就在我们对面，它壁立万仞，像一组巨大的远古的城堡。在傍晚，西天的太阳直射在它的壁上，蔚为壮观。我的母亲说，白岩给我们以激励，它的灿烂，是我们明天更振奋有力地活着的理由。白岩就在我们面前，四野是漫山的红叶，我们的童年在那样的环境中锻造着灿烂张扬的气质。有时候，我母亲呆呆地看着白岩，她支起前腿，尾巴铺成一个圆形，围着腰脊。这样的姿势让我赞赏不已。我母亲对我们说："你只有咬住猎物的时候你才是祖先。"那是在我们问起我们祖先的样子时。另外，我们的母亲还说："你只有咬住猎物的时候你才是豹子。其他什么时候都不是，是行尸走肉。"然而我认为我的母亲在遥望白岩上的夕阳时她也是豹子，而且是最优秀最伟大的豹子。因为那时候，她充满着神秘和威严。

在白岩的下面，峡谷的里叉河蜿蜒地流着，当它与黑河交汇，生出了一个奇怪的野种，它就叫野猫河，时常发出惊心动魄的吼叫声。在这样的吼声中入梦，不可能不让我们生出一股豪气，就连一片树叶掉落下去的声音也像虎啸龙吟。这儿，人们惧怕老虎，总是叫它们猫，如大猫，就是大虎；猫儿岭，就是虎岭；野猫河，其实就是野虎川。虎，早就是一个传说了。我曾见过虎，但是某一天早晨醒来，虎就无影无踪了。我的母亲和她的家族成了这一带的霸主。不过，我们的成员也十分厉害，那些呼啸生风的影子总是不明不白地消失了，等我们再期盼着他们重现时，才知道是梦境。伐木的队伍，正在飞快地卷上山来，各种套子和枪口都在搜寻着我们，还有与我们共同逃难的熊、野猪、豪猪、九节狸、麂子、大羊和鬣羚。豺和狼那些阴险的野兽也基本绝迹了。有一天，我看见一群修简易运木公路的人打死了一只豹子，它当然是我的远亲。我闻见了从野猫河的峡谷里升腾起的我的远亲的肉汤的气味。那是痛苦的香味。我还闻见了酒，闻见了一些脏歌的臭气，一伙男人的梦呓和他们伐木、炸石的声音。

我的母亲的死真是一场悲剧。就在我兄弟死后不久，我有一次踅到野猫河的峡谷里去看我的母亲。我的母亲对我兄弟的死总是保持着沉默和镇定。对我的到来，她并不欢迎，并像过去无数次驱赶我那样；自从我们长大，她就不允许我们再亲近她，视她的孩子为仇敌，冷漠、躲避和怒吼。是谁让我们变得这样呢？孤独，像一种吞噬我们的病菌，我们的祖先就是这样吗？谁不希望帮助与交流呢？可是我们不需要，除了我们自己。是孤独使我们灭绝的？

我的母亲拒绝了我。我原本只想去站在那一个山口，像过去一样，在白岩的金碧辉煌中重温我们的欢悦、激情和童年。可是，这已经不可能了。我们被远远地逐出了故地——不是别人，是我们的母亲。当然还有其他的，比如炸山的炮声，树木倒下的哀鸣。不过，我怨恨的是我母亲，对她的恨已经远远超过了那些山林的破坏者。我知道，我们一代又一代在这些怨恨中生活，隔绝了亲情，使我们更加孤独和寂寞，孤立无援，像一个又一个分散的游魂，而这正好让那些捕杀者将我们分而击之。

大火是在我沮丧地离开我的母亲之后的若干天里烧起来的，那时候，干旱袭击着整个神农山区。两个伐木的工人爬上工棚的顶层——也就是楼上，去欺负一个因病未上山的女工，煤油灯被那个女工打翻。

大火就这样燃起来了。大火燃烧了整整两天两夜。那两个夜晚，整个天空都是通红的，好像涂满了鲜血，烈焰腾空而起，烧得星星砰砰地下坠，野猫河的河水咕噜咕噜地冒着沸腾的气泡。到处是动物们烧焦的气味。在白岩，有几百只野兽跳了崖。那不是因为壮烈，而是因为疼痛。

我疯狂地奔逃，是因为我年轻，还加上我大约有一点感知未来的灵性。我跑上一座山头背向大火的时候，发现我的嘴里还叼着一只半熟的青麂。我嘴上的青麂是从哪儿来的呢？我浑身毂觫，已经失去了记忆，在这种旷世的惊恐中我用咀嚼青麂的肋骨来平息自己。当然，我无法啃动肋骨，我不是狗，不是老关的雪山和草地，但我必须不停地啃，啃。那时候，我只有一个信念，或者说只有一个意识：啃肋骨，啃它！我什么都不会做了，傻了。我想起我母亲告诉我们的：只有咬住猎物的时候你才是一只豹子，否则，什么都不是，是一堆行尸走肉。我现在咬着猎物（捡的），却感觉不出我是一只豹子，而是一堆可怜的肉，喘息的肉，死里逃生的肉。

这时候，我看见了我的母亲，她也在拼命地逃命！她在大火中腾跃，她就是一团火！可这团火在漫山遍野的大山里太微不足道了，这火将被那火吞噬。

我的母亲突然生下了我的一个妹妹，但是她朝后看了一眼——是在大火之上调头看的，我那妹妹就被大火烧着了，缩成一团。我的母亲再跑，她跑下了山坡，于是，我听见在野猫河谷里喊起了此起彼伏的芜杂惊呼："豹子！豹子！"于是，有一百多个人开始追赶我的母亲，他们手中拿着火把和棍子，有的还端着救火的木盆，用煮沸的河水向我的母亲猛泼。"豹子！豹子！豹子！"

悲惨的野猫河谷，疯狂地逃窜着我孤独的母亲！我看见她又生下一只幼豹——那是我又一个早产的妹妹！我那妹妹一落地就被狂呼乱跑的人们抓住了。我的母亲尾部淌着飞溅的血水，没命地跳入野猫河，在冒着团团热气的河中，越过一块又一块溜滑的巨石。

如果她能沿着野猫河顺流直下，就有可能逃出人们的围歼。在那儿，河谷愈见空旷，火势弱小。然而救火的人们放弃了救火，似乎擒拿一只豹子更能刺激他们莫名其妙的激情。他们围了上去，站在河边用石头砸，用棍子打。雨点般的石头和棍子就这样落在我母亲的身上。我的母亲在水中沉浮着，在石缝里腾挪着。我虚弱的母亲终于被他们逮住了。

谁都没有上去，人们只是用棍棒卡住她的头，又击打她的头。他们不敢上去，整个河谷是黑压压的人。我听见乌鸦开始了鸣唱，它们闻见了血腥。我的母亲被人们制服了，像一张纸那样趴伏在河滩上，石头和棍棒依然投向她。有几个人拿着一捆绳子来了，另外几个人用粗大的树干压住我母亲的头，使她不能动弹。可我的母亲，只要能呼吸，她就会咆哮，呼吸就是咆哮，微弱的呼吸就是轰天的咆哮。她的后肢在不屈地掘地，尾巴像鞭子一样左右抽打，刨出的沙石打在周围人的脸上。忽然，一个干部模样的人来了，戴着大草帽，高卷着裤腿，手上拿着一根扑火的松枝。在人们喊着"××书记来了"的时候，两个压杠子的人手突然软了，松了。他们压不住那个龇牙咧嘴的豹子头，那猩红的舌头，凸起的眼珠和锐利的牙齿使他们视久了胆寒。人类就是这样的一群东西，他们坚持什么都不能持久，他们总有惧怕的时候。已经一只脚踏入地狱的我的母亲——我相信她的肉体已经死亡了，未死的是意识和精神。就这样，未死的精神拖着已死的肉体，一跃而起，人们像软泥一样地给她让路，不是让路，是闪开。我听见那个尚未走近的领导大声说："好啊好啊，好啊好啊！"

对于那一次大火的记忆，我一回想起来就是那种劈劈剥剥狂烈燃烧的声音。我甚至记不起那是哪一年，哪一个季节。在大火和人声渐渐平息之后，我见到了我的母亲，那时我还在啃青鹿的肋骨。那是一种机械的啃，干燥的啃啃声并不是其他野兽的噩梦。我看见了我的母亲，她死亡的肉体和她清醒的精神出现在我的眼前。她身上的毛已经全部烧焦了，伤痕累累，头皮开裂了，牙齿也被打掉了两颗，尾巴短了一截，两个后爪血肉模糊……她完全是一团被大火和人们重新搓揉过一遍的苦荞面！我说："你是我的母亲吗？你不是我的母亲！不是的！！"

这不是我的母亲，不是那个望着白岩的灿烂辉煌的母亲，她没有了神秘，没有了威严，甚至没有了那一种温情脉脉的伤感——当她舔舐着我们，让我们扯着她的尾巴时，那壮烈激烈的母性。

我在内心里大声喊着，我的母亲却十分平静，我看见她流出了眼泪，泪水全是血。我们在远远的地方默默地注视着。我母亲眼里的血流尽了，她没有过来分食我的残羹，她艰难地站起来，向另一片没有燃烧的高山丛林走去。我记得，那片丛林里盛开着比烈火冰凉得多的杜鹃花。

在若干天之后，许是我母亲伤好了些，她开始想念她那两个早产的女儿，于是她冒着再一次的生命危险，走进了烧焦的野猫河谷。虽然一场大雨使另一些植物又从焦土里钻了出来，展示着新的超越疼痛的希望，但依然是满目疮痍。

我的母亲在那儿失魂落魄地寻找自己的孩子，在过火林中，在无遮无蔽的河谷，她完全忘记了保护自己，她已经神思恍惚。有时候，她呆呆地望着某一处，望着几根还顽强站着的烧成木炭的树干、漆树、锐齿栎和山毛榉。这时候，任何侵犯都会使她陷入死亡的绝境，可她全然不顾。她不知道，我的第二个被活捉的妹妹，早就被卖到了城里，在铁笼中，在遥想自己的山林故乡中，供人观赏。

神农架最老的猎手出现了。那一天，老关在他八十五岁生日的喜庆日子即将到来时，带着仅剩的两个儿子最后一次上山，猎获到更多野兽，圆毛（兽）扁毛（禽）。他的二儿子在扑灭山火的战斗中死亡了，他们家因此成了光荣烈属。

发现豹子的踪迹对老关来说无疑是一剂强心针，我们看到这位优秀的老猎人——我们的死敌是如此雄赳赳气昂昂。他的胡子迎风摇摆着，突然因亢奋而变得发硬；他用牛卵子皮制作的火药囊里装满了黑色的火硝，小布袋里装着的是滚珠、钢筋头和头发。他的大儿子拿的是一条半自动猎枪，他的小儿子依然拿着那个猎钩。总之，我们看到老关在劫后的山冈上没有减少丝毫的威仪，身板硬朗，除了脸色有些发灰以外，失子的悲痛没有一点残留在他的脸上。我还记得他穿着他儿子的服装，那衣服穿在他日渐枯干的身上空荡荡的。可以这样说，老关只不过是一个猎人的符号了，他跟我的母亲一样，肉体已经死亡了，而精神与意识还在。他的肉体是被岁月，是被无数的爬山、射击、下套子、剐皮、硝皮和肢解肋骨而消磨掉的。现在，它们已经遗失在风中，吹着牤筒的老关是他儿子们心中的幻影，也许他早就不存在了，突然出现的一只豹子唤醒了这个幽灵。

我的母亲被那牤筒叩击崖壁的嗡嗡回声拉回了现实。那是死亡追赶我们的声音，万山皆栗。悲惨呀，这样的声音总是轮番蹂躏我们的美梦，每响彻一次，就会使山上少一些生灵。啊，这是我们的丧钟，它是如此无情而漫长地在我们心灵的黑夜里不息敲响，使我们夜不能寐。我的母亲像无数次地逃亡一样，惊惶使我们获得了速度，而无边无际的仇恨使我们获得了冷静。瞧瞧吧，我的母亲，她才是一只真正的豹子，她伤痕累累，她面目全非，缺齿断尾，可她依然是一道黑色的闪电，在雪山、草地的夹击中，在猎钩中，霰弹中，在牦筒无孔不入的恫吓中，她向白岩跑去！在我的记忆中，白岩是无人能上去的地方，是远古的童话，是一片永远挂在那儿的天堂的风景。我的母亲要逃向那儿吗？她要跃上去，一级又一级的石头砌成的城堡，被岁月和风雨雕刻的城堡？她知道自己的死期已经来临了吗？因此，她要投向白岩的怀抱？

我看见老关的脸胖了起来，那个没有准星的老铳以强大的后坐力撞击着他衰老的面颊，可是我看见老关的脸通红了，头上的白发一下子变得猩红，连胡子也是。英武的老关，他不愧是一个好猎手，身手矫健，在山岩上如履平地，这是八十五岁的老关吗？我看见在他的怀里跑出了一只豹爪——那是他的烟袋，是我兄弟的爪子。他因为扣子跑落了，那衣服的胸前已经敞开，这使他看上去更像一个杀手。我兄弟的爪子击打在他的左胸，右胸。

我的母亲被钩到了，逃脱了。

我的母亲中弹了，逃脱了。

我只能说，我看得惊心动魄。可更加惊心动魄的是在后面，在我的母亲跃上一个又一个悬崖，大约在白岩半山中的一块野生芍药地里，那时候，那儿摇曳着一片让人眼酸的芍药的白花，仿佛是悼亡的花圈。我的母亲站在那儿，头顶是无法可上的千丈悬崖，脚下也是陡峭异常的峭岩。她是怎么出现在那儿，她是怎么跃上的，现在想来都是不可思议的事情。可是，面对着死亡的猛扑，什么奇迹都可能发生。

已经没有路了。我的母亲知道，那几个欺凌手无寸铁的弱者的猎人也知道，没有路了，无路可逃了。

我的母亲站在那个岩上，这时所有芍药的花都开始翻飞起来，是风，是风把它们翻飞的。风吹着我母亲身上的皮毛，它们虽然变色，残损了，可还是那么高贵，有着不可侵犯的威严，隔绝了任何下贱的企图与阴谋。那三个猎人和他们的猎狗望着她，立住了脚步，端着枪，像几块石头站在那里，高高地仰视着我的母亲。连那两条总是因狐假虎威而躁动不安的狗也没有了狂吠和喘气，他们在我的母亲那儿发现了什么？他们打量的是一个什么东西？是一头豹子，一个人，还是一棵树？或者是一尊从未见过的山神的雕像？

猎人永远是猎人，他们的枪是不会吃素的。我的母亲在他们开枪的一刹那，飞身下岩——我看见我的母亲跃下来啦！我的母亲扑向老关，她一定看见了她孩子的爪子，那是她的骨肉，她认识，她熟悉她孩子的气味，复仇的烈焰将临死前的抗争搅成一团。她落下的冲力将老关结结实实地压倒在地，而这时，枪响了，一股血液冲天而起，那是我母亲的血！我母亲的两只前爪下地时，一只抓到了老关的脸，一只抓到了雪山。

雪山如一只癞皮狗哀哀地嗥叫，但是草地成了这次杀戮我母亲的帮凶，它在两次狂咬过后，嘴上就衔着了我母亲的一颗眼珠。那时，我的母亲已经再也无力反抗了，她受了重伤。草地把那颗眼珠吞下肚里去了，草地嚼着我母亲的眼珠，在那只眼珠里，该映着多少美丽的愿望和仇恨！是的，她的仇恨是美丽的，只有正义的仇恨才美丽。

在沉落的太阳里，在万山的寂静中，他们背起我死去的母亲走了，空气中还时时拂来一股树木和山石焦煳的苦味，整个山峦都在那种巨大的隐痛里迎来了又一个山里的黑夜，它们不知道，我失去了母亲。

如今，我思念母亲，依然万山寂静，太阳沉落。烧焦的树木又长起来了，发出了新芽，但这并不能掩盖群山和我的疼痛。

昨夜，一场绵绵的细雨突然带来了温润，大片的戟叶星蕨和石韦都开始生出了鲜嫩的叶子，在草丛中，蒿白粉菌和一些盘菌伸展出来了，针芽岛地衣和大叶藓使我行走时出现了沁凉的溜滑。我清楚地记得我听到一些兽类们求偶的呼唤。这表明，春天开始从低山向高山浸润了，它将不可抗拒地感染世上的万物，感染一切生灵，提醒它们，复苏和交配的季节到了。可是，这对我又有什么用呢？

说来也巧，我见到的最后一个我的同类，是我的情敌石头。那是一个十分可人的季节，是在流泉淙淙的夏季，溪水边到处开放着金黄色的龙爪花和蓝色的沙参花。我在那里喝水时像出现幻觉一样看到了水中走来的一个倒影。我以为这世上只剩下我一只豹子了，可是我抬起头来看到了石头。我看见的他是浑身沾满了灰土和草棍的一只脏豹，一只从头到尾都丧失了豹子威仪的流浪豹子。只是，我看见他还算健壮，步子并不难看，也有着玩世不恭的机警。他不停地舔着嘴唇和牙齿，打着哈欠。他的身上，有与我肉搏时留下的伤口，另外一些不知出处的伤口，有的好了，有的正在好。他一见到我，告诉我的信息是，在后山的那片山林里，三只猴已经吊在了猎人的套子里。

"我好歹吃了一只。"他说。

这是一个快活的精灵。我问他："你还看见谁了吗？"

"我谁都没有看见，我在心里念着斧头的名字时，我还以为撞上了鬼呢。"

我说："你才是鬼！"

"你才是鬼！……"

"别争了，我们两人都是鬼好吗！"

我的情敌，快乐的石头，我们靠在一起，我们内心的话是通过眼神说出的。我们的交流靠的是眼神和心灵。我问他："红果呢？""她早就被人射杀了。"他说。红果，我曾经追求过她，那是我们共同深爱的母豹，可是她被射杀了。红果跟我生过一只豹儿，这是我在以后听说的，她在哪儿生产并抚养我们的后代，我一概不知，这不是我所关心的事了。我爱过她，短暂的爱，疯狂持久的搏杀，当然是与那些同样和我有着强烈欲求的成年公豹们。有一年，我打赢了石头。第二年，石头打赢了我。我看见，在我们用眼睛叙述红果时，我们流下了眼泪，我和石头，两个过去的冤家对头。

他告诉我他是怎样活到如今的，他向我讲述怎样躲过了猎人和套子，垫枪和陷阱，怎样从一个被砍伐干净的山头迁徙到另一座山上，然后再迁徙，迁徙，迁徙。他滔滔不绝，眉飞色舞，殊不知，活到如今是一个悲剧。因为活着的人比死者更痛苦。

"你想红果吗？"

"我想老虎。"

"你想斧头？"

"我想复仇。"

"你不是斧头，你是斧头的弟弟锤子。"

"我不是锤子，锤子早死了。"

"你想老婆。"

"我只想老虎……"

那时候，我们在野猫河谷里一个劲儿地说话。即使这个世界上只剩下我和石头，我们也不会团结在一起。只待了一天，友好、善良而开朗的石头给我叼来了一只林枭，就离开了我。为了抓到这只林枭，我知道他钻过恐怖的大蓟丛。我记得我还讥笑过他，说他是去找红果的。

"对，我找红果去啦。"

那是他留给我的最后一句话。在一个漆黑的夜晚，我走进了一个无名峡谷，意外地看见了石头的尸体。我分辨许久，终于看清了他身边还有一些没有吃完的死鱼，我又看见了河边上漂着无数的死鱼，一种比藤黄更毒烈的气味从水里散发出来。石头是吃了剧毒的鱼中毒死去的。他是一只经验丰富的豹，可是最后却死在毒鱼人的手里，还是不明不白地作为间接的受害者丢了他的性命。

他是一只强壮的豹，他可以捕到更好的食物，他不应该吃这种死鱼，他难道没有闻到鱼身上的毒气吗？可是，如今捕食愈来愈难了，就像人们捕捉我们一样。捕到一只麂子就是一顿最美的牙祭。他说，他是去找红果的，他留给我一只林枭，可他却饿着肚子。我的朋友，石头，你的死与我有关，是为了我能吃上一顿晚餐。

我用牙齿把他拖到干爽的高坡上，在卵石累累的河滩，我守着他，石头，我的朋友，在满天星斗下，我独坐无言。

　　有一天，我突然明白，只剩下我一个了，巨大的孤独感就疯狂地向我袭来。我向哪儿走呢？我坚持下去吗？无边的星空正在诱惑着我，可它在我的头顶，上不去的地方。从此，我将孤云独去。谁是我活着和死亡的见证？我想喊叫，我想狂奔，我想把山掀翻。我坐在那儿，一动不动。

　　我恋恋不舍地离开了我的朋友和情敌。从此，我再也没有交流了，没有任何目光的注视，没有关怀，没有牵挂和向往，什么都没有了。我一个人。我哑了，我变成了聋子，我的表情已经僵硬，在茫茫的星空下面，我在想我活着的意义。

　　"我要复仇！"

　　我的兄弟姊妹，我的母亲就是这样暗示我的，他们在丛林的背后，在树丫上，在山壁上，在阴森恐怖的河谷里，在星空之上，不停地向我暗示，他们挤压我，敲打我，所有的影子都是他们的影子，所有的声响都是他们的声响。树、云彩、鸟的啁啾、水声和风声，统统是他们的。我不孤独。只要我复仇，我就不会孤独，他们就会跟随着我，出现在我的眼际，抓住我的意识，将我从绝望的深渊里拖出来。

　　我先是花了整整一年的时间，去了我该去和能去的地方，我抱着不存希望的侥幸，企图能寻到被遗漏的、被上帝遗忘的更孤僻的同类，我在半夜的呼唤只能坠入更深的星空，整个山野都麻木了。真的没有谁了。这就是现实。

　　我走的时候是风雪弥漫，我重返野猫河谷还是风雪弥漫，这是来年或是第三年的风雪了，我记不清了，时间对我已无任何意义。

我的复仇计划很简单：咬死他！咬死他们！

山里的冬天是极其美丽的，阔叶植物都落尽了它们的叶子，而油亮的针叶树在隘口上，任凭寒风的摧折也始终挺立着，头上盖着雍容华贵的积雪。野柿子一树一树的，像点燃的灯笼，给这残酷的季节增添着让人无比激动的暖意。暖意是从心头开始的，如果你望着那些冬日的野柿树。

我走在雪野之上，可是我的心里却充盈着齐天的仇恨。我在问这是真的吗，这的确是真的。我那天站在我童年和我母亲及兄姊曾生活过的山崖，那些熟悉的身影都成了无边的往事，而垫枪还在，套子还在，新的套子与老的套子。下套人因为下了太多的套子而将其遗忘在某一处树缝里，山罅中。它们套着的是一具小小的骨骸，是一个腐烂多年后的小动物，钢丝已经生锈了，扎进了树皮中，但它们依然暗藏杀机，露着狞笑。当你看到这些，仇恨不会直撞胸怀吗？

我在山上仔细搜索着老关下的套子，没有。老关的套子是极其残忍的，他总是把树扳弯了将套子下在那儿，所有的野兽只要触到套子，就会被吊在空中，除非你挣断了脚爪，否则死路一条。当然了，就算不是老关的套子，任何人下的套子，简简单单的一个结，所有的野兽都没有这个智慧解开，因此，所有的野兽都无法逃脱人类的暗算。人类如此凶恶，而野兽又毫不设防，我们是不是注定了要灭绝在他们手上？

没有老关的套子，老关去了哪儿呢？

老关死了。

大约在我游历远山的某一天，年近九旬的老猎人老关，早晨从他的床上爬起来，借着强烈的窗外的光线掐着身上和衣领上的虱子。那些虱子们一个个都饱饱的，肚子里装满了从老关身上抽出的血。老关征服了整个神农架，征服了老虎、豹子、熊和野猪，却无法征服小小的虱子，虱子是唯一一个敢短兵相接与他作对的野兽——如果它也叫野兽的话。难道它就不可以叫野兽吗？老关吸着我们的血，虱子吸着老关的血，这真是"卤水点豆腐，一物降一物"。多年来，老关和他的儿子、媳妇、孙子以及那两条忠实的狗，都在经受着虱子的折磨。这大约是每天早晨的功课，他掐着虱子，对他的大儿子说："给我弄一碗熊油炒饭！"

他的大儿子说："爹，我们早就没有熊油了。"

"明明有一坛子，我埋在屋后的石洞里的。"老关说。

他大儿子笑了起来："爹，那是三年前的事了，你不早挖出来吃了吗？"

"放屁！"老关骂了起来，硬着脖子。他的身上，只有脖子是硬的，九十岁，他还是一个犟人。

可在一旁锯木头的孙子却说："老糊涂了。"

"放屁！"老关又骂，"你以为我的耳朵不中听了，你这个小杂种！"

老关在厨房的大媳妇擤着鼻涕出来了，搭上话说："爹，您在骂哪个？"

"我想骂哪个就骂哪个。"

他们给老关端来了一碗猪油饭，还是大儿子亲自炒的。可是老关把碗摔掉了："我要的是熊油炒饭。"

"这难道不是熊油炒饭？"

"猪油熊油我还分不清白？"

白天清醒的老关一入夜便犯起了迷糊，有一天他在自己的枕头边掐死了一只老鼠，对家人说："看，这是从我手里跑掉的那只大猫。"他说的是虎。有一天晚上，他爬起来用斧头剁掉了自己的一只手，送到大儿子床前，说："把它掏空了做烟袋。"

那天晚上，他的大儿子、三儿子和孙子把他抬到了大队的医疗室，走了三十多里山路，天亮时才赶到。医生给他包扎之后天就亮了，他也清醒了过来，到处寻找自己的一只手。他的后辈们说："您不是送给您大儿子做了烟袋吗？"醒过来的老关疼痛不已，号啕大哭，死活咬定说是他孙子给他剁掉的。因为他的孙子恨他，他的孙子与他同睡一床，他的孙子做梦都想让这个老家伙死掉，好独霸一张床一床被子，想怎么睡便怎么睡。

现在，他找他的孙子要他的那只手，他的孙子没有办法，只好逃到深山里去。三天以后才回来，回来先喝了两瓢凉水，就宣布了一个惊人的消息：他发现了一头老熊。

于是，孝顺的三儿子一个人背着浙江产的双管猎枪和他从小就使用的猎钩，独自上了山。他的三儿子长得五大三粗了，是一个十分不错的小伙子，头发硬黑，鼻梁端正得像烟囱，脖子上的肉简直就是些鹅卵石，山都扛得动。

这大约是农历九月，山里的冬天已经来了，苞谷全部归仓了，老熊因为再也找不到吃的，只好过早地冬眠。落下的树叶遮蔽了老熊敞开的洞口，老关的三儿子跳下一个石坎时，刚好落到老熊的洞中。老熊刚刚进入冬眠，在微茫中见有人跳到他身上，怒火中烧，一巴掌打过来，就将老关的三儿子打出了洞。三儿子的腰遭到了猛击，衣裳也全扯烂了，于是对着洞打了一枪，又打了一枪，再打了一枪。

三四百斤的老熊，老关的三儿子一个人把它给背回来了。老关说："快下它的四个掌子给我！"他的三儿子就下了熊的四个掌子交给了卧床不起的老关。老关的大儿子赶忙割下一块熊肉来炼了给老父亲炒熊油饭吃。

当他们把一大碗热气腾腾的熊油饭端到老关床前时，发现老关已经死了，一只熊掌被绑在老关的那只残手上。

老关的坟上还有几片没有落尽的纸幡，在风雪中飘扬着。当我端坐在老关的坟顶，我望着山下老关家的房子，在雪夜里好像坍陷了一般。我知道老关已经去了。他这一辈子，嗜杀了无数美丽的生灵，使山林变得单一，沉寂，安全。可他的死竟是如此平淡。特别是当我看到搁置在他家门外一个蜂箱边的土铳时，我记得我当时心里不知是什么滋味，说不出的感觉。那把铳因无法使用被丢弃在门外，任风霜雨雪和地气侵蚀，沉重的铁管锈穿了，枪托腐烂了。那不就是一块简陋的木头和一根破铁管吗？它并不威风，也不珍贵，它搁在蜂箱上什么作用也没有了。难道就是它，一次又一次在牤筒的激励下发出使群山震撼的声音，喷吐出辛辣的火药，一次又一次钻进那些无忧无虑、自由自在的生灵的身体中去，将它们击倒，让它们鲜血四溅，让山林笼罩在暗无天日的恐怖之中？就是这样的一个东西，就是这样的一坨东西，让人不敢相信。

我嗅了嗅枪管，依然有着丝丝火药味，背绳断成了两截，带着老关身上的咸味。这就是全部，让山林中、山峦上美丽的皮毛和行走奔突的姿势消失的全部答案。在它前面，勇猛的不再勇猛，矫健的不再矫健，欢笑变成了杀戮，春天变成了陷阱，阳光变成了黑夜，生命变成了怀念。

那个晚上，我在愈来愈肆虐的风雪中平静地哀伤着。我坐在老关的坟头，想着整个山林往日的欢乐，这个老杀手已经死了，就埋在这样冷冷清清的黄土山石之中，就这么冷冷清清地睡下了，无数的血债仿佛因这黄土的掩埋就不存在了，掩盖了，山林似乎本来如此，世道就是这样，没有罪恶和正义，没有仇恨和复仇。不可一世的猛士如此草草收场，一痕不留。可是，不，我复仇的烈焰突然在风雪中呼呼燃烧，不行，不是这样！老关没死！老关正向我走来！老关戴着平绒的瓜皮帽子，垂着双手，背着沾满血腥的背篓，腰间吊着牛卵子火药袋和镶着铜边的啄火的香签筒，老关麻木着脸，颧骨像悬崖一样冰冷突出，牙齿咀嚼着对山中所有生灵的不信任；老关多疑，神经质，野蛮，狡诈，小聪明，大愚蠢。老关向我走过来了。老关突然两眼射出绿莹莹的光芒，老关匍匐下来，雪白的绒毛像苍耳果毛一样竖起，老关摇着他肥茸茸的尾巴……

那是雪山！

雪山蹲在老关的坟头，而我已经悄悄地退到一棵野核桃树后。雪山用鼻子嗅了嗅，它似乎嗅到了什么气味，不过它发现不了我，我在下风头。

雪山老了，它的主人已经死去，它是每晚来坟上为老关守灵的，它与草地轮换。

这条忠实的狗现在对着风中的野猫河谷呜呜地哭起来。每晚如此。它的哭诉是如此真诚，跟狼的叫声没有两样。它老了，才这样无比深情地表达对主人的忠心。它哭着，瘪瘪的肚腹看得见清晰的肋骨。它浑身发抖，四肢打瘸，牙齿脱落。我一阵又一阵地惊悚，不是因为害怕，而是，被它的哭诉唤醒了什么。

我不再那么柔情，我坚信，仇恨在风中会越扇越旺。我没有想什么，甚至连仇恨都来不及想，我就迅猛地扑了过去，一口咬住了雪山的脖子。

它不能再喊叫了，它还有气，它望着我，像我捕猎过的许多弱小动物一样，眼里充满了哀求。我把它压在爪子下。我不去想什么，我阻止了我想什么的念头，我只是看着深夜的群山，在风雪中暗哑的群山，没有声音，我也没有往常的喘息——因为制服它只花了我三四秒钟。我把它踏在地上。"我就这么抓住了它吗？"我朝四周东张西望着，我低低地怒吼着，我十分伤感和茫然，甚至惶惑。

我放弃了它——雪山，我不想吃它的骨头，喝它的血。我没有了食欲，我跌跌撞撞地走在荒野上，仇恨忽然被揪心的怀念取代了。我的同类，我过去恨过你们，为争抢食物和异性，我们大打出手，恨不得置对方于死地，现在你们都去了哪儿呢？你们回来吧！回来吧！

我爬上了一座山冈，在呼啸着北风和雪子儿的悬崖上拼命地吼叫着，呼唤着："你们回来吧！回来吧！你们不能撇下我一个！"

又是一个黄昏到来的时候。

又到了我们豹子觅食的时候。我从山上望去，老关的坟头出现了草地和老关的三儿子。大雪掩盖了我的足迹，北风吹走了我的气味，他们什么都不知道。然而，他们警惕了。在老关的坟旁，又多了一道小坟，那是雪山的。

我瞄准了他们家的羊圈。

沉沉的风雪还在凌辱着这个山区，气温愈来愈低，我相信老关的三儿子和草地是抗不住这样的夜晚的。果然，在三更时分，老关的三儿子死拽着草地要它进屋去，可草地不干，高蹲在老关的坟头。这也是一条忠诚的狗！

我估摸着他们会在老关的坟周围下垫枪和套子。果不其然，四处都是套子。然后，我等着风向的变化，以便在进入羊圈时不被草地发现。我仔细观察，知道了羊圈被他们疏忽了。

一直到五更时分，风向还没有转的意思，而山里传来了沉闷如雷的声音，估计是山岩垮了。我无法再等待，我冲了下去，我跨进羊圈咬死了老关家唯一的一只母羊，叼起就走。

我跃过一个山坎就听见了狗吠声，草地发现了我，并且赶来了。

我跑。不是因为我害怕，而是想把它引得远远的，引出那家人的视线，引出那周围太多的垫枪和陷阱。虽然我成了一只灵豹，可在大雪中那些机关会让我防不胜防。

我的佯逃让草地中计了。草地是决不会放过我的，放过一只猎物。可是它不知道，它的后头没有了老关，没有了老关的儿子们，没有了枪和猎钩。老关家的人在草地追赶我时，正在爬满虱子的被窝里呼呼大睡呢。

我只好放下了羊，向有利的地形跑去，向更高的山上和更密的林子里跑去。

我有过两次闪失和趔趄，因为雪太深了。雪也把草地陷住了。有一次它猛跃过来，咬住了我的尾巴，我只有那条尾巴在外面，但我的尾巴一甩，就将这条狗甩到更远更深的雪地中去了。我反过来去扑它，扑了个空。积雪下面的树枝撑起的空洞里，灵巧的草地飞快地爬到了我的前面，冲出雪面，而树枝牵扯着我的躯体，我钻出来时，我们几乎同时跃向空中，在空中我看见了草地不顾一切的牙齿和利爪。就是这些利爪，抓出过我母亲的一只眼睛。"我要杀死它！"我的利爪更有力，那里全冒着火。我的牙齿全是用仇恨磨砺的，因此它锐不可当。

我知道我出了血，而草地——这只本地山水喂出的草狗，流的血更多。好吧，就这么着，看谁的血流到最后！我想起了我母亲的话，只有你咬住猎物，你才是一只豹子。我是豹子！我是豹子！我时时提醒自己，我是一只豹子。虽然这很悲伤，但我明确我的身份和遗传使我更加悲伤，我是得提醒我，因为我要战胜一切——凡是落到我手上的东西。在这一点上，没有正义和非正义可言。

我们翻滚着，打斗着，撕咬着。拳头大的冰雹砸下来，在这样的时刻，在白晃晃而又黑沉沉的雪夜里，鲜血和皮肉成了我们唯一看得见的东西。

我在一条一条地撕草地的皮。

它在一口一口咬我的花纹。

我从来没有见到过这样一条狗，它比老虎还凶猛，它究竟是用什么做的？它与我搏斗的冲动来自于哪儿？它为什么会对我们这些山野的荒客产生如此大的夺命仇恨？谁教会的？人类。人，人们。

我终于咬死了它。胜利当然属于我。想到人类，胜利就会属于我。

我用牙齿啃出它的眼珠，再啃出它的眼珠。一共两颗，我数了数，只有两颗。我找遍了它的全身，再没有了。如果再有眼珠的话，有一百颗眼珠，我也要一颗一颗地啃出来把它吃掉。我宁愿撑死!

我的伤口疼痛欲裂,在风中尤其如此。

我向山上爬去。

在渐渐发白的天色里,我流下了眼泪。我叼着草地,望着山野、河流和老关那低矮的坟冢。我疼痛且寒冷,草地的一腔热血没能给我御寒的力量。我走进了一个避风的岩洞,躺在冰凉的石头上,舔着自己的伤口。谁能救我?谁来安慰我?只有我自己。

我在山洞里躺了七天,我把草地吃得一点都不剩了,只留下一个狗头。我不能停下来,趁我还有着没被冰雪横扫去的激情,我要找他们,直立行走的东西——人。

我跟踪老关的三儿子一直跟踪到春天来临。

可是,我看见他的肌肉越来越发达,胡子越来越硬,目光越来越凶。

老关的三儿子叫太,老关的孙子叫毛。我听见他们这样喊的。毛喊他的叔叔叫太儿,太儿喊他的侄子叫毛儿。太和毛经常结伴而行。太的猎钩时时带在身上,我有一次看见他在河里甩钩,钩到了一条扁担长的娃娃鱼。我无法对老关的三儿子太下手。而老关的孙子毛更是了得。这个额头高耸,长着一个大耳轮的少年,在雪山草地死后,又喂了两条更狂暴的猎狗,一条叫黄土,一条叫高坡。黄土是一条黄狗,高坡是绿狗。高坡绿色的毛让人看起来就害怕。那是最好的猎狗,总是跑在所有猎狗的前面,而且咬住猎物决不松口,且有献身精神。而黄土就差多了,比较懒惰。于是毛总是拼命地打它,训练它,让它为一只鞋子十遍二十遍五十遍地跑进灌木丛去,寻找,叼出来,每次黄土身上不是有树枝的划伤就是有毛的鞭伤,而且浑身沾满了掰都掰不掉的牛蒡子。黄土躺都躺不下来，毛从不给它摘牛蒡子，一躺下，牛蒡子就扎着它的皮肉。因此，我看到黄土总是站着睡觉。这是毛对付黄土的办法。黄土看毛的时候，除了乞求，更多的是愤恨，可是毛看不到狗的愤恨。狗就是狗，狗愤恨他又怎样呢？再歹的狗也不会咬主人，你就是剁掉了狗的四肢，剜下它的眼睛，它还是忠于你，对你俯首帖耳，唯命是从。这是狗的本性所决定的。

太和毛上山种苞谷。

太和毛上山打猪草。

太和毛上山挖药材。

太和毛上山下套子，打野物。

春天的山上开满了如火如荼的杜鹃，毛肋杜鹃、粉背杜鹃、麻花杜鹃。高山的杜鹃是杜鹃树，是巨大的花树，不是一丛丛的，是一蓬蓬的，一蓬蓬的火，一蓬蓬的太阳和女人，一蓬蓬的跳动的心脏。

我想让他们分开，还有那两条可恨的狗。他们总会分开的，杜鹃之火不能烧退我的仇恨，我站在前沿，手握着仇恨的火器，我要战胜他们。

我看见他们吵了起来。他们总是吵架。

太说："毛儿，你不要这样驯黄土了，是什么样的狗就是什么样的狗，难道你爷爷没教你吗？"

"别提那个老不死的，"毛说，他的大耳轮在春阳里燃烧起来，像盛开的杜鹃，"我的狗肯定比他的好。"

"你骂你爷爷？"

"骂又怎样？骂了，太儿，你想把我怎样？"

"你这样跟你的叔叔说话？"

"我就是这样，因为我能超过你们。"

"你能有长辈的一半就不错了。"

"你算个什么东西啦，你打了几只老熊？那一只，洞里的一只，是瞎猫子碰死老鼠。"

"你跟你娘一样，你不是我们关家的种。你现在独霸了你爷爷的床和房子，又想霸占我那套铺盖，让我无家可归。回去跟你娘说，我不会分家的。你回去问问你娘，问她，为何昨晚在我的酒里下了三块羊角七。"

"那是想把你毒死。"

"好哇，毛，你有种。"

老关的三儿子太背着猎钩走了，吹着口哨。而毛站在那儿。他还小，可他并不小。他咬着牙齿的声音就像在嚼一头老熊，何况还有已经成形并准备随时投入战斗的高坡和黄土。

我知道我下不了口，虽然他们互相间的争吵不断，充满敌意，可一旦我出现，他们就会团结一致来对付我。

我现在的回忆实在理不清我当时冲动的理由了。我现在记忆力衰退了。我只能解释：因为那时我年轻，被仇恨烧灼的旺盛的生命，总会做出些意想不到的事。当然，还有，那就是我无法忘记的老关孙子的一双大耳朵。那活脱脱是老关的耳朵，是猎人的耳朵。所有猎人的耳朵都是这样的，他们为了攫取猎物，谛听山林的动静，长久的鬼鬼祟祟使他们的耳朵变大了，变长了，竖起来，耳轮上的每一根神经都外露，恨不得伸出爪子来。那些神经像树叶的经络，像雷达，因长久的亢奋变得紫红，更加诱惑着我们的胃口。

我就直冲下去咬毛的耳朵，直截了当地咬，心无旁骛地咬。

只有半只耳朵在我的嘴里，黄土和高坡就扑向了我。而老关的三儿子太也调转头来。

"豹子——！"

他的声音跟他的父亲老关一样，如此苍劲和肯定。"豹子"这两个字出自他们之口，不是意味着惊赏和赞美，而是子弹上膛的前奏。那一天，可惜他们叔侄二人都没有带枪，猎钩离我还遥远。一道白光一闪，是太的开山刀甩了过来，但没有砍着我，砍到了黄土的一条腿，黄土汪汪惨叫着夹起尾巴从我的身边退却了。

这帮了我的忙，我挣脱了高坡，向早已窥测好的线路逃窜。而这时，太和毛可着喉咙大喊"打豹子"。一时间，整个山梁上突然向这边涌来了几十人，都是扎在山缝里点苞谷和割猪草的人，他们手拿着锄头、镰刀，还有一些什么能下手和粗壮的东西，一起狂吼着："打豹子！打豹子！"

我跑啦！我快活地跑掉了，飞过一个梁子又一个梁子，一个垭口又一个垭口。我想起我嘴里含着毛的半只耳朵，等我停下来细嚼时，早就不知到哪儿去了，也许是因为紧张吞进了肚里。

我记得也就是那一年吧，我因为复仇的欣悦，心情说不清楚怎么一下就好了，至少看太阳是太阳，看山是山，看杜鹃是杜鹃。大群松鸦在树林上掠过的身影，短翅树莺清丽的鸣唱，都让我感动不已。我懒懒地睡在开满紫花的还亮草中间，看见树冠上一对依偎着的长尾雉，在另一棵山毛榉上面，一对豹猫正在暖融融的太阳里交媾。我还以为是两只小豹子呢，这种豹猫，皮毛上的花纹极像我们，但它们的样子更像猫而不像豹子。我看呆了，我看见它们呜呜叫喊着亲昵交配的场面，直感到自己浑身烦躁，身体的某一个部位正在悄然觉醒。

这天晚上，我梦见了红果。

我梦见了红果投向我的怀抱，她口衔着一朵最漂亮的红晕杜鹃，在山谷的岚烟和云海之上，她跑着，跃着，步态优雅。我说："是你吗？你是红果吗？"红果并不说话，红果只是深情地望着我，将那朵杜鹃放到我的面前。然后她后退着，支起前肢，依然深情地望着我。不回答我问话的红果跑了，在我问了十遍二十遍"你是红果吗"之后，她摇动起美丽的尾巴就跑了。她逢山过山，逢水过水，我追呀追呀，总是追不到她，快抓住她的时候，她又跑了。那么宽的峡谷她一跃就过去了，可当我也跃起来时，我发现我在往下落，落，落……我醒过来，我知道这是做梦，还未落到谷底我就醒过来了，以免摔得粉身碎骨。我的胸口怦怦发疼，我大口地喘气。刚才我梦到了什么？我听见远山近水有各种野兽的呼唤。它们在寻找着爱，被爱，缱绻的时刻。它们同时也在寻找着搏斗，显示胜利或者失败。

搏斗啊！搏斗啊！我灿烂的皮毛，强健的体魄，正当壮年，充满着憧憬和遐想，我的热血要为我的所爱而洒，肢体为我的所爱而残，我哪怕走到天涯海角，也要找到她！

我在半夜时分就启程了。说是启程，并不理智。在这样的日子里，没有什么是理智的。我的皮毛就是火，眼光就是火焰。我要烧掉我自己，让梦想熔化在另一个身影之中。

山重水复，征程漫漫。

我知道最后的结果是什么，我不过是把我的绝望重走了一遍。

我在情欲的发作中像一头瞎驴那么乱撞着，我怪叫着，怒吼着，龇着牙齿，爬上树冠，我要冲向云海，我要跃过高山，我要跨过河谷，我要跳涧，我要撞崖，我要把世界踏平。

048

一个又一个的晚上，一个又一个的白天，我在雨中，在雾气里不停地走着，我无法使自己停下来。为什么这世上只剩下我一只豹子了呢？为什么上苍让我如此强壮，欲火如此浓烈？为什么这样惩罚我，让我的身子不能绚烂一道山梁，而只能焚烧自己；让我的热情不能沸腾另一块红炭，而只能消损在我的自戕中？我撞头，我咬自己的爪子。我围着我自己的尾巴不停地转圈，直到把银河和星星全转入峡谷中，我倒地而睡。

　　这个春天，我整整咬死了二十多头山羊和绵羊，还有一些小猪。我只是咬死它们，我并不吃它们。因为我的心头撞着火，它们的血只会把它烧得更旺。

　　对我的围猎是空前绝后的，我是一只害兽。这一年，大约出动了上千人，守在野兽必经的道口，人们害怕，他们说，至少有十只豹子涌向了神农山区。有的人欢呼，豹的现身是一种吉兆，山林将重又充满活力，人们的枪声将更加清脆，光芒四射。

　　我能躲过所有的围猎，可我躲不过情欲。那些空守着我出现的围猎者并不知道，我一个人在更远僻无人的老林里，经受着多么痛苦的煎熬。

　　最后，与其说是我战胜了情欲，不如说是世界战胜了我，还有季节。

　　在瓦蓝发亮的充斥着马桑果醉意和鸦椿臭气的夏季里，我已经被我无处发泄的欲望折磨得形销骨立。我遽然之间衰老了，我弱不禁风，呆傻了，双眼麻木，嘴角流着老涎。我多肉的爪子也已经凹陷，走路失去了弹力，视物不清，老是生着眵目糊，讨厌的苍蝇围聚在我的眼前，赶也赶不走。

　　到了这年的秋天，我的精神和身体又开始恢复了。我补充了许多营养，特别是我抓到了一只青鼬，我尝试着追击它，虽然我的肛门被它划开了一道口子，但我还是把它降服了，让它成了我金秋的祭品。

秋天洋溢着金黄色的激情，可是山里的秋天非常短暂，一晃而过。

树叶开始疼起来，它们全都憋红了脸。我要趁这个季节踏上白岩！

来日对我不多了，我清楚。关于我将怎样死亡，我来不及想它，这也不是我要想的事，死亡到来的时候，你怎么想都是无益的。我看见过太多的死亡，我知道死亡是怎么回事。

我要踏上白岩，这个愿望并不急迫，虽然它成了我此生最大的愿望。时间还有，总之，死亡不会太早到来，这一点我有足够的自信和预感。

我要一级一级地从台地跃上白岩之巅，我要弄清楚一个多年的谜：白岩究竟为何吸引了我的母亲，她的一生，并没有去过那里，那个每天让她痴痴地遥望的、梦幻城堡似的白岩。

我在深秋的大雾中向白岩进发了。那儿当然可以躲避人们的围捕，那儿猿猴难攀。

我寻找着路径，这是一次苦旅。

说起来令人难以置信，我在一个相当陡峭的高台地上，遇见了一头老熊，熊瞎子，山林最笨重也最凶猛的黑影。它挡住了我的去路。

这头熊瞎子，也许正在寻找着食物，也许它此生压根儿就不认识我，认识一种叫作豹的林中之兽。这是一个什么东西呢？这可吃吗？我要吃它！可怜的熊瞎子！可恼的熊瞎子！它挡住了我上山的路，它要吃我。它红棕色的鼻子和小眉小眼一看就是未见过世面的，它只会在白岩这块地方偷苞谷，偷蜂蜜，甚至捣毁山蚂蚁的窝，这样的黑贼简直太胆大妄为了。

它站了起来。它吼。它喘着粗气。它一点都不在乎我的眼神，它反正看不到。它是个近视眼，瞎子，瞎胡闹！

可恶的老熊，它逼近我，谁都知道它的手掌的厉害，它的手掌只要挨着你，你的皮肉就会像豆腐一样掉下一大块。这就是熊的掌子。它像一阵恶风，一巴掌就扒过来了，要不是我躲得快，我的脸也会像一些猎人那样没有了。它扒到了我旁边的一棵树，一棵冷杉，把它的皮扒掉了一大块。树皮粉碎着四散飞射时，我的尾巴狠狠地抽了它一鞭子。哈，这一鞭子抽得痛快，抽得它疼，疼愣住了。"这是什么山兽，它握着铁鞭子？"它一定这么想。它愣住后转过头来，又站了起来，鼻子里气呼呼的。我已经站到了它刚才进攻前的位置，我直视着它，我在想着往它的哪个软处下口。

可恶的老熊又一次扑过来了。你别看它笨拙，那是表面的笨拙，它是无比灵活的，有时候——当它受到侵害，它的反击比风还快，没有哪个猎人不怕它的，只要它一枪没被打死，剩下的就该猎人倒霉了。这就是我们神农山区的猛兽。你要它的命时，它也会要你的命。野猪如此，熊如此，虎、豹、豺、狼也如此。

这一次它是无比恼怒地罩向我的，只要一发怒它就会没完没了，以死相拼。我当然不怕它。而它呢，它也不会怕我。我又从它的腋下钻了过去，我没抓住它，它也没抓住我。它把另一棵树，抓进去几寸深的凹槽，那也是一棵冷杉，上面留下了它新鲜的夺目的爪印。我也抓到了树，在那棵被它抓掉皮的地方，重新抓了一把，抓出了树筋，我还以为抓到它了呢。

再一次，它抓到了我，我也擦伤了它。

到了第五个回合，我们才都认识了对方，我们不再贸然行动。我们站在各自的树下，中间隔着大约五米远的距离，低吼着，有时候也带着一丝无法忍受的呻吟。

老熊在使劲地刨地，用以吓唬我。

我也刨地，刨脚下的土石，吓唬它。

它终于明白了，对面的这只山兽是无法打败的。

我也明白，我很难让这头呼呼喘气的高大老熊投降。

我们彼此的肉都不好吃。

暮色慢慢垂下白岩，我还没看上白岩的夕照一眼，暮色就在我们的肉搏中来临。

山风忽然加大了，呜呜地吹着，吹得我的伤口发疼。这头大笨熊，它也会疼痛吧。然而，这样的僵持不允许我们疼痛，我们时刻警惕着，以防对方再次向自己进攻。

再次进攻是在荒林的鸡叫头遍时。这样的僵持总会暴发的，不是你死就是我活，不是你活就是我死。我们都抱着这样的侥幸开始了第二次战斗。

这次战斗持续了一个多小时，北斗西斜，寒露深重，地上全覆上了一层白霜。树被扒掉了更多的皮，被我们的爪子深入进去了。这一次我们都没有增添新伤。我们开始了小心翼翼的回避，但是气势依然如虹，吼声没有止息。低沉的吼声要尽量引起胸腔的共鸣。

天亮了，我们的脚下已经刨出了半米深的大坑，它一个，我一个。

苍蝇闻到了血腥，还有蚂蚁，还有更恐怖的松鸦，松鸦的鸣叫是十分瘆人的，它以为又有什么死去了，它们将啄食。在这儿修简易的运木材公路时，松鸦就经常聒噪，因为在山壁上，经常有炸飞的人肉——都是哑炮和失手让炸药炸的。

松鸦的叫声让我的心乱了，它们黑色的翅膀比幽灵更可怕。我痛苦不堪。我想告诉它，我不想战胜谁，你放了我吧，让开一条路吧，我要上白岩，我只想上白岩，我并不是掠食者。在这样的时刻我还称什么英雄好汉，没有必要啦。像我这样的命运我还争什么呢？我想告诉它，可它不懂，它不是我的同类，我说什么话都得不到任何回应了，没有谁懂我，我的表达，我的语言，豹子的语言。无论我怎么说，那也是一个咆哮的哑巴，我就是哑巴！

又僵持了一天。

我们谁也不相让，谁也不能示弱。我想走开，绕开它。我看到它也想走开，到远处去。可是，我们谁都不敢先行一步。这是十分危险的，谁先走，就是开溜，另一个就会猛扑过去，咬住它。就是这样，我们只是不停地刨土，打过来，打过去，虚晃一枪也可以，拿树干出气，扒它的皮，抠它的筋。

又到了一个夜晚。

我们没有进一点食，没喝一口水。我们也偶尔睡一会儿，那也是头对着头，在双方的默示下打个盹，眼皮会时常地睁开，以免对方偷袭。

我们已经达成了默契，如果行动，必须出声，吼着，告诉对方，我要行动了。

我们有时是佯攻，有时是真打。因为我们在这种漫长的对峙中都已经到了愤怒的边缘，它会发怒，会的，因此我们就撕咬。

"让开一条路！"我说。

"让开一条路！"它说。

我们听不懂对方的语言。我们只能不停地打斗。打一阵，歇一阵，各不相让。

我真的痛苦，那样的时刻我说不出的痛苦。何必呢，熊啊，我真的不想要你的命，你先走吧，我不会伤害你。我是想借一个道，一个便道，追猎的英气、贪婪、饕餮早就不属于我了，那样的豹子死了，死绝了，独剩下我，一道衰败的微风，一缕夕照，长着牙齿和爪子的豹子，徒有其表的枯涩皮毛，绝望的影子，流浪的尊严，渐渐消失的秘密，比天空还深的伤感。

我终于冲过去了！我想起我是一只豹子才冲了过去。这已经有两天两夜。我从自己刨出的一米深的坑里冲跃过去，那头老熊也在自己一米多深的深坑里往外探出头，但是它已经来不及对我下手了。它也轻松了，呜呜地吼着向低山走去，去掰农人的苞谷。

我是在这年的第一场大雪来临时爬上白岩峰顶的。我走了四四一十六天。我试着从东、南、西、北四个方向往上爬。我爬过坡度平缓但人烟稠密的南坡，更登过荒无人烟但山势险峻的北坡。我更多的是从绝少有围猎危险的北坡与西崖上山。一级一级巨大的台地是我的小憩之处。我滚落过，又上去了；我颓丧过，又站起来。

我在白岩高高的峰顶望着脚下及远处的千沟万壑，望着那深藏在岩缝里的蝼蚁似的人群、村庄和炊烟，望着一小块一小块补丁似的坡田，望着蓝色的河流和满头银发的群山。我的身边什么都没有，没有那巨大的城堡和想象中的在城堡里走来走去的人们，他们古怪的服饰、友善的面容和奇妙的音乐都不存在。我只是看到了两个鹰巢，一大群巫婆似的老鸹，一两根在厉风中独自怒吼了千百年的巴山冷杉，一些杂草，一些光滑的石头。

天气极坏，风雪和泪水模糊了我的视野。可是，母亲，你站在我们童年的故居望着我吗？假如有夕阳，假如你还存在，你会凝望着我，你的儿子吗？你一定能望见我！你看到我踏上了只有鹰才敢筑巢的白岩，看到我高昂着头，在你的目光所能企及的地方，在最高处，孤独地站着。

我是真的伤感。再没有一双眼睛了，没有了，没有任何一双注视我的眼睛，除了我。

我摇摇晃晃地下山又花了半个月。我找不到来路，况且我差不多气血衰竭了。我是连滚带爬下山的。我滚啊滚啊，有一天竟滚到了老关的坟前。老关的坟都塌陷了，它的旁边又有了一道新坟。这是他三儿子太的。我完全知道事情的来龙去脉。我是一只豹精了，这儿发生的一切这块土地都会暗示给我。

太有一天和他的嫂子去赶集，他们经过一个叫松冈的山垭时，走进一家包子铺。太的嫂子给太买了二十个腌菜包子，对他说："你若把这二十个包子吃完，我的一袋烟还没抽完，我们就不与你分家。"太从来没吃过这么多包子，这么香的腌菜包子。他想，这些包子我几大口就吃完了，而嫂子的那袋烟至少要抽半个钟头。他咽着口水当即就点了头。

他的嫂子的那个烟袋正是他父亲老关的，是那只豹爪烟袋，铜烟锅，小酒盅那么大，太小时候经常被他父亲用烟锅敲脑袋。这烟袋没有成为老关的陪葬，让太的嫂子也就是老关的大儿媳给继承了。

太吃着包子，他以为包子太好吞了，又泡又软。可是，那一天，他嫂子的烟丝燃得太快。他越来越嚼不动，下颌无力，两颊发酸。嫂子的烟抽完了，那二十个包子总算被太塞进了嘴里。他嫂子磕烟锅的时候，看到这个小叔子头一歪，就困在了包子铺肮脏的桌子上，死啦。他的嘴里至少还含着三个没有下咽的包子，两只眼睛鼓鼓地瞪着面前的那个空盘子。

我已不再有报仇的意念。够了，一切都够了。过去，我的幻觉中对我的兄弟唤我"斧头斧头"，我会听成"复仇复仇"。现在，我的兄弟再在我的意识中唤我"复仇复仇"，我听的却是"斧头斧头"。是亲切地唤我的名字，与别人无关。

今夕何夕？如今，我饿坏了。我很难搞到食物，我——这地球上跑得最快的动物，却再也逮不到一只田鼠，或者一头小鹿了。我跑不动啦，我时常饥一顿，饱一顿。好歹又熬过了一年，又一次听到山里春节爆竹的响声，又一次看到春天不紧不慢地到来了。

实话说，山上的野物也越来越少了，有时走上几天，看不到一只。如果多，我说不定广种薄收，能抓到一只打打牙祭。没有了，山下有羊，有猪，可是对付它们就是与强大的人类作对，我不愿冒犯人类，我服了他们，我怕他们。

我恍恍惚惚地经过一条峡谷，是一条干涸的峡谷。我觉得有些眼熟，我努力辨认，才记起这儿是石头落难的地方。然而，现在这河里没水了，更没有鱼了。

太阳很好，可它们射出来的光线令人头昏眼花。我晃晃悠悠地迎着太阳走，再一睁开眼睛时，发现自己来到了一块平地上——我的眼前就是这样，我还站在山边，这块平地很大，被山围着。山上的树木并不多，到处是些灌木丛、马桑、海棠，还有一些不大的毛栗树，一些用来做香菌木耳棒的披头散发的栓皮栎，现在都发出了新枝，喷吐着它们的绿意。

　　大约是人们吃中饭的时候了吧，山下散落的房子上空飘来的炊烟和腊肉炖土豆的香味勾起了我潜伏的食欲，我有多少天没进食了？我没计算过，反正，我的牙齿已经忘记了食物，很久以来就没有咀嚼过了，它只是在半夜磨砺着回忆。我先是看见不远处一户人家的后面有一只羊。我观察了半天，没有狗，也没有炊烟。没有炊烟就没有人。我慢慢朝羊接近。可是那只羊太大了，那只羊发现了我，拔腿就跑，还发出咩咩的叫声。我只好止步，伏在草丛里，以免惊动了人们，让我遭罪。

　　羊跑到了屋前，那是我不能去的地方，虽然我没有发现有人。

　　我沿着山根走，一直没有人，这个村庄是如此寂静，甚至狗都没叫一声。这使我放松了警惕。就在这时，我看见了一个小孩。我抬起头细看周围时，看到了一处石头下，有一个坐在地上玩耍的小孩。他是谁？他在干什么？我来不及问自己。我只是看到他很小，大约也就一两岁的样子，他津津有味地玩着一块石头，还不时把石头送到流涎的胖乎乎的嘴里去啃。

　　我看到了什么？我看到了他的两个耳轮——我当然是先看到他柔软的头发和胖乎乎的脸，再看到那耳轮。大耳轮！老关的耳轮，猎人的耳轮。这是美味！我突然想起了一句话，我记不清是谁这么跟我说过："你只有咬住猎物才是一只豹子！"我的天！谁在暗示我？我记不起是谁的声音，我却记起了我现在是谁。是豹子！"豹子"，两个灿烂的字！好久我都忘了我是什么，我是否还活着，我是谁。我咬住了小孩的耳朵，我的牙齿切到肉的深处，我才记起我是一只豹子！

几乎在同一个时刻，在我咬、小孩叫的时刻，从旁边放土豆的地窖里冲出一个身影，像一头山兽扑向了我。我没有看清楚小孩的旁边有个地窖。我放开小孩，低伏住头，用牙齿迎向这个黑影，用尾巴抽它。我与那矫健灵活的黑影搏斗。那个黑影飞上了我头顶上的一块石头，然后飞身而下，我来不及躲闪，我的脊椎就被压断了。我像一张纸一样趴贴在地上，我想站起来，站不起来了，这里的人谁都知道，我们是铜头铁尾麻秆腰。接着，从地窖里又跑出来许多人，雨点似的棍棒砸向我。

我看见了我的母亲。

星空下的火车

　　黄昏像千百张高高的鹰翼降临在四周，天色如一个人微闭上双目，像爹五六成醉时糊涂的样子。远处的景物模糊了，他不愿意看了。山影，呈墙似的剪影，在它的上面，天空红如蔷薇，断断续续，好像河流流到了宽阔的河谷，那些零碎的霞光，有的愈来愈紫，成了深殷色，最后消失了，消失在山和田野的尽头。

　　火车在亢奋地前进着，好像一条骨节快散架的巨型蜈蚣，爬行在田野上，旁边的景物飞快地退去，远处的大地在慢慢旋转着。少年姜队伍扒着车厢的挡板，坐在煤堆里，向车尾的方向看着。再见了，神农架，还有十堰、襄樊、武汉，他已经辗转数天逾越过了这些地方，他要向南方驶去了，向广州驶去，他要看到姐姐了，他要去寻找他的姐姐姜小燕。

　　火车在长江大桥上驶过时，整个大桥都发出了轰隆轰隆的声音，汽笛像一把英雄的剑向对岸刺去。少年姜队伍突然激越起来，他甚至想站起来，想摸一摸头上的钢梁。可是，风太大，长江两岸的城市吸引了他，好多高楼和街道，好多汽车和人群，好多灯光和字牌广告……还有，大轮船！江上的大轮船！他看到大轮船了！多年以前与姐姐在屋后埋下的黑陶碗，就变成了这艘大轮船吧！姐姐告诉过他，埋下这个陶碗，多年以后这碗就会变成一条船，漂进汉水，然后驶入长江。碗变成大船了，他已经越过了长江，船变成更快的火车载着他。他还看到了黄鹤楼，一闪而过的黄鹤楼，他看到那三个彩灯镶嵌的大字，是"黄鹤楼"。他兴奋地念了起来："故人西辞黄鹤楼，烟花三月下扬州……"这是一篇课文，而他现在偷偷地跑出来了，他从学校里跑出来了，没让爹妈知道就跑出来了，饿着肚子就跑出来了，他要去找他的姐姐姜小燕，他要去广州而不是去扬州。哦，金秋八月下广州，他为自己马上改出了一个漂亮的句子而得意。十四岁的少年姜队伍，紧了紧他的裤带，坐在秋风呼呼的煤车上，正在向南方飞去。

他从学校回家的那天夜里，看到了愁眉苦脸流泪的爹妈，他知道是姐姐来信了，信是写给县妇联的。他后来悄悄揣上了那封信，坚定地跑了出来。姐姐外出的时候没有带走黑陶碗的梦想，姜队伍走上山冈的时候也没想起黑陶碗的梦想，走出峡谷，看到小溪汇成了一条乱河，跌下山崖，流向远方的田野，他一下子想起了与姐姐埋下的黑陶碗。可是，十堰的人告诉他，顺水顺船去不了广州，只有沿着铁轨向南走才能到广州。十堰人粉碎了他的梦想。

他想到在这儿见到的第一个人应该是个年轻力壮的桡夫，长着半络腮骚胡子，有着奇世武功，最好是腰间别一本江湖失传多年的武功秘籍，说，我可以一气把你划到广州珠江去。上了大船，坐在那干净的船头，最好船上还能碰到一位与他年龄相仿的女娃子，叫他队伍哥哥。可是，十堰无船，翻过那个红砖围墙，各种装上二汽卡车的火车将要出发了，那些卡车一辆辆交错爬在别人的背上。还有许多装着石块和麻袋的火车。两个在火车上偷铁的流浪儿教他半夜爬进了一辆火车的车厢里。襄樊铁桥下的汉水在他的打盹后迎来了金光闪闪的早晨。那是一条宽阔的汉水，船影稀少，江雾混沌，朦朦胧胧的他被一顿暴打推下了火车。一个老头拿着一根棍子气咻咻恶狠狠地说："这个小逼！"姜队伍的怀里揣着从火车的车厢里拿到的两个铁盒，上面画着鱼，画着神农架没见过的鱼。他把其中一盒放进书包里，书包里有几个生的红薯。他要看铁盒子里装着的鱼是否能吃。鼻青脸肿的姜队伍研究了半天才拉开铁盒，没味的干鱼配上他半夜吃剩的半个红薯。他坐在铁路货场的一个角落里，那里污水遍地，化学气味刺鼻。

他想他在襄樊见到的第二个人应该是一个能正骨疗伤的神农架老爹了。他长髯飘飘，背着药袋，扯上一把草药，朝他青肿的眼睛一抹，眼睛就清爽明白了，不再视物不清了，说："娃咧，到我家里喝口热茶咧。"口干舌焦的姜队伍找到了一个锈蚀的水管，他要拧开来喝水，可是他怎么也拧不开。他看到了垃圾堆上有半瓶矿泉水，他拧开来咕噜咕噜就喝下去了。"哇——"一股灼热的气流霎时间穿透了他的胃。他不顾一切地呕吐起来，把干鱼和红薯全都吐到了地上。他痛得抱着火烧火燎的肚腹在地上打滚。他想到这已经是他想见到的第二个人。而他出山时见到的第一个人是一个阴阳怪气的汽车司机，戴着一副黑煞煞的眼镜，翻着一只长满鼻毛的朝天鼻子说："少一分钱我也不带你。"

走出峡谷的路该是多么轻盈美丽，森林已经远了，峡谷高大的阴影已被甩脱了，阳光在平原上均匀地布置，成熟的苞谷散发着山外干燥的、开阔温暖的气息。一个人要是这么无拘无束地行走，那将是多么美妙惬意！姜队伍英姿飒爽地走着，一股仗剑天下的豪气洋溢在心中，好像此行是去会见一些英雄，见识一些高人一样。他，姜队伍，背着姐姐用旧了的黄书包。姐姐含着泪把书包交给他说："队伍，姐外出去赚了钱供你念大学，你可要好好读书，替爹妈争口气啊！"姐含泪走上了去山外的路，队伍没送她，家里的狗送了她一程，天黑才回来。队伍问狗："我姐给你说了什么啊？"狗朝他吠叫了两声。队伍又问："我姐交代了你什么啊？"狗又吠了两声，就奓着舌头看那坡下通往山外的路去了，那里一片黑暗。姜队伍抱着姐送给他的书包，书包洗得干干净净，洗得发白了。他觉得书包上缺点什么，他不痛快，要画点什么，就在书包盖上画了个大大的五角星，用红笔加蓝笔画的。他在一支角上写下了"JDW"，一支角上写下了"JXY"，这是姐弟两人的名字。他把五角星画得非常标准，就像国旗上的五角星一样。今天，他把书、笔、本子都悄悄地藏在了牛栏屋上的草捆中了，他背着姐姐用过的书包，带上红薯，带上一把牙刷，要去见姐姐了。

　　一个浑身散发着机油蒸煮味道的司机和那个提棒把他打下货运列车的老者是两个人。这两个人不是他想要见到的两个人。在他肚子痛得快昏过去时，他恍恍惚惚看到了第三个人，第三个人是他想见的人，是一个中年妇女，黑红黑红的脸，粗粗的脖子，说："娃耶，你睡在这里干甚的？"这个人手拿着一个两齿抓耙，背着一个大编织袋子，里面全是些五颜六色的破烂。这女人问他是哪儿的，他说是神农架的。那人就把他带到铁路边的一个小油毛毡棚子里。棚子里有几个黑乎乎的小娃子，一个个睁着亮晶晶的眼睛，像暗处的猫一样看着他，棚子里还躺着一个中年男人。那女人给了他一碗热腾腾的水喝，还问他吃不吃桃子。姜队伍啥都不想吃，胃已经因为翻天覆地的搅和彻底坍塌在那儿了。那个女人还是抓了两个馒头给他带上了。那个女人在晚上时带他爬进汉水边的货场，跟上了一辆装生猪的闷罐车。他趴在两根横着的铁栏上，满车的猪嗷嗷乱叫，臭气熏天。不知何时，一根巨大的水枪把他从横栏上齐腰扫射了下来，跌入一堆猪屎中，一个人大声说道："眼睛一眨，母猪变伢。"他爬起来时，一坨猪屎抹入他的嘴中。一个牙齿焦黄的中年男人骂他说："你个板妈日的，还不到那边去赶猪！"

晚上，他睡在生猪仓库的门房里，与一条舌头晃得老长的大狼狗假在一起。牙齿焦黄的男人看着电视大叫道："妈的，也是巧了，碰上总理给他讨工钱了。"电视里就是他们的班主任孙老师常赞的温总理。温总理找那个县长给一个农民讨工钱了。这个晚上，在狼狗的怀里，姜队伍做了一个美梦，梦见了温总理。十四岁的山里少年姜队伍醒来想，他到了武汉想见到的第四个人应该是温总理，温总理从铁路那边的围墙外走过来，拍着他的头。他就会说："温爷爷，我没有别的要求，我只想贷五千元的款。我贷款了就要买一辆小农用车，我就能开车了，我想学开车，我还想学修车，在镇上找一间房子给人打米磨面。"这个幻景一样的场面没有出现。一辆一辆南来北往的火车敲打着铁轨，穿梭在他惶悚不安的意识里。他跑向一个写有"广州路段"的车厢，一阵铺天盖地的黑雾向他扑来。他正在黑雾里挣扎，一声尖锐的汽笛声从他身边擦过，一个铁轨突然向另一个铁轨拢去，夹着他的鞋子了，一阵疼，他死命地甩脱了鞋子，倒在铁轨边，一辆列车从他的身边滚过，巨大的铁轮子咔嚓、咔嚓、咔嚓地碾了半天，也折磨了他半天才呜呜远去。一个穿蓝色工作服的人把他拉起来，噼啪就甩了他两耳光，扬长而去。他等着那个夹了他鞋子的铁轨分开，坐在铁轨与铁轨中间，牙齿缝里还流着咸咸的血，他咕哝着："我是去找我姐姐的。"他流着泪穿上了被夹破的鞋，眼泪是黑的。

前面有一个高耸入云的煤场，一个黑色的山，看起来比神农架还高。少年姜队伍怀揣着姐姐的来信清清楚楚地看到了第四个向他走来的人，从煤山上下来了。他应该至少是县长吧，牵着我的姐姐从这个写有"广州路段"的黑煤车里走出来，对姜队伍说："你不用找了，我们把你姐姐接回来了。"那个人吹着锃亮的哨子，手举乌黑的红旗，根本没有理他。几个抢煤的妇女朝他嘻嘻笑着。他就爬上了一节车厢，车厢正缓缓地向南方移动。

现在，排山倒海的轰隆声正在向田野扩散，空气慢慢地变得干净冷静起来，一种山野的气息从不远的山上滑下来了，可不是神农架的气息，带着一种温热的、陌生柴烟和植物的气息。一些从楼房里走出来的人，一些菜畦和小塘，一些还挑着粪桶在田垄上游弋的人，一些像工厂或仓库的红砖红瓦房，一些高大的、不堪重负的铁塔，U型的电线一排排牵在铁塔中间，一些远方渐渐燃起的灯火，一些愈来愈浓的逼近的黑暗。

星星亮起来啦，还有挂在很远的地方的一弯月牙，淡红色的月牙之下是更远的平原，好像已在沉睡了。一辆火车从对面开过来，汽笛声突然发疯一样向高处冲去，因为车辆的相汇与交错，使气流造成了这种你死我活的汽笛争斗声。"呜——"，车远去了，持续的撞碰响声正在铁轨上循规蹈矩地向前滑动着。有一条与铁轨并排的公路上出现了集镇和汽车，汽车打着明亮的灯柱在与列车竞跑，又被甩到了后头。还有农用车，有拖着不知什么东西的小小农用车，弹跳在公路上，十分卑微自在地跑着，开着。如果真的碰上温爷爷，我就像那个农妇要他帮忙讨工钱一样提出贷款的事儿，温爷爷会答应吗？会找他们县的县长说姜队伍的贷款请你们办一下？如果真能那样，我就不要读书了，姐姐也就不要去广州打工了，我们全家就有盼头了。

姜队伍努力地想象着他与温爷爷的会面，山外的世界可不是那么好待的，姜队伍摸摸结痂的头皮和按着还疼痛的眼睛，拍打着皮肤上黏黏的煤灰，压压饥饿的肚子，他不再想能见到武功盖世的江湖高手了，也不再想能见到那横吹玉笛的桃花美人了。我还是回去，在镇上学开农用车，学上一门技术，贷点款买一辆农用车就满足了。

这一刻，风凉了，满天的星斗突然爆了出来，像爆玉米泡一样，密密麻麻地布满了头顶和远处没有尽头的每一寸天空。平原星空的面积和体积如此之大，在群山环抱的峡谷里生活的姜队伍是没有心理准备的。如此静谧的、睁着所有亮晶晶眼睛的星星，正在向谁凝望啊？星星越来越亮，每一颗都铆足了劲儿比试着自己的眼睛，这寂寂无言燃烧着灼亮银辉的星空，为什么出现在他的头顶？他惊异地坐在煤堆上，没有了任何思绪。突然，一股巨大的伤感向他袭来，他不知道是为什么，就望着它们，不变的星空，笼罩在这大地之上的星空，他的心被这突来的伤感一下子浸泡了，少年的情怀已经变成了一种苍凉的啜泣。美丽的星空击倒了他，击倒了那个在心里眺望外头世界的毛茸茸的憧憬。孙老师说："请你们写一篇《神农架的星星》，神农架的星星多么美啊，离天空多近。"我们就写："星星像我家收获的大豆，农民丰收的粮仓变成了哗哗的钞票。"孙老师说："别写这些陈词滥调了。李白诗曰：'夜宿峰顶寺，举手扪星辰。不敢高声语，恐惊天上人。'人家是怎么写星星的？需要夸张，需要夸张，夸张不是虚报产量和人均收入，是浪漫主义，是想象力。你们父母谁拿过哗哗的钞票？为人当学诗仙李白：'飞流直下三千尺，疑是银河落九天''两岸猿声啼不住，轻舟已过万重山''白发三千丈，缘愁似个长''朝如青丝暮成雪''蜀道难，难于上青天'。李白披头散发，赤脚吟诗曰：'我本楚狂人，凤歌笑孔丘''仰天大笑出门去，我辈岂是蓬蒿人'。他还要高力士给他脱靴，你说胆子大不大？杜甫称赞他说：'李白斗酒诗百篇，长安市上酒家眠。天子呼来不上船，自称臣是酒中仙。'晚唐诗人皮日休说：'吾爱李太白，身是酒星魂。口吐天上文，迹作人间客。五岳为辞峰，四海作胸臆。'李白常常自夸：'高谈满四座，一日倾千觞''烹羊宰牛且为乐，会须一饮三百杯'。他还写给他老婆说：'三百六十日，日日醉如泥。'李白不仅是酒仙，还是个侠士，仗剑去国，辞亲远游，超尘拔俗，睥睨当世，狂放不羁，岂有他哉！他仰慕那些游侠：'十步杀一人，千里不留行，事了拂衣去，深藏身与名；珠袍曳锦带，匕首插吴鸿，由来万夫勇，挟此生雄风，笑尽一杯酒，杀人都市中。'"我们的校长这时候正好经过我们教室门口，问道："孙老师，在说谁杀人呀？"孙老师马上回复说："我在教同学们遵纪守法。"火车在星空下行进着……

一辆漂亮的蓝色的火车从远处飘然而来，与煤车擦身而过，一个个明亮的窗口，窗口里闲散的人和床铺，那是从广州而来的人群吗？各种各样的一闪而过的面孔，有男的女的，有没有熟悉的面孔？那稍纵即逝的记忆马上被一股汹涌而过的气流带走了，童话般的灯火辉煌的火车过去，依然是寂寥沉睡的田野，是沉闷的煤车车厢互相拉扯中的钝响。铁轨已经厌倦了，它死气沉沉地趴在地上，任其蹂躏。轰哐哐，轰哐哐，轰哐哐……

广大的星空啊，还是如此深广明亮、高远无声，好像无论火车多快，铁轨多长，也无法穿透这星空一二，只能在它的肚腹中永远地、没有尽头地做疲惫的旅行。

一只鸟突然撞上了火车，他以为是有人掷石头，但接着看到一群鸟从旁边黑魆魆的树林里飞起，就像一阵黑烟。火车正顺着一个弧形的弯滑翔，一忽儿，一只鸟和一群鸟的命运都不见了。神农架许许多多的鸟儿这时候在姜队伍眼前飞了起来，蓝色的山凤、黑色的鸫鸟、灰色的小杜鹃、棕色的红隼，还有在阳光照耀的河谷上空无声飞翔的鹞鹰……神农架的星空是一副阒寂却又让人温暖的小小天地。在森林的上空，在刀削般的山峰的边缘，星空时隐时现，忽断忽续。它在夜鸟的惊喉、狗的吠叫、牛的反刍和溪水不停飞溅的响声中，就跟我们的梦境一样，跟牛栏的牛和门口草堆旁狗的梦境一样，非常浅薄而安详。爹带着我们行夜路，对我们说："如果有鬼火缠着了你，脱下一只鞋就行了。"森林和山野的气味总是有无穷无尽的厚厚的芬芳，它把夜空牵扯到了一起，把我们与它的距离拉近了，山间的露水和潜藏在草丛中的小兽的眼睛，都会发出与星星同样的光来。潭水是另一块失足的星群。还有守秋人挂在坡上的猎火——孤零零的星星，它们与星空浑然一体，亲如一家，不可分割。

火车驶到了一个有着低矮山冈的丘陵之中，车速变慢了，前面出现了一个候车室，一个小车站，饥饿的姜队伍看见了卖卤鸡蛋的人，卖西瓜和烧鸡的人。有许多背着旅行包的男人和女人，他们也要去南方去广州吗？他们要在夜半乘搭一趟去南方的火车？孙老师对我说："你姐姐为什么不读书了让你读？"我说：

"我姐姐说她作文没有我写得好。"孙老师说:"胡说,我不看好你,你那伪浪漫主义的作文让我倒胃口。我告诉你吧,为什么让你读? 就因为你胯裆里多长了一条鸡巴。"

姐姐外出什么都不因为,因为爹伤了,躺在床上起不来了。他在挑一担苞谷去镇上磨面时,让一辆农用小轻卡给撞了。姐姐说:"我要挣钱回来给爹治腿。"姐姐在外面会无缘无故地遭人暴打吗? 姐姐没有任何人帮忙,她的旅行包会被扔在污水里拖着像拖块森林的朽木头吗?

姜队伍的头还无法回过来,紧紧地看着那越来越淡的一晃而过的小站,想留住那刚才的灯火阑珊中的影像。在这片沉睡的原野上,有一个小站的灯火,会从那里走出他想见到的第五个人来,第五个人应该是有点醉意但非常和蔼可亲的男人。我不知道他的名字,他醉红着脸,从怀里摸出一只黑陶碗来,向碗里吹了一口仙气,说,变变变,变变变,吹一口,变一口,一帆风顺到广州……

灿烂的星空,越来越沉重地压在头顶的星空,越来越厚,无数城镇的灯火也不能把它冲破,冲散。火车吐着重重的粗气,吃力地爬行在黑夜的大地上,姜队伍在海一样的伤感中溺泡着,手上抓着坚硬的车沿。他想尿一泡尿,尿意来了,看了看车沿下悬崖似的路轨,他慢慢站起来,好大的风,像一只大手要把他狠狠地拽下去。他把脚死死地钻进煤堆里,开始尿了。十四岁的神农架少年姜队伍向火车和深渊般的路轨狠狠地尿着,扫射着陌生的黑夜,飞驰的风声和火车,扫射着狂傲的星空,他咬牙切齿。他抓起一块煤炭放进嘴里嚼了起来,发现有一丝甜味,发出清脆的切割声。他吃着煤炭,又把煤炭使劲地扔向远处,砸着了陌生的土地和草丛。

姐姐，我看见过你几次流泪，十六岁的姐姐，我看见你偷偷地流泪，手拿着镰刀从后山回来时，背着一篓的猪草。妈说……妈说了些什么，说妮子，你爹连轻活儿也不能做了，咋办呀。妈给我姐说了些什么呀，姐把她的书从那个洗得发白的书包里拿出来，悄悄放进她床铺的褥子下、稻草中，说："队伍，这书包比你的好。"姐在很久的时候，在一个春雨蒙蒙、冰水解冻的一天与我一起在溪边埋下了那个黑陶碗，那时的姐姐扎着一个小鬏辫，脸上笑成一朵花，没有泪痕。姐姐拿着小小的手锄，刨呀刨呀，刨出了一个小坑，埋下了那个人吃饭狗也舔的黑陶碗，对我说："别给爹妈说，问起碗来，就说不知道。"姐说："最好的黑陶碗要变成最大的船……"

姜队伍靠在车厢的铁沿上，梦见了他的姐姐，他的姐姐姜小燕……火车升起了高高的白帆，每一节车厢都竖起了一篷高大的白帆，鼓满了呼呼乱响的风，帆下面站着一个面若桃花、手拿玉笛的女子，那就是他的姐姐姜小燕。姜小燕对他颔首笑着，穿着古代的长裙，亭亭玉立。他向姐姐跑去，跨过了一个车厢，姐姐却还在后一个车厢。再跨过一个车厢，姐姐还在后一个车厢。永远是那么远的帆，那么远的人，他跨呀，跨呀，一步没跨过去，掉下了车厢，车厢下是滚滚的波浪，他一下子就被卷走吞没了……

姜队伍晃晃头醒过来，发现头不停地撞在铁沿上，撞得生疼，好像已经撞出了一个大包。他看到火车正在经过一个城市，看到了立交桥，桥下有桥，有宽阔的、灯光照着的马路。看到了一种树，一种南方的树，叶子张扬又摇曳着的树，不知是椰子树还是棕榈树，反正这是南方的树，与海有关的树。南方到啦！南方不知不觉地到啦！有几个南方的人趿着人字形拖鞋在街上梦游似的走着，有几个打台球的……南方的星空就在头上，从很远的地方而来，我走到了很远的地方。火车风驰电掣地越过了一个村庄又一个村庄，一个城市又一个城市，大地多么辽阔，黑夜多么漫长，这永远劲头十足的火车在默默地拖拽着沉重的车厢，向着最后的目的地驶去，它没有睡意，像一只夜行的怪物，长长的身子里充盈着生命的动力，在黑暗中睁大眼睛，载着姜队伍驶向星空的尽头，那让人迷恋的广州的黎明。

哦，童话似的穹窿，晶莹奇幻的天空，北斗七星已经悄悄地转向了西北的低空，让我可以触摸到南方秋夜的仙女星座和飞马星座了，还有南方的宝瓶座。孙老师说过，神农架的星星是最美的。而我正站在南方的星座下，那些一概闪亮得不分你我的星群，轰轰烈烈地布满了我的头顶和四周，孙老师不知道，南方的星星多诱惑人啊！工厂越来越多，楼房越来越漂亮，这里是另一个世界，明亮的世界，没有了森林的阴气和诡秘，没有了峡谷的苍凉和逼仄，没有了山坳里低矮的炊烟和虚张声势的狗叫，没有了令人惧怕的山路和头晕的悬崖，没有了风雪，没有了洪水，没有了漫长的干旱。星星慢慢地退隐了，天慢慢地开了，一个大城市的气味扑面而来，带着一点点淡淡的潮气和香味，从南方低低的地平线开始漫漶了。东方亮了，南方亮了，西方亮了，北方亮了。神奇的星空收缩着，一边睁开惺忪的眼睛，一边整理着云彩。淡的，浓的，都在向更亮的地方聚集。看，广州到了！

姜队伍跳下了火车，沿着长长的铁路奔跑，跑出了一排排铁轨，跑向了声音响亮的大街。"姐姐，我来了。"他从怀里掏出那封信，那封写给县妇联的信，那封寄信地址写着"内详"的信，他把信从信封里拿出来，展开：

最信赖、最尊敬的阿姨、姐姐：

　　我们是来自拐头垭乡的不幸女孩子，听信了别人的游说，说广东如何好，如何能挣钱，一月最少能拿六七百元的工资，出于好奇，想看看外面的世界，就糊涂地来了。先是在私营袜厂打工，每天十四五个小时的活儿，干得头昏眼花，还挣不到钱。不得已，有的就跟人跑了，有的当了舞女，有的被人卖掉了，有的得了妇科病……亲人啊，这都怪我们年幼无知，我们是无辜的，我们要回家，可是没钱，被人控制了。我们怎么办？妇联的阿姨、姐姐们，快来救救我们这些可怜的孩子吧，我们要回到亲人的怀抱中去，救救我们吧！你们一定要为我们做主，惩治坏人、骗子。只有你们才是我们的救星，才理解我们的苦难，才愿意帮助我们，才能使我们得到解放。帮助我们吧，我们无法再生活下去了，求你们保护我们的正当权利（益），只求尽快帮助我们脱离苦海！！！！……

在苦海中的人：姜小燕

×年×月×日

　　这是一封没有地址的信，姜队伍已读过了无数遍，他只知道它来自南方广州，妇联的人跟爹妈说，她们也没有办法。

　　黑陶碗变成了一串串的车流，车流，车流，成了汹涌喧嚣的河流……

　　十四岁的神农架少年姜队伍，对着南方汹涌的大街惊天动地嘶喊道："姐姐，你在哪儿啊？！"

　　他们，他，他，他，三个人。

豹子沟

　　三个人都比较瘦，都不高，不好区分。一个门牙上有黄斑；一个眼睛发红，估计有角膜炎；一个还不到二十岁，长得秀秀气气的。就叫他们黄牙、烂眼、秀气。

　　三个人是结伴到山里捉蜈蚣的，也采些别的药，如江边一碗水、头顶一颗珠、文王一支笔等。被突然暴发的山洪阻隔了，回不去了，只好在山这边，望着滔滔的洪水兴叹。

　　这个叫豹子沟的村子烂泥横行，恶狗成群。树上飘荡着几丈长的女萝，就是金丝猴草。这种草，金丝猴最爱吃。每到黄昏，浓雾就开始在村庄上空战栗发抖，野兽就开始起哄大叫。黑夜来临的时候，仿佛是一场灾难。现在，暴雨如注，山洪轰隆，山上的水声像是万物竞歌。

　　他们住在老高家里。老高过去在伐木队当炊事员，重度烫伤。手上、脸上都是肉瘤，手指功能障碍。老高脸色苍黄，喉咙里咕噜咕噜，但是好客，就让三个外乡人住在了自己家里。每天都有腊肉炖洋芋吃，还有苞谷酒喝。老高也喝，也抽他们甩过来的一支烟。一边喝酒一边抽烟，讲一些乱七八糟的事儿；凡是知道的、一知半解的、道听途说的，都讲。雨已经下了三天三夜，洪水依然从深山里奔注下来，在豹子沟里狂吼乱叫，目空一切，一路下行，流到不知名的地方去。往常，这沟里是干的，全是晒得发白的累累巨石，如山中神秘大兽的骸骨。而如今山上下来的洪水——这沟里临时的居民，因为不是沟谷里长期的住客，对生疏的环境极其排斥，凶悍，暴躁，不懂规矩，表现出过客的破坏性，一路走，一路毁灭。天昏地暗，村庄在摇晃。

"……这沟里，"老高说，"过去经常有豹子出没。罗香妹打死的那头豹子就在这里。"

现在它是一条咆哮的大河，不是沟。水还在上涨，已经冲走了两三家水边的人家。晚上闻见恸哭声，夹在兽吼中，夹在恶狗的群吠中，夹在愤怒的山洪中。整个村庄充满着洪水格杀的腥味。这些因雨水汇拢的洪兽，比山中所有的兽更凶猛。一些植物在这里也是兽，大蓟、拐枣刺、火棘，这些被雨水洗得张牙舞爪、狰狞锃亮的植物，在这个山里，与洪水遥相呼应，把时间推到远古。还有那些蜈蚣。黄牙的手被一条蜈蚣咬之后，唾沫不顶事，肿得老高，夜里似火烧火燎，用一盆冷水泡在里面才能缓解。

老高的母亲又在门口的屋檐下嘀咕，对这三个总不走的外乡客有些烦了。可老高说不是对你们的，她就是这样，见什么都烦。她年轻时就这样，烦了一辈子。一个人烦了一辈子，活到九十岁，还自己梳头，头发还青乌乌的，这不是很怪吗？

晚上，他们的蜈蚣又从竹笼里跑出来了，钻进老高的被窝里，把老高的老婆咬了，好在是脚趾头。脚趾就算咬肿了也看不见，黄牙和烂眼认为她是装的，主要是想逐客。但是有老高在，老高切腊肉煮洋芋，给他们斟酒。老高是一家之主，他的温和、热情，谁也挡不住。

"你是个好人。"黄牙举着又红又肿的手很响亮地与老高碰杯。

"好人？好人会用开水锅砸领导？砸得自己这一副鬼相？"

"那是你年轻的时候。"烂眼说。

"我就是这个脾性。你对我好，我会对你比你妈还好，你对我坏，我对你比阎王爷还坏。队长说我用揩鼻涕的手抓盐，说我的葱没洗……我听不得冤枉话我就把锅掀了，是一锅海带汤，烫到了自己，没损队长一根卵毛。呵呵，我高兴，我不后悔……"

他们说话喝酒的时候，外面依然是一阵紧似一阵的如泼的大雨，涂着更黑更深的夜。豹子沟在山崖下恸号一片。他们用酒和烟击退着这让人恐惧无聊得发疯的日子。

黄牙到村头垭子的小卖部给老高母亲买了一块面包，就剩一块了；给老高老婆买了一把塑料梳子和一盒百雀羚。因为洪水没有退去的征兆，他们飞不过去，吃住在别人家里，过意不去。但老高母亲软硬不吃，那块香甜松软的面包放在桌上动也没动，怕狗叼跑了，放在一个大玻璃罐子里。老高说："我老娘就是这个脾气，等你们一走，她会吃的。"他看出这三个外乡人的难受，接着说："我不是撑你们，我这里，只管住。前年贩香菇的，脚崴了，在我这里住了一个月，没事的。"黄牙说："可人家有钱给你呀。"老高说："到时蜈蚣死了，丢我这里，我去卖，不也一样的吗？"

三个人就商量，把蜈蚣全给老高。可老高也要走到五十里外的镇上去卖。为表示诚意，三个人就将蜈蚣在火塘上用烟熏死，再放到火上烤干。老高没有拉住他们。烤干的蜈蚣至少有五六斤，这个可抵他们几天的伙食费了。估计老高跟他老婆、母亲讲了，下一顿饭的时候，多了两个菜。酒是八十度的苞谷烧，喝得过瘾。但老高说，蜈蚣他是不要的，说得好玩的，哪能要这个。黄牙说："你若不要，我们当着你的面把蜈蚣倒进火里烧了。"

酒，酒啊！酒是战胜烦躁和惶恐，战胜漫漫长夜的唯一武器。三个有家难回的外乡男人，在另一个省的地方。豹子沟那边很远的地方才是他们要回的家。这个地方是三省交界的地方。土匪常在这儿啸聚起事。这里所有的传说都是有关于过去年代土匪的。老高说得最多的是一个叫马恶头的土匪。

"你还是说说罗香妹打豹子的事吧，"他们劝他，"莫非一个女娃子真能打死一头豹子？"

"咋不能？打豹子要会打，你若会打熊，也能打死……英雄也有末路，还说什么呢？人家早死了，一个打豹英雄，也落得个悲惨下场。好多年都是在扫厕所，还是个小中风病人……她的手如果不压坏就不会落到这个下场。当然喽，她不识字……"

"这里的女娃子都不上学吗？"秀气问。

"上的。可她从小就调皮，把她送到公社的小学去住读，第二天就跑了，才七岁。这一跑，就失踪了。学校不见人，家里也不见人。她怕父母打。到哪儿去了呢？到山顶上的岩洞里住，成野人了。家里人都以为她死了，七天后，有天早晨，她爹打开大门，看到门口放一抱柴火。家里人才知道她还活着，就到山上去找，找到了。就是这么个女娃子……"

"后来咋小中风了？"

"后来她不是嫁给了一个伐木工嘛，住在大雾坪，离镇子老远。生娃子遇难产，用拖拉机拉下来的，在车上就颠昏迷了，那个路，那个拖拉机呀，人坐在上面，肝都能颠掉。她被弄到镇上做手术，第三天才醒来。醒来就找自己的手。她的一只手不见了。这咋可能咧？后来找到了，压在自己的身子下，后背下面。医生和她老公都没发现，压了三天，就小中风了，不得动。你说医生和她老公昏不昏？……"

"罗香妹之所以能打豹子，是因为她的父亲曾是马恶头的跟班，有一次徒手打死过一头熊。能背八百斤……"

在沉夜的雨声中，在狮吼一片的洪水声里，这些故事让三个外乡客极其兴奋。被雨水打得哀号的野兽，在茫茫旷野游荡着，时不时发出一两声凄凉的抗议。这让他们夜半醒来时再也难以入眠，特别想家。

除了吃饭睡觉，还能做什么呢？百无聊赖。秀气有个手机，是他在县城打工时，交电信的一百元话费，免费送的，可以听歌。但这儿没信号。山太深，挡住了信号。就那几首歌：《北京的金山上》《夕阳醉了》《月亮代表我的心》，《夕阳醉了》还是粤语歌曲，根本听不懂那些。

"我们到小卖部看录像去吧？"黄牙说。

"小卖部只能听歌。"烂眼说。整天窝在被窝里总不是个事。他们还在床上抽烟。秀气不抽，他睡在靠墙壁的里边，他与烂眼一头。其实，烂眼和秀气知道，黄牙是盯住了小卖部的那个女孩子。他去买烟的时候，本来只够抽三块的红金龙，可他偏偏要那女孩子给他拿六块的白盒子的红金龙。他应该是很心疼的，可他表现得很大方。"那个十八块的黄鹤楼不好喝（这里把抽烟说成喝烟）"，他说。然后，他大大方方地拆开，抛给他们一人一支。秀气接住了，也去要火点燃。他抽烟时有点笨拙，但他装得像个老手，还吐烟圈。因为在一个标致的女孩子面前，谁都不会服输，一切都要像老手，像流氓，像见过大世面的。

"叙利亚又爆炸了？"黄牙说。他正在看小卖部一台放得很低的很小的电视机。电视被放在一个小凳子上。他把叙利亚说得很流利。其实烂眼知道，黄牙从来不关心电视里的事，且还是国际上的事，除了他的几条蜈蚣。

还真是叙利亚，那电视里的画面基本是雪花点。没谁理他的话，后来就走了。

这是前一天的事情。

现在，雨下得人快霉了，门口的屋场上，全是几寸厚的稀泥巴，狗也不愿去大路上惹事了，蜷缩在屋檐下的草堆里。鸡们则在一张瘸腿的桌子上成堆蹲着，争先恐后地发出哮喘的声音。屋后深谷里的山洪嗡嗡直响，就像无休无止的工厂里的机器刺耳的轰鸣，或者说，就像山谷里有一个锅炉房，煮着十万吨开水。

"应该有录像，看看是不错的。"黄牙说。

秀气表现出完全没兴趣，他宁愿睡觉。他不停地用手机写短信，又没有信号，发给谁呢？

黄牙把秀气从被窝里拽出来了，因为他的反对会影响烂眼。

"一瓶啤酒，"黄牙说，等秀气起来扯鞋子，他又纠正说，"三个人喝。"

烂眼说："你这小气鬼。"

三个人开始剪胡子，照镜子。采药顶多在山里待一两天，就不剪胡子，也不带剃须刀，但这次的山洪暴发是他们万万没想到的。

三个人走出门的时候雨小了点，这让黄牙找到了邀他们出去的理由。扔了许多干茅草垫脚才上了公路，三个人穿得单薄，寒气凛冽。从山坡上冲下的泥石流漫延到路上。黄牙兴冲冲地走在前头。他八字腿，略微蹒跚。

嗯，很好，小卖部还开着，那个小姑娘还在守着铺子。十六七岁的年纪，长着她这个年纪的女孩应该有的丰满的肉红色脸，头发很亮，扎在后头，像一个小拖把。穿着圆领麻织短春装、牛仔裤、帆布鞋。屋里充斥着一股复杂的豆瓣酱、胶鞋和墙角的老霉味。但是，因为有了这个女孩子，这里就是天堂。当然了，世界是由青春或者豆蔻年华照亮的。

小气的黄牙这次大方了一回，出手就是四根棒棒糖。一人一根，包括卖棒棒糖的女孩。女孩先是不要，但黄牙很坚决，女孩就没再拒绝了。于是四个人都剥开了糖纸，把棒棒糖插进嘴里，斜斜地含着。嗯，这四个人的距离一下子拉近了，好像是四个同学，而且放肆地、噗噗地吮吸起来。这气氛与这个荒芜破烂的环境完全不协调。

这个小卖部是在一个三岔路口的垭子上，一栋很陈旧的石头房子，靠南头的一间，估计是当年伐木队的宿舍，屋顶是用石头压着的油毛毡。但因为屋后是一片悬崖，落下的树叶已经覆盖了屋顶的一切，并且长出了一些小的树苗和野草。山上也听得到洪水下注的声音，好像跌进了更深的峡谷。

小卖部的货柜也甚是陈旧，堆放着一些杂乱无章的货品，是堆放，不是摆放。估计是女孩子的父辈就这么放着，而且将永远这么放着，一直放到房屋倒塌，世界灭亡。雨伞、球鞋、针线、纽扣、指甲剪、雨衣、书包、铅笔、话梅。有的很多，有的就一两件，堆在一起。这些货可以是十年或者二十年前的，如蛤蜊油、清凉油、帽子、拖鞋、雨衣等。也有新鲜点的玩意儿，比如正在吃的棒棒糖、啤酒、香烟、娃哈哈、营养快线、火腿肠、洗衣粉什么的。

电视的画面是被雨水打乱了的波纹，发出短路声，像是随时要爆炸的样子，人恨不得赶快跑开，以免成为劣质电器的陪葬品。

"你能不能放点歌让我们听听？"黄牙说。他们已经发现有碟片，且有一台蓬头垢面的影碟机。

"让人家放。"烂眼阻止黄牙说。他看到黄牙像是到了自己家里，绕到柜台内，自己去翻看碟片和操作碟机了。但烂眼知道，黄牙百分之一百不会操作。

果然，黄牙也没真想去操作，只不过是借这个机会进入柜台里面，表明与女孩是很熟的人，可以随便进出，可以靠近女孩。

女孩正在波纹电视中津津有味地看一部打斗的片子，不过实在太不清晰。黄牙的闯入让她有些不适应，虽然她嘴里含着这个人——这三个人买的棒棒糖，但他们毕竟是陌生人。她希望他能到柜台外面去，而不是在这些堆得一团糟、转不过身的柜台里乱翻。东西和钱不见了咋办呢？但女孩子胆小又拉不下面子，不好开口说。就只好赶快去满足这个人要放碟片的要求。估计很久没听了，她找到一张碟片，放进碟机里。是一张CD，不出画面的，也没有连接在电视上。

一个至少黄牙不熟悉的香港歌星或者台湾歌星的声音，一个从上个世纪飘出的声音。

这三个人都不甚熟悉，因为他们的生活只与山林里的草药和蜈蚣有关，但黄牙又似乎有点熟悉。其实放的是邓丽君的歌，大约是《一帘幽梦》。这软绵绵的很久的歌使他记起自己少年时的生活。

"嗯，好听。"黄牙夸赞说。

他很早就结了婚，养着两个孩子，还有个患有小儿麻痹症的老婆。三亩多薄田，也没啥收入，全是岩缝里种苞谷。还要打柴，挑水，放牛。两个女儿整天泥巴糊嘴，两手鸡屎没人管。他有时喝点酒，打点小牌。电视有一个14英寸的，时好时坏，上面常趴着猫和鸡。

"是《一帘幽梦》，邓丽君的。"烂眼飞快地寻找着，在他有限的记忆中挖掘，终于找出了答案。先是锁定了邓丽君，再想她的那些歌。《路边的野花不要采》《何日君再来》《甜蜜蜜》。这样，他说对了。他读过中学。

后来是《何日君再来》，烂眼得到了女孩的肯定，现在可以跟女孩说话了。黄牙已经无趣地退出柜台，站在一边，听他们说着那些如天方夜谭的歌。他很苦恼。这时，进来了一个当地人，一个小青年，买鞋带的。人家要做生意，这让黄牙又退远了一步。而且棒棒糖已经全化成水了，其他人都吐出了棍子，他也吐了出来。

那个小青年长着两只冰窟窿眼，穿得皱巴巴的，好像没有醒来，弯着腰，像一只在沸水里煮过的虾子。一件外衣里面没有内衣，像是熬夜输得精光的赌徒。他看着他们，审视着看。他这种看法好像他是一个外乡人，而另外的三个外乡人因与女孩打得火热倒像是本地人了。

那个小青年买了鞋带就出去了，匆匆走了。好像他是被这堆男人挤出来的，就是这种感觉。

三个人完全没有在意这个瘦瘦的小青年。烂眼吃力地调动记忆仓库里所有关于音乐的积蓄，继续与女孩对话。

"有没有刀郎的，你这里？"

烂眼的眼睛流着泪，红得像个灯笼，他的眼病很厉害。他沉浸在有了话语权的幸福中。黄牙靠边站了。只有他才能跟女孩说话。秀气还小，睁着眼睛看外头的雨，看自己的手机——过去的信息。秀气羞涩，胆小，不掺和事。

烂眼说的刀郎，女孩子可能没听见，音乐有很大的噪音。

王菲的《流年》，如泣如诉。她的歌像是从云端飘下来的，在这如打砸抢一样的山洪声里，是一种安魂曲。雨从油毛毡上落下来，溅起一片水雾。空气里有一股香菇和草履虫的复杂气味，被雨雾一浪浪送进来。

那个小青年这时才系好新买的鞋带，从屋檐下离开。

他们还在谈歌。

"我还是喜欢李娜的歌，"烂眼说，"她的《天路》比那个胖子……叫、叫、叫……韩红的唱得好。"他差一点想不起那个女人的名字了，真惊险。

"哦，是不是那个在张家界当尼姑的李娜？"女孩问。

"是的。"其实烂眼也不清楚谁当了尼姑，他只能说"是的"。

"有没有张学友的歌？"黄牙使出了吃奶的劲儿终于想起了一个歌星的名字。他要争夺话语权，不能成为旁观者。

秀气一直盯着在门外蹲下系新鞋带的那个小青年。他不停地在身上抓挠。浑身痒，起红疱。他说老高床上有虱子。睡时，黄牙和烂眼都把身上脱光了，三个人滚一床被窝。秀气害羞，留了条裤衩。也许就是这条裤衩惹的祸，引虱子上身了。秀气还是个小娃子，不好意思。秀气为这条裤衩，让自己遭了殃。

小青年在鞋子上穿鞋带，眼睛却斜睨着秀气。那双眼睛啊，那双像山里荒兽的眼睛，让人不敢正视。秀气怕，却总想看，猴子的眼睛，狼眼，蛇眼，蜈蚣、蝎子的眼……秀气想到一个就打一个寒战。那个小青年终于站起来了，走了，无声无息地走了，也没什么事。秀气缓过气来，排山倒海的痒又回到了身上，抓啊抓呀。这时，他才听见屋里的烂眼在卖弄地说："要讲好听吗，我还是喜欢刀郎和腾格尔的。"

"就是那个唱厅堂的！他把天堂唱成厅堂。太难听了！他唱呀——我爱你我的家，我的家我的厅堂——我不喜欢这个刀郎！"黄牙在说。黄牙加入了对歌星们的评价。

女孩笑了起来，露出一口不太整齐的牙齿，像晶莹的糯苞谷米。但她笑时只与烂眼的眼光交流了一下，有不赞同黄牙说法的意思。她根本没看黄牙，黄牙太难看。不过烂眼的脸虽周正一点，眼睛红得却如丧考妣。

"你说的不是刀郎，是叫……腾格尔。"烂眼看了看女孩一眼，搔了半天头纠正黄牙道。

"是腾格尔，"秀气这时候也插嘴道，"刀郎是唱《2002年的第一场雪》的。"

这三个人都在跟他作对。黄牙很尴尬。他插一句嘴就要被他们驳回，黄牙好没面子，他要挽回面子，就报复秀气说："就你会说，那你买瓶啤酒我们漱漱口看！"

秀气没想到把黄牙惹恼了。他没有钱，再者他不喝酒。他有点委屈，说不出话来，僵在那里。这时，烂眼突然说："我来！"

烂眼那天自己也没想到会挺身而出大方一回，口袋里也就七八块钱了，最便宜的啤酒是三块，他咬牙就掏了。

酒放在了柜台上。

"杯子咧？"黄牙说。

是在为难他们，为难他们三个人——对面的这二男一女。其中的两个男人是他的同伴。

女孩从一堆杂物里好歹翻出了三个软塌塌的一次性杯子，不知用过没有，很脏。烂眼用牙齿咬开了盖子，给三个杯子里倒酒。秀气扶杯子。

各倒了一杯，黄牙就抢过瓶子，用口吹。吹了一大口，又对烂眼说："花生米总得搞一袋啦！"

烂眼是被黄牙盯住了，不买是不行了。烂眼只好咬牙向女孩竖起了一根指头："花生米来一袋。"连价格也没问。

放很久了的、用简易塑料袋装的花生米被黄牙恶狠狠地扯开，自顾自地抓了一把往口里丢。三个外乡男人就着发霉发干的花生米喝着啤酒，听着腾格尔的歌。

天色有些暗了，风一阵阵地往屋里灌。虽然喝了些酒，但还是没有气氛。黄牙直接问女孩别的："喂，你知道那个打死豹子的罗香妹的事吗？你打不打豹子，幺妹？"他竟这样称呼她。

"哼哼，"她冷笑，"我不打豹。我不知道这个，是好多年前的事了。"

"你不知道马恶头的队伍被全部熏死了吗？你太瘦，打不死豹。幺妹还是要丰满一些。"黄牙说。

他的这个话，让女孩很不自在，屁股磨着凳子，扯着自己短短的上衣，甚至有点自卑。因为她确实比较瘦小，或者发育迟缓，缺乏营养。

"假如现在有一只豹子在门口出现……"

不等黄牙说完，烂眼就打断了："现在哪有豹子呢？嗤！"

"只有恶狗。"秀气附和。

这时有许多恶狗的叫声。

众叛亲离的愠怒，但黄牙又无处发泄。

"那只豹子不就是在这里打死的吗？"他说。

"那只豹子就打死在前面的沟里。"他说。

"全世界都知道，你是这个村的不知道？"他说。

"那、那时我还没、没出生呢。"女孩急得语塞。

"你多大了？"

女孩摇头，不说。

"未必有三十岁了，怕说得？罗香妹你没听说过吗？"

"我只听说那是只老豹，村民和伐木队的不敢吃，有很大的骚腥味。当时剐豹子时，挂在屋梁上，尾巴垂地，有八尺长……"

女孩的声音像风吹过去的树叶，几乎没有响动。这个凋敝的林场，这个荒静的山沟，被沉沉的落叶和苍苔抹暗的地方，不再有豹吼的地方，只有疯狂的浑黄的洪水肆虐着，没来由地发出怪叫，山崩地裂一样。如果你的神经稍有脆弱，会发疯的。总之，问这样的问题，问豹子之类的话，也会让人没来由地无聊和产生阻隔感。

"听说要骑在豹子背上了就不能下来，要把它的腰压断，豹子是铜头铁尾麻秆腰。敢骑豹子的背，那男人的背不是……这里的幺妹是不是很厉害，专门骑在男人的腰上？"黄牙讲得有点忘形了。

可女孩的脸色不好看了，一层层从象牙白变成浅红、浅蓝、深红、铁红、猪肝紫，甚至嘴角开始抽搐，打牙磕。烂眼明知道是黄牙在报复，可他也不知道怎么阻止。

黄牙好像没有注意到女孩的脸色，他在喊门口抓痒的秀气："秀气你要朋友没咧？"

秀气也许听到黄牙在喊他，也许是讨厌黄牙跟人家女孩儿死皮赖脸纠缠，干脆自个儿躲一边去抓痒享受。他回过头下巴使劲朝黄牙仰了一下，以示抗议。黄牙依然没有看到秀气的厌恶，或者说根本没这么想。

"我们三个都没要朋友，想到你们豹子沟做上门女婿，你们这里有没有幺妹没结婚的？"

烂眼拉他了。烂眼觉得这话臊，跟人开玩笑过头了。人家一个女孩，此时势单力薄，表情仿佛是黄牙要掳走她似的，要哭了。她东张西望如坐针毡的样子，甚至有想喊人来的意思。但自那小青年走后，再没有一个本村人来，仿佛这个小店被村人忘记了。雨时大时小，小的时候能见度变高，可以看见对面山上的雾岚和一些高高低低的树，有山毛榉、红桦、天师栗、红豆杉、青冈栗等。山时隐时现，豹子沟里的山洪声更加嘹亮、铿锵有力地撞击着石壁，大有深意地咆哮着，像嘴里嚼着被撕烂的大地的骨肉，美滋滋地饕餮着。门前的积水里，岩蛙鼓着气泡发出呜呜哇哇的求偶声。

"我要关门回去吃饭了。"女孩子说。她终于找到了脱身的办法。

水已经淹到了山崖边。从上游裹挟而来的树蔸、枯枝、茅草，阻塞了流水的道路，洪水暴跳如雷。

"……喝吧，喝吧。我还是讲罗香妹的事，"老高说，"……那张皮嘛，是被人拿走的。还有那条长尾巴，在县文化馆展出，专门用一对玻璃珠子做的眼睛，鼻子是用木头雕的。"

"四十年了吧？"

"嗯……差不多四十年了……喝吧，喝吧……"

"我昨天晚上梦到家了。"秀气在那儿嘟囔着说。

"你没出过门啊？在你妈怀里吃奶。咱们遇到这种情况就应该快活在外！"黄牙说。

"老高的老妈死活不吃饭，这不是在撺我们吗？"烂眼说。

"她也不敢公开撺我们的。想回去？"他转向秀气，"你最小气，在这里吃喝又没拿一分钱出来，连水都没买一瓶，你急个啥事啦！"

这村里的野狗太多了，在雨天里尤其显得荒乱。也许还有野兽。在夜里，一条狗叫，一百条狗跟着叫。

烂眼一个晚上没有睡好，头发里好像也进去了虮子，痒。这一天早晨，老高出门了，老高的老婆也出门了。老高的母亲在房里睡。起来时有几只鸡子饿得打嗝，到处寻吃的，飞上了灶台。他们三个也想寻吃的，但灶黑锅冷。应该有一碗面条吃的，或是准备下午的饭。一般来说，这里的人只吃两顿。但早晨有面条或者隔夜饭吃，有热茶喝，火塘总是有火，灶屋里总有人忙。不行的话，畚箕里总有洋芋或苞谷，自己动手，丢进火堆里烤，肚子几下就能捞饱。可今天呢，什么都没有。

"我昨天梦见我们被十几头豹子追赶，路上全是大腿粗的藤子……"烂眼说。

"后来呢？"黄牙边生火边问。

"后来你不是把老子蹬醒了嘛。"

"今天的水怎么样啊？你个狗东西看了没有？"黄牙问。

"早上我去看了，跟昨天没两样。"

"天气预报咋说啊？"

"天气预报管到这里？天气预报管不到这里。"

"咱们还是到小卖部买点饼干吧，饿得难受。"黄牙还是想去。

雨突然变小了，不知不觉，甚至要停了，有太阳出来的征兆，往天上一看，云隙里有点晃眼。这可是好兆头。一团一团的白云向远处的高山上飘去，山简直是用绿颜料涂了，触手可及可拭——这种情况十分多，可今天格外让人振奋。当然，还有一丝丝惆怅，天晴了水落了就要离开了。山崖上淌着水，都是混浊的小瀑布，路上布满土石。野狗们跑出来，无缘无故地朝天狂吠。

秀气在咳嗽，他感冒了，烂眼摸他的额头，发烧哩。

"看小卖部有没有退烧药，你要买药吃。"烂眼当然想去那儿。他昨晚还做了一个梦，梦见了那个女孩。这是不能说的。

可秀气死活不去。

"你这毛头鬼就赖在床上，不走动走动，睡得发霉了！"黄牙一把掀开了他的被窝，同时将上衣裤子扔给他。这秀气穿个小裤头，还有晨勃的毛病，一下子全被看见了，赶忙抓被子将身子护住，但被子被黄牙卷到一边，不起来都不行了。

烂眼在想，去了囊中羞涩，谁买饼干？如果黄牙敲我，我不能不买……兜里最后的三两块钱是不能用的，谁知道水哪天退去，可以回家。黄牙喜欢在那个女孩面前装潇洒，可他家里穷成啥样子了。他现在脚上的那双高帮球鞋还是穿的老高的。老高为人真是没的说，你穿就穿，他没鞋穿，就穿草鞋。不过黄牙是有心之人，年龄比他们大些，烂眼瞅见，黄牙清钱时竟还有两三张二十元的票子。烟，是有的抽的，大方起来，可以买一包十八元的黄鹤楼，如果那个女孩对他有那么点意思的话。似乎不可能，但他并不这样认为，比如还是坚持要去小卖部。不过烂眼想去，却总是有点惴惴不安。不知为什么，心里就是这样。

这次，黄牙的情绪还是很好，因为路上烂眼称赞他有钱，是个富人，说看到他荷包里有一百元的。黄牙说胡扯。烂眼把黄牙的虚荣心提起来了，心想，一支烟、一块糖是没有问题了的，等到了那儿，竟然得到了一人一瓶娃哈哈加一根火腿肠的犒赏。这是什么运气呀？女孩也一样。在推搡来去的当儿，烂眼看到了柜台里有一本小相册。

"能不能给我们欣赏一下？"烂眼说。

烂眼的要求女孩不会拒绝。给他们时，黄牙抢了先。他拿到了手中。

是女孩的相册。

"这是你的照片啊，好漂亮！"黄牙激动起来，不停地将那些照片翻来覆去。

三个男人的头就这么凑一堆了，贪婪地看着，脑袋碰得叮当响，三只手争先恐后去抢，好像这东西可以据为己有。

让他们抢去吧。黄牙已经可以自己动手放碟片了，他仿佛成了这个小卖部的主人之一。有《辣妹子》《美酒加咖啡》，也有腾格尔的《我的天堂》。腾格尔的歌像是憋了一肚子的气挤出来的，很解恨。

黄牙找到了一张VCD，他竟然放出来啦！是成龙的！……这是咋回事？他甚至想跳起来。他看着自己鼓捣出的画面，斜睨了一眼烂眼。烂眼惊呆在那里，两只红肿的眼睛像火在熏烧，简直受不了了。

好在这时女孩拉下了面子，没给他好，小声说："到外头看好不好？"

黄牙乖乖地出来了，移到柜台外边，大半个身子伏在柜台上，撅着尖尖的屁股依然兴致勃勃旁若无人地欣赏自己放出的片子。其他两个也在一旁观看。

电视里，成龙被一头豹子疯狂地追赶。这是在非洲的哪个地方，茫茫大漠，坚硬的稀少的植物，可怜的失忆的成龙不断问自己"我是谁，我是谁"，豹子张开血盆大口要吃到成龙了。跑呀！跑呀！……

"你们这里吃了豹子肉的，有没有下场不好的？"黄牙问女孩。

女孩怔怔地，不知怎么回答。

"我没吃过豹子肉。"女孩说。

"我是问你们村里和伐木队的人。"

"反正我没吃过。"女孩坚持说。

"她这么小哪里知道呢？"烂眼说。

一根火腿肠无论如何也是不能饱的。似乎可以回去了——回老高家去，至少那儿有火，有温暖。这小卖部，这个鬼地方，风大得吓人，全是山里头吹来的阴风，让人寒战连连，秀气的鞋在路上湿了，他不喜欢成龙的片子，他想谁说一声"我们走吧"就是最好了。

可这时黄牙依然翻着手上的那些陈旧影碟，竟然蹦出了一句："有没有A片？"

也许他想了半天与影碟有关的词汇，而这个最好：A片。他是向女孩问的。

他又说了一遍。

"A片？"女孩说。

烂眼不相信黄牙会问出这个问题，问出了一个石破天惊的问题。烂眼的心一阵战栗。

"就是三级片。"黄牙依然若无其事地说。

女孩的脸上被风贴过去几根发丝，女孩脸僵了。女孩也许明白了。女孩的脸分明在飞快地红着，就像一块海绵沾上了红墨水，一下子就洇到耳根，连嘴唇都洇得发紫。她完全没辙了，不知道要做什么。

这时候，那个又白又瘦的小青年进来了。他还是那副屌样，手插在荷包里，嘴歪着，像筲箕一样单薄的背弓着，缩头缩脑。他在空空的荷包里抠着什么。

女孩看到他，那憋红的脸一下子松弛下来，好像救星来了，突然出现快哭出来的表情，求救似的对着他。

小青年好像明白了什么——从气氛上。他问大大咧咧趴在柜台要把柜台压垮的黄牙："你们是什么人？"

"你管我们是什么人！"黄牙看着影碟，不在乎地、硬邦邦地说。

"我问你们是哪里的？"小青年舌头顶着上唇，一脸无情地问。

"你管我们是哪儿的！"黄牙依旧说，根本看也没看他一下。这瘦精巴骨的小青年不是他的对手，也就懒得理他。他是这么想的，再者，不能在女孩面前向男人示弱。

"好，你们等着。"

小青年说这话时已经迈出了小卖部，快速地走了。

烂眼来不及插嘴，事情就已经发生了。这像是必然。问题就在这里。如果他回答呢？没有如果。他的意识里只有一个念头：赶快走！

"我们赶快走！"

他扯起秀气就往外跑。他有预感，并且预感很强烈。黄牙还没意识到，他还龇着长满锈斑的牙齿看着笑着，不知大难临头。烂眼走时，回过头想最后看一眼这个颇有好感的女孩，他好像看到她把那根没吃的火腿肠丢在柜台上了。

黄牙真的满不在乎。他瞅着身边没人了，烂眼他们已经离开他走了。他是觉得一个人无趣，才极不情愿地、快快地拿起所剩无几的饮料瓶子，离开这个小卖部的。

黄牙大摇大摆地走出去没几步，看到了烂眼和秀气在前头没命一样地飞奔。他愣了一下，就见一条岔路石坡上冲出来一大群人，提着刀和棒子，还有尖闪闪的猎叉。

"抓住他们！抓住他们！打流氓啊！"

黄牙一个寒噤，醒了，也迈开细腿拼命地去追赶烂眼他们。他们顺着当年伐木的简易公路向前跑。他很快赶上了他们。他能听见秀气灌水的鞋子里跑出叽叽咕咕的水声。

"打流氓！打死他们！"

后面的人狂呼乱叫，还有许多狗，也向他们攒来，发出汪汪的大叫。

三个人不能回头，只能拼命地向前跑，恨不能双手也成为两条腿。这是与死神赛跑。多跑出一步，就是一步的命。

那些人紧追不舍，狗跑得比人快，同时狂喊乱吠，就这么跑到了豹子沟边。前面就是汹涌澎湃急流如箭的豹子沟，就是那条山洪暴发的大河了。大河死打着崖壁和巨石，发出森冷的低吼。那混浊的洪水如满山野兽的呕吐物，整座山把苦胆都吐出来了。山病了！

秀气在嗷嗷地哭。他要咳嗽，蹲了下去。一条狗抢先上来了，要跃上他们站的一块石头。

他们没了退路。他们站在那里只有死路一条。

烂眼什么也没说就跳下去了。

黄牙脱掉老高的球鞋，他在犹豫。他在看烂眼在哪里。

事情太突然，他们还没想好。

秀气缩着肩，像一只小兽，哀哀地"啊儿——""啊儿——"

黄牙顾不得他了，眼一闭，也纵身跳了下去。他的水性不好，可村民的刀、棍棒和叉子越来越近，他没有选择，只好跳。

秀气是在狗扑上来要咬着他时跳下的，衣裳的一角还在狗嘴里，但他挣脱后跳下去了。那水太急，他们一下子就被吞没了。三个人像三片掉下来的树叶，一个旋涡，什么都没有了。

等那些村民赶到水边时，只有汹涌的洪水呼啸跌宕而去，像一万头暴怒的豹子，腾挪跳跃，翻滚扑跌——那里只有豹子、豹子、豹子……

荆江某段

长江在这一段叫荆江。荆江九曲愁肠，不是人们想象的一泻千里，地图上就看得到。浩浩江流在这儿格外纠结，好像事情没想清楚，精神有些错乱。荆者，荆棘也。为什么叫荆江？就是长满荆棘的江。这儿很险，有"万里长江，险在荆江"之说。这儿的水乱，风乱，怪事不断。前几年，一条游轮在荆江监利段好好地航行，突遇强风，那么大的船竟几分钟就翻沉了。唉，谁叫它在北纬三十度这个纬度之上呢？

荆江的一个船业社就在这里，岸上主要住着一些孤老头子——老船工。他们年轻时在水上漂荡，四海为家，也就不想结婚，到老了孑然一身，自己弄个小灶开火做饭，喝点小酒等死。这种人在船业社有五六十人，生活一样，死法各异。

曲四还活着，他八十了吧，许多比他精神的人也活不过他，在江边碓子堆石头上喝酒的人就是他，一顿喝一至二两酒，杯子很脏，菜很孬。总是没有热菜，就用塑料袋提着的鸡爪、虾子、毛豆、海带等。一个咸蛋用筷子挖来挖去，混时间。也不与人打交道，像一只趴在石头上的老水獭，一副老来无人情的样子。有人关心地说："曲爹，下来啊，石头上滑溜，风大。"他不听，由他去吧，说不定哪一天喝着喝着，身子一歪，掉江里喂王八。曲四小中风过一回，但总能从惊涛拍岸里回来，这是他的本事。

曲四晚上回来总是天黑了，他当了一辈子船工，爱水上的热闹，来来往往的大小轮船，有客轮，有货轮。这些年，客轮不像往年的客轮，都是豪华游轮。到了晚上，游轮上灯火辉煌，远远看去，就是一座座漂浮行走的水上宫殿。上面有许多人在走动，像在梦中。站在岸上看与站在水里看是不同的，在碛子堆上就像在水上跑船一样，感觉又回到了船上。大船一来，浪也来了，浪打在碛子堆上，跟打在船舷上的声音一个样，啪啪的，哗哗的，水一晃，人也就晃起来，再加上酒，人就醉了。

船上好看，航标艇更好看，一闪一闪的，一排一排的，这里明了，那里暗了，像女人的眼睛。在这一段，有许多浅滩，还有流沙，时常变动聚集，航标艇要时常移动，以指引来往船舶安全行驶，以免搁浅。所以那里有一长串逶迤的航标灯，比马路上的灯有趣多了，会晃荡，会起伏，就像一条龙在水里摇头摆尾，神秘有趣。如果是白天，这里的航标艇也好看，有红的，黄的，蓝的，白的，现在的人把这些小艇漆得五颜六色。从碛子堆望去，那里还有一个过河标，一个接岸标，一个界线标。在远远的洲子拐弯处，有一个航标艇，漆的是橙黄色，晚上一闪一闪就像安庆标标的眼睛，标标穿的就是条橙黄色的裤子，标标是个女人，是他的女人，曾经是他的女人。人不怎么漂亮，有点黑，牙齿有缝，但结实，乳房鼓鼓的。她走路两边晃动，眼睛一眨一眨，就像那盏航标灯。"标标，标标……"每到安庆时他就急切地这样叫她。可是，后来的某一天，标标突然不见了。

穿橙黄色裤子的标标，标标，标标。每天在碛子堆，他都能见到标标，每天晚上也能见到。

有一年，他老了，是个糟老头了，特别想标标，就坐车去了安庆（坐车比船快），在那个当年的沿江小旅社、现在的高楼大厦里找服务员标标，哪儿有她的影子！问人都问不到了，全是山南海北的年轻人。有一年，他在那儿的码头等自己的煤船，就住在标标的小旅社，楼上是通铺，可只住了他一个人。就这样，标标就成了他的人。半夜去敲她的值班室，两人在一起，她不让他动，不让他叫，不让他叫标标。就那么，一夜未动。不动好难受，可不动回忆了一辈子，两辈子也能回忆……

有一天夜里，那盏航标灯没了，航标艇也没了。他一夜没睡，航标灯熄了，船可要倒霉，到处的浅滩暗礁，在江河里航行，靠的就是航标。早起看时，果然，一条大货船在那儿搁浅了。那条船在那儿奋斗挣扎了一夜，已经疲惫不堪，船上有两三个人，船歪在那儿不能动弹。找条清障船来拖动，可得付出一大笔钱。有一年，曲四他们的船在洞庭湖搁浅，花了三天工夫才爬出来。还有一年，一条四川的拖轮沉在荆江的燕子矶，找打捞公司的一谈，打捞费比造一条新船还贵，那打捞上来还有什么用，不如再买条新的，船就永远沉在了江底，桅杆伸出水面，像条溺水者的手臂，好凄凉。

航标艇有走锚的，就是被水拔走了锚，昨晚风并不大，照说不会走锚，那艇到哪儿去了呢？标标，标标……

一天魂不守舍的曲四就在江边转圈，好在到了傍晚，航标队的轮船拖来了一条航标艇，灯又亮了。但他看到，那不是他天天见到的橙黄色的"标标"，是一条白色的艇，白得好难受。

航标队如今是怎么了？这不是拿驾船人的性命开玩笑吗？航

标灯熄了，江上的道路就没了，船就迷失了。在长江上讨饭吃的人，就是在阎王爷嘴里讨饭吃，常言说"行船跑马三分命，活着就是赌命一场"。有多少在水里死去的同事！

又熄了一盏。这一夜，凄惶的汽笛就没有停过，像是在求救，又像是在愤怒骂人。也是在通知后面的船，这条路不通了，有船遇险了。还不是一条，有几条船搁浅。早晨的时候，从碓子堆江边看去，有疏浚勘测的船，然后下锚，再放航标艇。晨雾在慢慢散开，江鸥在翩翩翻飞。还有一条船在原地，是一条油轮，它扎得太深，船歪斜了，来了一条油轮在帮它吸油转运。

曲四那天是抱着手从碓子堆回来的，喝高了，酒瓶渣子还划伤了他的手。隔壁的哮喘老头和他收养的孙子将他架到屋里，屋里一团糟，没收拾，床上黑乎乎的，一种老单身汉的气味令人作呕。那屋子先后住过许多老头，也死过许多老头。屋子是半截墙，隔壁的老头哮喘，也传染上了他收养的孙子，那小孩也喘，一到半夜，这祖孙俩喘得不可开交。老的喘得没气了，回过神来，小的接着喘得没气。老的又去拍打小的。再后来两个都喘得没了气，以为死了。可第二天门一开，又看到爷孙两个安静地在昏暗的房间里吃饭——又活过来了。这爷孙两个的脸，白得像硫黄熏过的馒头，像在地窖里关了十年似的。

哮喘又"传染"上他了。

曲四一连几天晚上在江边石头上看航标灯不回，喝醉了就躺在石头上，受了风寒，在药店里买了些药吃，没有效，就问隔壁的老哮喘。老哮喘说，他们爷孙俩是喝的方子药，有特效，不然他们早喘死了。曲四想，死了还好些，免得让我整夜睡不着觉。

他去找方子上的一种草药——葶苈子，要到沙洲子上去，那里有几个松散的村庄，过荆江故道的一条河，叫江猪河，很细的河，会有些江猪，但这几年也少见了。洲子上有大片的芦苇，有稻田。这条河因藏在洲子里，平时无风无浪，那时候船业社的船每到风季就会到这河里停船扎风，十二级台风也不怕。

过一个小渡就到了洲子上，洲子的渡口有个小餐馆，有酒幌子，外头是芦苇，里面的桌子像在浠水里滚过的，苍蝇乱飞，只有两三张长条桌子，歪歪斜斜，塑料凳子都老化了，坐着喝酒时凳子会突然倒地，以为食客中风了。爬起来一看，凳腿断了，摸摸头，骂几句，再找个好点的凳子坐下继续喝。

芦荡路埂边，到处是葶苈子。他采了一些，加上半夏、桔梗。太阳太烈，芦苇密不透风，汗水直下，就顺着河沿往渡口赶。走着走着，在一个小水湾里，看到一个橙黄色的家伙，是条小艇！艇里装着新收的稻谷，还有几捆稻草。船上没有人。走近一看，密封舱用氧焊割了，还焊了两个桨桩插孔，弄成了一条小船。这是标标！标标！瞅瞅没人，挥起手中挖药的小铲，朝那些谷包戳去，让新打的谷子哗哗地往河里流。叫你偷航标艇的！一千刀捅死你也不解恨。捅！捅！捅！……一包包的稻谷流空了，鱼们来抢谷吃，还有乌龟也出现了。喂饱你们！让狗日的再偷！你偷航标灯，就是抠老子驾船人的眼珠子，便宜你个狗东西的！

戳了谷包，拼命往渡口跑，喘了一会儿，原准备在餐馆搞点酒的，也不敢了，过了渡，回到船业社。

过了两天，江猪河洲子渡口的餐馆就有个船业社的老头坐在那里，要了一盘花生米喝酒，还抽烟，喘，难受。"爷，您少喝一杯行吗？""我吃药呢，甭管我，你做你的菜。"铲刀放在桌上，挖药的？捉龟的？

有人问出他来，是曲爹。"曲爹您身体还好？""好个屁，喘死算球！这酒呛人，肯定是勾兑的！"

一些老人想起他们这些船工，在这里扎风修船时，爱到洲子上打狗，夏天也打，闹得鸡飞狗跳。当地老人看着哮喘老头，悄悄在门口议论：坏人都老了。

见了面，还是笑嘻嘻的："曲爹，来吃我的腊猪肝。"曲爹见多识广，痰多，会吹，什么事儿都知道，

曲爹懂太多，像教授。可曲爹只吃花生米或者凉拌毛豆，还穿双凉鞋去挖草药。有时候累了，一个人在角落里喝闷酒，望着小河和远处的荆江。

这天，曲四将一个装草药的袋子放到角落里，抹了汗就要以酒当水喝。刚才大家说河边有船失火了，谷子全烧成米饭了。不一会儿，有个男人未进门就在外大声嚷嚷说老子倒霉啰，是哪个放老子的火，并要了一碟卤猪耳朵，"上次戳老子的谷损失惨重，前天又戳老子的鸡饲料，三袋喂了鱼，这次又放火烧了老子的谷包，老子又没得罪哪个！下手好狠哪！"

一个老头嘿嘿笑说，"善有善报恶有恶报，不是不报时候未到，时候一到一把火烧。"

那男人说："老子做了什么恶事？"那男人一张苦瓜脸，两只巴扇手，个头却很矮。曲四在打量他，嘴巴一跳一跳。

"百渡，你说人家烧你的船是为啥哩？"

叫百渡的男人嚼着卤猪耳朵说："偷谷呗。"

"偷谷能背得走吗？要偷不把你的船划走？我说百渡呀，

前年我在九华山进香，看到一副对联，叫'好人好自己，坏人坏自己'，不做坏事，半夜不怕鬼敲门。"

百渡烦了，嚼着脆骨耳朵说："少跟我扯这些迷信，老子捅了他的先人，抓住了往死里打，拧下他的鸡头，不想活了！"

"你说哪个？"

这时，大伙看到在角落喝酒的曲四老头犟着头站起来，推了下桌子，眼睛里汪着浓酒，起来示意百渡往外走，要干架的阵势。边走边说："你刚才骂哪个？你这个贱人，你还骂人嚼蛆？"

这老头也不看百渡，却将头撸过去。百渡本来就要抓狂，又见出来个陌生老头要跟他干仗，打抱不平，还是个酒疯子。百渡不想理这人，也没出去的意思，停下筷子说："我又没骂你。"

曲四将酒杯往桌上一磕，大声说："我听不得骂人！"

店老板看有人怼上了，忙出来解围："和谐社会，消气消气。百渡你那是条凶船，还不吐了脱手！"

那个老船工说："偷一袋谷几个钱，偷一条船几千。"

"那我卖给你。"

餐馆老板说："你烧了不是今年走火吗？百渡你要发大财了，不是中六合彩就是中五百万。"

"鸡子，卵！老子抓住了是要沉水喂鱼的！"

"你有这个狗胆！"曲四突然咆哮，自己先喘了，但还是咆哮，"你进门就骂，先闭住你的……臭嘴！"他喘得弯下腰去，双手卡着自己的脖子。又突然，一个饿狗扑食，转过身子就抓上了百渡的脸。还抓住了对方的T恤，是件广告衫，上面印着"海天酱油"之类。只听"刺啦"一声，圆领就开了，一直开齐肩膀，露出一个男人怒气冲冲的长毛的乳房。百渡完全丧失了脸面，甚至有一种羞辱感，也就去抓曲四的衣裳。曲四虽老，但是个老水手，在岸上也很机灵，辗转腾挪，依然浪里白条一般。两个人就在餐馆旁边的粪堆上打起来了。

你来我往，两人一直打上河堤，百渡虽年轻，但完全占不到一点便宜，裆里还遭了一脚，或者铲了一刀，睾丸上有盐溇的剧痛，又不敢出声。他感到这老头下手极狠，有暗劲儿，仿佛对他怀有刻骨仇恨。

百渡最后还是年龄占了上风，将曲四逼进河里，回到餐馆，回到残存的卤猪耳朵面前。

曲四从江猪河里爬起来，大伙看到，他头上顶着一些水草，手上挥舞着那把明晃晃的挖药的小铲刀，十分可笑。大伙见状，大喊百渡快走！百渡看到一个浑身水草的怪物向他杀来，丢下酒杯赶紧从后门夺路而逃，但没忘将剩余的卤猪耳朵倒进嘴里。

打了那一架，百渡作为当地人，都不敢露面了，说那个老船古佬抹脸无人情。曲四还来，无事一样，喝酒，脚放在凳子上，像个无敌英雄。洲子上的人都觉得这老头怪，还是老板问出了门道，趁他酒意正浓时说："曲爹，你天天到这儿是为什么？"曲四说："没事转转呗，混阳寿呗。""你一定是有事。"

曲四就说说他看这河里有小艇，亲戚家放鸭，要条小艇。老板说："你找百渡呀，就是那个爱吃卤猪耳朵的，被你杀得不敢再来的人，我的卤猪耳朵没人吃啦。"

"他可是有本事的人。"老板说。

"你把他叫来谈谈。"

后来老板就叫来了百渡，进来就说："不是冤家不碰头，百渡，你那条艇，卖给曲爹。"

"八千。"百渡比画了一下，一口价地说。

"你那条凶艇，白给老子也不要。"

"两千五，不再讲价。"

"你给老子价格这么大的水分，再谈！"挥手让百渡带他去看船。

到了百渡的家，看到了门缝里放着的一个电瓶，果然是航标艇上拆下来的，晚上可以当电灯哩，这狗日的。

河边的那条小艇，曲四看了无数遍，有几处有烧痕，黑乎乎的。

"烧了？"

"烧了是铁，烧得坏？我刷点油漆就成新的了。"

"航标艇啊？"

"屁！我的船，你只管用。"

"再要艘新的，不要烧的。"

"你不是诚心想要。"

"新的。"曲四坚持说。他的腿疼。

百渡看这老头，审视他的真假："你去搞。"

"我老了。"

"多少钱？"百渡咬咬牙说。

"顶多，三千。"

"不反悔？"

"反悔你揍我，不还手。"

"下个定金。"

曲四拿出五百来："明天看船。"

这脏老头还真有钱，从裤子口袋里掏出一把没叠好的票子，简直没把钱当钱，当一坨卫生纸。他头脑还清醒，说五百没给成六百。

曲四的膝盖早上出门就开始疼。他与百渡说这些话时，看到天空泛红，带着气旋的云彩在南边乱转。一个船工，能看到连气象台也无法预报的风暴，并且知道多大，并且赶快停船扎风。也许是一种直觉，是老天的暗示，不然会有多少驾船的命丧江底。可是岸上的人像百渡这些傻瓜，什么也不知道。只有像曲四这种在长江上跑了一生的人才有这种抵抗死神的直觉。

"嗯。"他说。

天黑时，一切正常，连风都没有，晚霞是照常的晚霞，准时熄了，天就黑了。曲四在碛子堆的石头上喝酒，好像很高兴。航标灯亮起来了，像一串项链镶在江面上，美得像一条街。

到了晚上十点多钟时，突然一场风从江上刮过来，像一条大蛇从洞游出的样子，接着就长了翅膀，露出了浑身的爪子和牙齿，有想把一切扫平和吞噬的气概，到处是折断和碰碎的声响，星云顿暗，世界如末日。曲四起身去关窗子，屋上瓦片砸下来，像有一万个魔鬼站在屋顶猛摔，空中发出嗖嗖的啸叫，撕扯着空气。

好，好。他兴奋得全身颤抖，又恐惧得心快蹦出。看着江上，已经全然模糊，一片昏暗，倒海翻江，荆江已经不见了，一锅滚汤。如果有船有人，全都交给了阎王，就看谁的命大了。

他在江面上却看到了有一条粗大的黑杠，像一条长期蛰伏在江底的黑龙，趁此机会翻动庞大的身子，在黑风中游荡翻腾。他看到了。那就是荆江段上神秘的江底流沙，只有在这样的风暴时

102

刻才会奔窜涌动，它才是所有灾难的根源，那些大船陡然间翻覆都是因这……今天是一定有的！

半个小时吧，或者一个小时，顶多一个小时。曲四听到了蛐蛐的叫声。蛐蛐的叫声是安静时分才有的，世界平静了，像什么也没发生一样，月白风清。

没有雨，有点风。他睡了一个踏实的好觉，天气凉快了。

曲四到了洲子上，那里有哭声。百渡和他的一个表弟在江上失踪了。踏上渡船就听说了这事。摆渡人说百渡夜里到江上打鱼，遇上了黑风暴。

百渡的家人沿江寻找，一直找到城陵矶，又找到武汉、九江，尸首无存。

而在同一天夜里，因为黑风暴骤起，航标艇拔锚，两艘船搁浅。

曲四从此不再去江猪河对岸的洲子上了，每天在那块叫碓子堆的江边石矶上喝酒，已经变成了一个老酒鬼，酒疯子。有一天，他可能喝得太多，跌进了荆江就再没爬起来。他是从江猪河口出水的。摆渡的把他捞上来，放在那个他常去的餐馆旁边，发现他怀里有一大包卤猪耳朵。

牧歌

前来买枪的那个城市客由老猎人张打的干儿子来登带来了。他们因为爬山，两腿沾满了泥，光溜溜的面颊上淌着热气腾腾的汗。那个城市人说："说白了吧，我又想藏枪又不能让派出所找我的麻烦，说我私藏枪支。您这杆没啥实用价值的百年老铳正合我意。我只想把它当作一种装饰。"

"这很好，"张打说，"这枪只能当装饰了。不过要想打，它还能打。什么都可以打死，老虎、老熊。我要是给你，我就把火药倒出来。这里头有火药。"

"我只想有一种山林的气息。在我的家里。"

"那你过去在山林子里住过？"

"不，在湖边，是小时候。"

"是洪湖吗？"

"不是。我见过人在湖上打猎，打野鸭。"

"洪湖过去就有很多野鸭。"

"洪湖我没有去过。"

"洪湖水呀浪呀嘛，浪打浪啊……那歌子就是这么唱的嘛。我那时候……"

张打的干儿子来登就接过话了，说："我干爹曾经是洪湖革命时的副团长，这没有假。"

城市客说："那您今年有……"

"八十七了。"

"那您是老革命啦。"

"嘿，没哪个承认我，我开小差回来啦。"

张打跟他说他是开小差回来的。他还说："我后来就打猎，先前是打人，打国民党。再后来呢，放牛啦，当牛倌，中国最小的'官'。"但是他听见那个城市客在那儿跟来登慷慨激昂地说什么，那人拿着那支枪，那杆沉重的老铳，比画着，说："我恨不得把我身边的那些鸟男鸟女一个个崩了。他们看起来一脸的道貌岸然，实则满肚子男盗女娼，口说不想当官，实则心里火烧火燎；口说不想出名，实则为名发了疯；欺上瞒下，吹牛拍马。"张打就说："那我可不敢卖给你了，有仇恨不可以持枪，我这是打野物好玩的，不是杀人的，我这枪已经走火过了。"张打对他说："我怕到时追查到我头上。"那城市客说："我只不过说着玩玩，我哪有那个胆啊。"张打说："这样看来，枪是不可以到城市去的，它是山里的东西、林子里的东西，跟山里的野物一样。它就比老虎豹子大一点，专卡它们的。"张打的这杆百年老铳，没有扳机和准星，全凭了人的感觉和触角。你从香筒里取出一支香签，点燃火，把它拿在手上，或者夹在铳尾的香夹上，你慢慢地让它靠近那根小小的引线，打匠（猎人）们称为捻子，你靠近捻子，在一刹那间，捻子燃了，火药也就燃了，在这百年的铁膛里躁动，寻找出处，然后就推动那一堆的滚珠呀，六毛丝头呀，钢筋头呀，再燃起那一坨当塞子的头发，这全是一瞬间的事，枪就响了，冲出去了。在枪响的一瞬间，打匠的目光十分平静，枪口冒着蓝色的烟子，而天空可能会腾起鲜血和黄色的火药烟雾，马上就会消散。这枪与那人讲的那可恶的城市有什么关系呢？按他说的，品质不纯的城市人明枪暗箭，靠的是舌头和笔，笔快如刀，舌利似箭。"张打我这把百年老铳根本解决不了问题。它太迟钝啦，太土气，太没有杀伤力了，纵然你灌了一把又一把滚珠和钢筋头，对讲究杀伤力的城里人来说都不过瘾。所以说，我张打这把铳只属于偏远的森林和高山。我知道人与人的较量是很残酷的，这个我懂。在野兽与野兽之间除了用吼声就是用牙齿和爪子，一个强壮高大的野兽必定打败一个弱小的野兽。而人就不同了，一个很弱小的家伙，可以击败一个很强壮的人。这在于他们有舌头和笔。人的脑瓜子又灵活，可以造出原子弹、氢弹、毒气弹，所以……"张打的意思非常明确，这土老帽的铳生就是山里人找食的工具，而对城里人没用……

"你让我想想吧，你说我想要多少钱。钱嘛，好说……先拿过来让我擦一擦，火药也要晒一晒的，每天我都把枪拿出来透透气儿，它是有生命的，不能总关在我那屋子里发霉。还有那把开山刀，中间缺得像一道水槽子，不晓得哪个的骨头卡了它的刃。我还是得好好地磨磨，不用它了，我也要磨磨，然后放进鞘里——这刀背是敲野兽脑袋的，刀口是割开它们肉骨的，我磨了，一旦抽出来，绝对是一阵狂风……让我想一想吧，"张打说，"过几天再来吧。"他拒绝了。

往常，太阳总是不紧不慢地在岭上爬动，越过草甸，向森林的根部滑去；在它经过草甸时，云彩的影子让苍翠的草染出一种醉人的绿来，让黄色变成鹅黄，让深黄色的牛变成铁红色的牛。那些牛仰着头哞叫和伫望时，粗大的尾巴不停地在后臀和肚腹上拍动，赶走吸血的牛虻和苍蝇。它们的蹄子陷在低洼的烂泥里，那儿的草柔嫩无比，光彩撩人。它们踏着深深的脚印，争抢着在几株皮裸肉现的高山海棠树上蹭痒，一块一块干枯的泥巴从身上掉下来。几只八哥就会飞到它们背脊，替它们啄净身上的虱子。头牛如果向山下迈动几步，就会让其他的牛们惊慌，以为回村的时间到了——那个清脆的铜铃正是系在张打的一条巴山黄牛颈上。这三十多头牛，其中有四头是张打的，张打和他瞎眼的孙子只要把牛赶回村口，拍着牛臀说："回家去吧。"那些牛就各自悠悠地走散了，回到各家的畜栏里去，绝不会走错。

　　每一年，各家会给张打出一百斤苞谷或者洋芋，没有给的就不给，一顿酒就解决了问题，那是无所谓的。早晨，张打又会在露水中让头牛摇响牛铃，召唤村里的牛走上芳草萋萋的吞云岭。张打对干儿子来登说："你让我想想吧，我当然缺钱，我啥都不缺，就缺钱。我想这几天去巴东沿渡河买条牛回来。你把那《龙文鞭影》给我找到，《幼学琼林》我算是抄完了，再给我点纸……"晚上，张打没事了就抄写这样的书，《山王经》他已经抄了六本送人。他的干儿子来登是吞云岭酷好历史的奇人，他时常利用空闲时间研究这块土地上的人物、事件和传说，特别是民间唱本，如《山王经》《太阳经》《黑暗传》《白暗传》《红暗传》。特别是《黑暗传》，在中国的其他地方未曾见到，或者失传了，而在吞云岭这块神秘闭塞、险峻高深的地方却保存了下来。或者可以说，是这块土地诞生了这样的唱本，因而它是中国唯一的。这些传说是一些创世传说和神话，在如此原始、简陋、自然环境恶劣的高山密林深处，他要发誓证明，这些传说是汉民族的创世史诗，《黑暗传》就是他们千秋万代保存下来的汉族家谱；它上溯到盘古开天地前的若干万年，上溯到盘古的祖宗江沽，江沽的祖宗黑暗老母、混沌……手握着十几亿人唯一一本家谱的张打的干儿子，是张打的骄傲，可他为何要出卖他干爹那杆枪呢？

张打是民国二十七年（1938）从洪湖回家的，翌年便找到他父亲传给他大哥的这杆枪：枸骨冬青的柄，三尺长的铁枪膛，那可不是钢管，是一根铁棍用钻子钻出来的。这之前张打玩过盒子炮、连发十响的仿德国造驳壳枪、一杆汉阳造。他还玩过大刀。那当然是在房县第十二区苏维埃政府里，张打因读过两年私塾，是宣传委员。后来，红三军东下洪湖，他们便去了洪湖。那一年的冬天，滴水成冰，雪有三尺多厚，他们人人一双赤脚踏上了过吞云岭、下宜昌、到枝江、走公安、渡长江然后到洪湖的漫漫征程。一路上被国民党和地方武装夹击，还没有走过吞云岭，就遗失了一队兄弟，始终没有找到。走到洪湖，认识的人去了大半。张打在九师师长段德昌手下当上了副团长，在与国民党九十八师激战监利城战斗中，他小腿骨折，倒进稀泥塘里，泥水呛肺，住进瞿家湾红军医院，七个多月，小腿好了，肺里的泥水却不能出来，老是咳嗽、胸闷。出院后，一次在江边打一艘国民党粮船的伏击，因他在潜伏时突然咳嗽，暴露了目标，致使战斗失败，回来挨了四十军棍，关了三天，差点死了。后来，他只好假托家里老母病重，请了个长假，换上老百姓的衣服，一路讨饭回家。

他回到家里的那天晚上，没有见到一个家人——父母、大哥、小哥、嫂嫂。一个邻居跑过来，见是他回来了，大吃一惊，说："你好大的胆，还不快跑，你家里的人都被国民党反动派杀光了。"张打一听，吓傻了，拔腿就往后山上跑，一直跑了两百多里路上了吞云岭，跑了整整两天，没歇一口气。

在吞云岭深山里，他瞒了身份，给一家地主放牛。那地主家就两个老人，无儿无女。他托人去打听家里的情况，才知道一家数口——父母、大哥、小哥连嫂嫂侄儿，全被杀了。打听情况的那人就帮他从他大哥家里背出一杆老铳。他一看，是他父亲的，给了大哥。他收好了铳，偷偷躲在山上大哭了一场，依然放牛。那地主夫妇见他老实肯干，把几头牛放得膘肥体壮，就对他很好，他们见他肺疼，不能坐也不能卧，就请了个游方郎中给他治病，那游方郎中给张打弄来了许多草药，煎着吃，吃了一段时间，肺慢慢好啦。张打很感激那地主夫妇，所以在他们说要他做养子时，张打半推半就地答应了。这一下，他这一辈子就不得安宁啦。后来，他们又给他撮合了一个本族寡妇，大他十岁，还有两个娃子，张打就做了人家的"抵门杠子"，也跟地主改姓张了，由赵打叫上了张打，从此在吞云岭扎下了根。

张打在吞云岭成了家，有了两个继子，不几天，吞云岭就解放了。

刚开始，他没去打猎，经人介绍，踏上了川鄂盐道，在四川和吞云岭的深山密林里来来往往，背盐为生。张打虽长得高大，但因在洪湖负伤，腿上负重不行，肺又呛过泥水，已经不算个狠男汉了，人家一人背四五个包，他顶多只能背两个。一个多少斤？一个一百八十斤，五个包就有九百斤之多了。背盐夫个顶个的是大力士，途中忍饥耐渴，一般不卸背篓休息，有一根杆棍，卡在背篓底下，可以站着休息。背盐夫有"上八下七、平路十五"之说，也就是上坡八步一杵，下坡七步一杵，前面的喊号子："打杵——"后面就依次歇了，歇口气儿，再上路。去四川巫山的路，有一千里，临行前，他的老婆就为他先推好了苞谷糁子，五斤、十斤装入自缝的布袋中，吊一块竹片，写上他的名字，将这些糁子寄放于沿途的客栈，回来时，各寻自己的袋子，给房东几个火钱煮了吃。川鄂边的原始森林里，一年的大半时间处于大雪纷飞的季节，他们带上桐油布篷，天晴遮阳，下雨下雪盖在盐包上，过雪山时为防摔下悬崖，每人脚下都穿有铁打的脚码子，绑在草鞋上。那时候，刚解放，路上还有土匪和国民党的散兵游勇，常常劫他们的盐包。有的人就拼了命，有的人就自认倒霉，一趟下来，说不定倾家荡产呢。背盐的人多，有的是私人背的，有的是为当时的供销合作社背的。宿在某一处客栈，人又满了，一个统铺上人挤人，你后到，怎么办呢？总不能在火塘边坐一夜吧。老板自有办法的，搞一块光滑的长木片子，用冷水浸了，往人缝里一插，说："两边去！"脱光了膀子鼾睡的背盐夫们就被激灵一下，忙缩向一边，中间就插了一条缝，你就可以躺下半个身子对付一夜了。

在深山密林里也有许多乐趣。那时候，"红毛野人"也多，经常找他们讨食。有一次，他们在岩洞里夜宿生火做饭，洞口站着个两米多高的"红毛野人"，伸出毛茸茸的大手找他们讨吃的，张打就给它投了几个苞谷饼。可那野人还不走，张打就将同伴带的一个小溜锄烧红了投给他，他烫得哇啦哇啦大叫着跑开了。但那天晚上，张打他们七八个人住的岩洞里，唯有张打被老鼠咬得不能睡着，半边小脚趾啃掉了，一双麻草鞋也不见了。天亮起来，找不着鞋，同伴就说，那不是野人，是个山精木魅搞的鬼。

山中的豺狼虎豹也是多呐，有一次，张打背了四百斤盐，走到一个叫百步梯的高山上，就听见老林里传来老虎和老熊打斗的声音。张打是个不怕鬼的人，心想，啥枪都扛过，杀过"杆子队"，也带过兵真枪真刀干过，怕个啥，就对同伴说："你隔远点，我去望望。"张打就走近了。老虎最先发现有人来了，不知咋回事，许是他身上有杀气吧，见他过来，老虎掉头就跑。这家伙一身扁担花，斑斓动人，跑起来也威猛极了。张打正在瞅那老虎往山梁上跑，被老虎咬伤的熊却在一旁哼哼。他一看，熊还不小呢，看样子只有半口气了，他就更大胆地靠近它，观察它的伤情。嘿，那熊哪儿死啦，刚才只是被老虎打倒了，伤是伤了点儿，在眼圈周围和后掌那儿，撕出些肉筋来。熊因为眼力不济，张打到了它跟前，以为是老虎又跑来了呢，必须反击，于是唰地坐起来，用两个前掌抱住了张打的腿。妈呀，张打想，这下要命了。求生的本能让他抓住了熊脑壳，见前面有个树丫，一下子把熊头摁在了树丫里，便高喊同伴，要他赶快来帮忙打熊。哪知那同伴是个胆小鬼，拔腿就跑，张打见没有人帮忙，只有死死摁住熊头，不让它动弹。这熊头不能动，熊爪子可不是吃素的，就乱刨，把树皮一块块地刨掉了，又刨张打的肚子，刨烂了张打的衣服，也一爪刨到他的血肉，张打吃不住了，只好放了熊。张打以为那熊肯定要吃他无疑了，哪知这家伙后退了几步，就往山下跑了，它负了伤，不敢与张打继续打斗，张打这才捡了条命。

熊爪子的毒大得不得了，村里就有人被熊抓过脸后烂死了的。张打回来后肚皮也烂掉了，快烂穿了，才找到那个给他治肺的郎中，治了两个月才好。从此以后，张打再也不敢去四川背盐了。

从那次张打与山中的野物结了孽，张打就开始拣起他大哥留下的那杆土铳。他在墙角和山洞里刨了些硝盐，又把河边的枫杨树枝子烧了些灰，就开始熬制火药了。然后他找村里的高铁匠舀了些铁砂子儿。如果他打到了些野鸡，就会给高铁匠丢一只野鸡。高铁匠就说："你自己去缸里舀吧。"他是完全信任张打的。这铁砂子为何放在水缸里呢？铁砂子其实就是把铁化成水了，在水缸里覆一个水瓢，铁水从瓢顶滚落冷水里，一颗颗就溜圆了，沉落缸底。打匠们都是以物易物。高铁匠收了这些圆毛扁毛的山货，剥了皮，拔了毛，拿到镇上去卖，肉和毛都值钱。

张打上山打猎，总是带着他的两个继子和四条凶猛的猎狗。这四条猎狗叫福、禄、寿、喜。这些狗都一律嘴巴粗，尾巴直，下巴有一两根刺得死人的箭毛。三根的，张打就不要了。打猎的知道：一根撵，二根叫，三根四根守强盗。张打的猎狗们能跑善战，把野兽撵进山洞后也会拖出来撕咬，管它是豺是狼是虎是豹。张打的头猎是福子，它是掌叉子的，有五张嘴——凡脑袋上的器官都是嘴，能听能闻，能跟风，就是在风中也能闻到五里之外的野兽气息。

张打的头猎和二猎，那真是为主人尽忠的猎犬。有一次，张打带着两个儿子在坟山里赶仗，赶出一只猪獾来。张打看见福子和禄子两条狗飞快地追撵。猪獾跳过了一条河，又钻进一大片山荷叶的深处，再向一片高山上的珙桐树林猛跑。在那树林里，两条猎狗与猪獾咬成一团，不知为何，猪獾挣脱了两条猎狗的撕咬，向前跳进了一个深不见底的天坑，可那福子和禄子，竟也跟着跳了下去。这样的猪獾，为了落下个整尸，跳下去是情有可原的，而张打那两条狗为何也跟着它往下跳呢？因为它们要尽到猎狗的责任，这难道不是献身吗？张打那天在天坑沿上，站了许久许久，脱帽向他的两条猎狗致哀并致敬。他惋惜，但更多的是骄傲，他这个打匠可以驯出如此忠于职守的狗来，以后还可以驯出更好的狗。后来，他在神农架又物色了两条好狗，还是叫它们福子和禄子。他是这样的，家里的人、畜是不能减的，死去一口，新添一口。死去了狗，张打再添狗；卖了一头牛，张打还需再买一头牛。

　　张打打猎，两个继子也跟着他打。可两个继子不成器，本事没学到，坏事做了一箩筐。一九七一年的正月初二，雪下得很大，小儿子张侠回来对张打说："张打，岭那边山窝里，有两头野猪要吃一头野猪。"这小子一直对张打直呼其名。

　　张打以为张侠在诓他，这小子很会编白话，哪有野猪吃野猪的。张打就去看，果然两头野猪在攻击另一头野猪。张打就明白了，这一年雪下得厚，平地一米深，而且从年前的十月份以来，雪就从没化过。四五个月的时间，雪就把山上的坑坑壑壑全填满了，封盖住了，可怜的野猪没吃的，只好吃自己的同类。

　　晚上，他们一家全听到野猪的厮打声，可是谁也没理那个茬。打匠们都知道，正月是忌月，是不能随便打猎物的。野物也有一个年，这是老辈子传下来的禁忌，张五郎定下的。晚上烤着火，他们也谈论了一下那两头野猪是不是把另一头野猪给制服了。第二天，厮打声没有了，小儿子张侠也不见了。回来时，小儿子张侠从野外吭哧吭哧地拖回了一头没有了脑袋的野猪。张打过去还没有看到过这么齷齪的畜生呢，这无头野猪颈子上的皮翻到骨头外面，血早就冻成了黑冰，整个猪就是块石头，一二百斤的块头，浑身的硬刺直直地伸着。张打当时就有不好的预感，只是没敢说出来。他一见那个龌龊东西，心里就像丢了什么似的一阵惶悚，赶快大声对张侠吼："扔出去！扔掉！快扔掉！"

张侠说："不能打也不能捡吗？"

张打说："不能打就是不能捡的，这不一样啦！"

那小儿子不干，大儿子也不干，他们的妈也不干，众口一词说："你不捡别人捡了，哪来这多老规矩，以为真是猎王哪！"

在家里哪儿有张打说话的地方，他们娘仨一股绳子了，张打就狗卵都不是了，是个外人，连自己的姓都没有的人，跟他们姓了。你看他们那个欢天喜地的劲儿，抬起无头猪，就放到火塘上烫毛，毛燃烧时发出的气味一阵阵让人恶心，就像胶鞋烧着了一样，还夹杂有一股山里秽物的血腥味。他们娘仨开膛破肚，张打的肚子也被翻了个个儿，他一个劲地在猪栏里作呕。他们喊他进屋吃心肺汤，他能吃得下去吗？

晚上，两头野猪就循着气味跑到张打家来了——这事还没有完结呢。那是它们的食物，它们辛辛苦苦花了两天咬死的同类，才啃了个头，最美的佳肴还来不及品尝，就被人给悉数收走了，这两头怒气冲冲的野猪开始了拱墙脚。要知道，野猪的嘴巴比刀子还厉害，简直像推土机，那干打垒的墙，经得起它们拱吗？拱得整个屋子特别是椽子和檩条噼啪作响，墙不停地颤抖，刚开始他们不知道是什么原因，外面雪落无声，风又不大，以为是山崩地震了。屋里的狗咬得凶，它们是拴着的。张打披衣起床出门一看，看到两个黑乎乎的家伙，一闻气味便知是野猪。正准备拿枪去吓唬驱赶它们，小儿子早就端枪出来了，并瞄准了它们。张打眼疾手快地就把他的枪推开了，高叫："打不得！"小儿子不听劝，一意孤行，要朝野猪放枪。结果父子就在门口打了起来，枪走了火，总算把野猪吓跑了。但到了第二天晚上，这两头野猪又来了，咬死了张打家的一头猪。因张打把枪藏了起来，小儿子找不到枪，就把四条猎狗放了出来，张打唤狗也唤不住，狗见了猎物那一准是不要命的。在张打家后山上，四条猎狗和两头野猪展开了生死大战，饿极了的野猪这一次似乎占到了上风，两头野猪不仅没被猎获，寿子和喜子两条狗倒被咬得面目全非了，一只鼻子咬掉了一块，一只尾巴咬断了一截。张打看到那断尾巴的喜子就想笑，张打一笑，他小儿子就将他一掌推倒在雪地上，摔了一个嘴啃泥。那雪可不是一般的雪，冻了凌的，砸得张打眼冒金花，口鼻流血。张打说："好哇，你好大的胆，敢打你的爹了，你翅膀硬了不是！"张打操起打猎的开山刀就朝他砍，砍伤了他的脚后跟，张打狂叫着说："你们哪个敢过来，过来就是一刀。"张打实在忍无可忍了，反正这个家也不是老子的。大儿子张胆把张打抱住了，说："爹息怒，爹息怒。"

到了秋天，这两头野猪又出现了，全村的苞谷、洋芋不吃，专吃张打那自留地里的苞谷和洋芋。这野猪是很记恨的。张打只好带着两个儿子去山上赶仗。小儿子就埋怨张打了，说："张打你这个老混蛋不听我的，早打死了早没事。"

小儿子张侠因为怨恨张打，懒得行走，就干上了最轻松的坐仗，也就是瞅准野猪撤退的道儿，赶仗的有意把猪往那条道儿上逼。小儿子坐在那刺沟的小路口，张打与大儿子加上几条猎狗漫山遍野搜索、吆喝，终于赶出了野猪。他们还下了几只"铁猫子"，那铁猫子是用铁钎打进去的。有一头野猪踩上了"铁猫子"，那铁家伙夹断了它一只腿，可野猪拼上了老命，它硬是把铁钎拔起来了，拖着"铁猫子"，三条腿比那福、禄、寿、喜跑得还快。但那野猪终究是负了伤断了腿的，还带着个"铁猫子"跑，最后被几条猎狗一顿好咬，张打赶上去再一枪，解决问题啦。在逮住第一头野猪后，第二头野猪就被他们逼得在一个山沟里打转转了，但就是不往坐仗的小儿子方向去。为何？张打一闻空气，从那边闻到了烟味，那小杂种正躲在一丛粗榧下面抽烟。张打都闻到了，野猪还闻不到！烟味、汗味、狐臭味，有了这三味，你就别想打到野物了。四条狗撵，张打与大儿子赶，打了两枪都没伤到猪的皮毛。等张打装足了火药放第三枪时，就见枪子儿落处，鲜血冲天而起。张打和大儿子赶快跑近一看，野猪也倒了，人也倒了，那人倒在地上一阵阵抽搐，绝望的眼珠子瞪得像铜铃，嘴巴和眼睛及耳朵那儿，因为痛苦拧成了麻花一样的皱褶。是小儿子张侠！那野猪呢，样子跟张侠一样可怕，宽大的嘴巴全张开了，吻豁幽深如黑洞，两对长獠牙戳出腭肉，像四把寒剑，黑麻色的毛皮闪烁着阴森无比的光泽，让人不寒而栗。

事情就可想而知了，张打把小儿子背回家里，就被他那老婆和大儿子加上张家族里的人给捆了个结结实实，他们下狠劲用刺牛棒敲打他，打断了他两条腿，并把他投进了猪圈。张打拖着两条不能动弹的腿在猪圈里待了三天，与猪争食，和猪睡在一起。张打想，这次我必死无疑了。嘿，天无绝人之路，就在张打快死的当儿，那个救过他命的游方老郎中出现了。张打一看，是他，就是当年给他治肺的那个，他就拼命喊他的名字，等老郎中走近，张打一把抱住他的腿。那郎中果真老啦，胡子垂齐胸前，但面膛红润。张打喊："救命哪，救命哪！"他见张打这个样子，问为何要睡在猪圈里，张打告诉他因枪走了火，打死了小儿子，才落得如此下场。

老郎中蹲下来看了张打的双腿之后，面露为难之色，道："这双腿烂成这个样子了，都变了色，我是无能为力了。"

张打说："您是救苦救难的观音菩萨，您总是有办法的，当年我那肺病，吃了七个月西药没吃好，您一下子就弄好了。哪有郎中治不好的病，只是没找准治病的药。"

郎中说："有道理，要治你的腿，只能下猛药了。"

张打一听郎中松了口，就觉得有希望了。张打就对郎中说："您是跑山看病的，手里一定有一些猛药。您发发慈悲给我治了吧，我来日一定重谢。"

郎中说："你拿什么谢我，在猪槽扒食的人，你还有什么能耐？"

张打说："我不是吞云岭的猎王吗？我用一头老熊谢您。"

"少了，"郎中说。

"十头！"张打说。

"这还差不多。"

那郎中就放下了他的羊皮褡裤，掏出一个布袋子解开，取出一种奇怪的东西，用石头捣碎，趁热敷在张打两条腿上，又用布条子缠住，对张打说："三天不退肿，神仙无办法。"

这古道热肠的郎中又对张打的老婆和大儿子说：

"人已死在枪下，这就是他的命了，何必再赔上一条命呢。你屋里缺了猪圈里的那个男人，必定塌天。"

张打迷信的老婆将信将疑，就把张打抬回了屋里，洗刷干净，放进了被窝。那郎中再对张打悄悄说："你若好了，我也不要你十头老熊，这只能说明你命大。你给我两个麝香两只熊胆就行了，我给人配药要这些东西。"

三天以后，张打肿得发亮的腿消了，能下地行走了，新肉也长出来了。几个月后，他恢复如初，能跑能跳了。

张打腿好了后就拼命找香獐打，取麝香，找老熊打，取熊胆。张打还想打一头白獐，取最好的麝香给老郎中，他救了张打两条命了。但找白獐是极为困难的，半年来不仅没见到白獐，连麻獐也没见着。倒是在那个冬天见到了一头白熊。白熊在神农架是从不冬眠的。白熊是些幽默的家伙，能模仿人的动作，还会跳土家族的摆手舞和毕兹卡，可它发起怒来，比狗熊还可怕。那一次，张打一个人带着猎狗去了山上，在茫茫的雪岭看见了一个雪球，从山顶上滚下来。然后，那雪球又往山上滚，张打看得有些发呆，心里发寒，以为碰上了山精木魅，然而那几条猎犬却箭一般地朝那团巨大的雪球扑去，原来是头白熊！这白熊也许是吃饱了没事儿干，就把自己当一团雪球在山坡上滚来滚去地做游戏呢。猎狗狂吠着冲上前去，把白熊的梦打破了。张打看它躲过猎狗，又一个骨碌往下滚，越滚越快；张打看见它抱着的四个脚掌通红，宛如四个大大的甜柿子。张打看白熊的掌子看得发了傻，结果一枪没有定神，打歪了。那白熊听见枪声，闻到了火药味，一阵疾风似的扑向他。张打想，刚捡回的这条命真的完了。还来不及灌火药，白熊的血盆大口就朝他伸了过来，他那时也没啥可想的，一把将手伸出去，伸进白熊的口里，抓住了它那又长又大的黏糊糊的舌头，死死攥着并拖出嘴巴，卡在了它的嘴角。那熊想咬他又不敢下口，一咬先咬断自己的舌头。那熊就这样与他僵持，涎水哗哗地往外淌。这时，张打那英勇无比的猎狗们赶来，一顿猛咬，把白熊咬断了气，救了主人一命。

那一年，正在他找白獐的季节，山上出现了许多害兽，主要是野猪，糟蹋农民大量的粮食。大队支书就找上了张打，说："老张，请你出山组织一个打猎队。公社也鼓励我们打猎，打死一头野猪奖一百斤粮食，打死一头老熊奖两百斤。"

张打连连推脱："算了算了，我见了枪就害怕，你还要我组织一个打猎队，不是让我自找苦果子吃。"

支书说："老张，我们是很尊敬你的，从没把你当外人，也没把你看成地主狗崽子。你在洪湖带过一个团的兵，搞十几个打猎的对你不是小菜一碟！"

张打说："我的腿坏了，你们又不是不晓得。再说，我不想打野猪，别让我难受了。我还欠老郎中两只麝香，我只想打一只白獐子。"

支书说："这又不矛盾。你若今年打不到白獐，我发动大伙找麝香给你，别说两个，二十个也找得到。"

张打还是高低不就，不想出这个头。但那时候，公社调来了张打老婆的一个什么表叔，也来做张打的工作，并给张打灌迷魂汤，称赞张打是吞云岭的猎王啦，百步穿杨，打虎英雄啦，等等。

一听这话，张打就一肚子火，他说："你又不是不知道，我百步穿杨的枪法还能把我小儿子给打死了！我不干，我要是再干的话，又搂一歪火，把大儿子也打死了，这就不是断腿的问题，而是要被五马分尸了。"

后来谈判的结果是，张打的打猎队打死一头野猪公社奖一百斤粮食，有十斤归张打。张打那老婆见粮眼开，就准了张打带上大儿子张胆，还加上村里十来个枪法比较好的打匠，组成了一个打猎队，还有二十多条猎狗。一上山，嘿，别提多威风了！

应了一句老话：大难不死，必有后福。那一年，活该他走山运，打死的野猪用拖拉机拖。什么叫走山运，告诉你吧，张打打死了一头野猪，又灌好了火药，去拖那头野猪时，别人抽烟把他的火门啄燃了，走了火，听见有野猪哼，哟，打死了后头藏在刺棵里的一头野猪。

那一年，公社仅奖给张打他们大队的粮食就有两吨，张打背了四百斤回家，喜得张打那没齿的老婆把嘴都笑歪了。张打还记了一大堆工分，一个工分虽只值两三毛钱，但也不少啊。

那一年本来是个高兴的年份，可张打那大儿子突发奇想，想去当兵。当兵嘛，家庭成分又不行，是个地主，父亲还是个逃兵加叛徒（他们说的），政审不合格。

他老婆埋怨道："你这个地主子弟，逃兵，害了咱一屋人！"

张打心想："我那时不回家又有什么办法？我这个地主子弟身份不就是因为走投无路，无家可归，大病缠身带来的吗？我其实是个孤儿，全家人被国民党杀光了。我真想不通，为何如今成了这副不人不鬼的面孔了。"不能想这些，一想就头疼。

不能当兵就不当吧，张打还是带着大儿子上山打猎。

其实大儿子比小儿子更不成器。有一年秋天，大儿子上山去割漆，割漆就割漆吧，可他在一个山洞里发现了四只虎儿。这个孽子，等了一会没见大老虎，手就痒了，就用割漆的刀把四个小虎儿结果了。不一会儿，母虎叼了一只青羊进来，给虎儿喂食，发现了这惨状……张胆正在得意之时，母虎闻到了气味，发现了藏在洞外一棵漆树上的他，就怒吼着冲过来啃树，树马上就要被啃断了。张胆就哀求母虎说："老虎呀，老虎，你啃得这么辛苦，不去喝点水吗？"那母虎果然就不啃了，下河去喝水，张胆赶快脱下一件衣服挂在树上，溜下来没命地往山下跑去。回到家，就听见他面如死灰地惊叫道："老虎！老虎！"还没说出个所以然来，就口眼歪斜，不省人事了。

从那以后，张胆见了谁都说："你不去喝点水吗？"

有时候，他老子正在撒尿，他也一脸哭相地说："你不去喝点水吗？"

不巧的是，那个老郎中硬是在那次治好了张打断腿之后就没见到了，张打寻找了许多地方，打听了许多人，且早就为他准备好了该感谢的东西。大儿子犯病后，老婆催督他一定要找到那个人。打听了十来天，脚走肿了，还是杳无信息，可是有一天，那老郎中从天而降，出现在他们屋里。老郎中的白胡子又长了，还是那么硬，酒碗递给他，山羊胡子直戳到碗底。张打跟他说起他当年要的东西，老郎中说他早就忘了。张打把东西给了他，他没推脱，也就收了。

张打要求他帮忙治大儿子的病，他听了事情的经过，要张打算事情发生的时间。张打一算，是农历的九月初三。那老郎中捋着胡须说了两个字："完了。"

张打问："如何完了？"

老郎中说："男怕三六九，女怕二四七。你说是不是完了。我男不治三六九，女不治二四七。他剐了虎儿，这样的人，就是华佗再世，也唤不醒他了。"

不过他还是开了一些中草药，说："第十四天不出大事，也就无大事了，命还是能保的。"

喝了老郎中的草药汤，慢慢地，大儿子张胆的口眼就正过来了，见了人也不再要别人去喝水，但头脑仍不清醒，常常指着那吞云岭说："老虎！老虎！"

这报应还没有完结。大约在一九八二年，张打那孙儿张番上山放牛，经过一个荒无人烟的冰洞山，看到几个人掀开一块石板，用石板底下的清泉洗眼睛，洗完后又把石板复原了。张番见那几个人走了，也学着他们的样子，搬开石板洗眼，洗过眼之后，双眼剧疼，像千万根针往里扎一样，再也睁不开了。他摸摸索索回来，家人一看，怎么眼睛肿成这个样子了？问是不是毒蜂蜇了，张番回答不是，说是用一种水洗了眼睛。张打就想是不是毒水，比如硫黄水。神农架山上还有一种哑水，只要你喝了，从此就说不出话来，变成了哑巴。但没听说过瞎水，洗了眼睛失明的。

张打是特别喜欢孙儿张番的，真正地把他视若掌上明珠。孙儿亲近他，吃啥都不会忘记这个爷爷。人又长得标致，圆圆的脸，大大的嘴巴和眼睛，一对灵芝般的耳朵，煞是让人怜爱。读书又行，认的字比张打都多。在张打的调教下，能写一手好欧体毛笔字，在班上一直是人尖子，也讨他们的女老师喜欢。为了孙儿，张打只好又去寻那个老郎中。终于打听到他住在青峰山中。总算找到了老郎中，他住在一个山洞里，周围没有人烟。那洞里寒气逼人，清水长流，是过去一个土匪的寨堡。他还养有两只青鹿，一只金雕呢。

接来了老郎中，老郎中一看张番的眼睛，说："这娃儿的眼睛这次是凶多吉少，谁也救不了。"

老郎中也没给药，也没收钱，拔腿就走了。

正在全家为张番伤心难过时，张胆与人打架伤了对方眼睛被关了起来。当时正赶上严打，他被判了十五年，送到鄂西北深山老林的劳改农场服刑去了。

大儿子一走，家里就剩下孤儿寡母了，老的老，瞎的瞎。张打除了在田中做活，犁田、种洋芋、苞谷、薅草外，再就是以他年近七旬之躯，背着十多斤重的老铳，上山去打野兽。

人越来越多，公路修到吞云岭来了，伐木的用油锯一排排地伐那千百年的大树如割韭菜。韭菜割了能长，大树可不是这样的，割了就不长了，割一根少一根。林子越来越少，扎不住野兽了，野兽也就被暴露了，被打匠们一头头一只只击毙了，零星的一些侥幸逃脱的，去了很远很远的老林子。哪儿算很远呢？哪儿都有人，哪儿都在伐树，哪儿都有枪。为此，张打有时一连几天都打不到一个野物，过去麂子、鹿成群结队在山岭上叫唤的景象没有了，永远过去了。

山上的野物越来越难打了，几乎所有打匠的枪都准备收起来。有的开始下套子，这比自己守山强多了。下了套子，隔十天半月去收一次，可能会收到一两只偶尔蹿出来的野兽，但有时你就是下一百个套子，去收时，也是空的。而且下套子只能在冬天，若在夏秋下，你又不去取，套住的野兽一两天就臭了，你套了也是白套。

这主要是树木的锐减。

在低山，青棡、铁橡、油桐等常绿阔叶和落叶林带已不多见，都被砍了种上了庄稼，有的地方干脆全种上了板栗、核桃和杜仲。在高一点的落叶阔叶林带，栲栎林和茅栗林稀稀拉拉，常被用来作木耳香菌棒的栓皮栎林，因为未有更新品种和过度砍伐，也慢慢退化了，长得怪模怪样，砍下的木棒育出的木耳和香菇个头小，色泽暗。在高山的亮针叶林带，除了有几棵不成材的华山松和小红桦、山毛榉、马铃光外，大树都被砍光了，包括最高山上的暗针叶林，如水青冈、槭树、冷杉。大树被砍伐后，草甸和高山杜鹃这些灌木丛庞大坚韧的根须已经盘踞了山坡上的土壤，那些高大乔木，如巴山冷杉、秦岭冷杉、槭树、花楸与刺楸的籽实落地后不能再扎根、发芽，没有了任何空间。因此，你就只能看到那些貌似美丽的绿茸茸的高山草甸在扩大自己的地盘。还有大蓟，一片一片的蓟刺丛，让人恶心。春天四五月间你看到满山的杜鹃花开了吧，那整个山岭燃烧的气势看起来是非常壮观的，然而，殊不知那是山冈悲剧的开始，也是山冈悲剧的惨烈演出——这表明，原始森林甚至次生林都将不复存在，灌木和草甸成了山冈的主角。这山啊，这山成了不毛之地，山洪泛滥，干旱频现，气温升高，土质瘠薄，野兽无存。一只麂子或一头野猪一旦在稀疏的山林里出现，很容易暴露目标，它们的后果就是被人们赶仗围歼。如果有野物出现，全村人就会出动，一定要把它打死不可。常常是，张打一个人背着枪，就只剩下他一个人啦，一个老迈的、步履蹒跚的打匠不停地在山里头转悠，而十次就有十一次是空手而归。

有一天，张打知道他不再受到人们的尊敬以后，就放下了枪。他也无法再举起那笨重的老枪。

人们现在喜欢的是会挣钱的人，会伐木的人，会烧炭的人，会开出"木材准运证"的人。

山上的草甸，他发现很适合放牧，就决定喂两头牛，让瞎眼的孙子跟他去放牛，做个牛倌。这放牛不需眼神，只要听见牛铃的响声便行了，吆喝它们，让它们选择自己要吃的草，红三叶呀，发草呀，丝叶苔草呀，美丽胡枝子呀，沙草呀，芒，等等。这十分适合一个老人和一个瞎眼的年轻人。当时，家里死了两只猎狗，张打想，添上两头牛是最适合的。

他虽然成了吞云岭上的牛倌，可他的那些行头是不会放弃的，他在镇上弄来了黄油，每天都要用长钎沾了油把枪膛捅一捅。他晒火药，找老婆梳头掉下的头发，装进子弹袋子里。在成了牛倌之后，他那大儿媳妇已经改嫁回了四川，孙儿已经长成大人。家里的责任田他当然也得种，那已经不多了，就三亩来地，种点苞谷和洋芋，薅不过来的草就让它与粮食竞争去。他那比他大十岁的老伴早就老得走不动路了，但她还得为张打爷孙俩准备每天的伙食。早晨，炒一碗枯现饭后，中午就带上一壶水，几个火烧粑粑。火烧粑粑可不是她和的面，是孙子。他偶尔也卖一头牛，但那得换粮食，换点酒。他平生啥都不爱，就爱点酒，也时常挖点药材往酒里丢，比如黄芪呀，党参呀，头顶一颗珠呀，灵芝呀，打死的一条蛇呀，包括过去还保存了一点的虎骨豹骨什么的。他一身的骨头都疼，腿骨断过好几次，不喝点酒不行。

他喝酒，还有一把老劲儿，老伴却越来越不行，她卧床不起后，突然口里一个劲儿叨念："张胆要回来了。"

张打以为她在说胡话。张胆如何能回来呢，他在劳改农场又跟人打架，又半夜抠瞎了一个人的眼睛，又加了五年刑。看来他要把牢底坐穿了。可是老伴的话并没有说错。第二天，张打和孙子放牛回来，门口站着一个看起来比他还衰老的男人，剃着光头，因为对这个世界带着警惕和怀有深深的自卑，额头和嘴边的皮肉拉下来，从略有些歪斜的口眼来看，好像是继子张胆。

他见张打赶牛过来，用一种很陌生的热情和急切的语调说："爹，我是张胆呀，这个是不是我的儿子番娃？"

张番眨巴着瞎眼说："这里没有你的儿子。"

"我听出来了，你就是我的儿子！"

这便是张胆。他的脚下灰尘仆仆，靠门框放着一个小小的行囊和一个黄色拉链布包，张打就问：

"你为何不进门去？"

张胆说："屋里有个死人。"

张打一进去，是老伴，她咽气啦。

张打就对张胆说："把你娘背到泉眼边刷一刷去。"

张胆就进了屋，从房里背起他娘，去了后山的泉眼边。

张打远远地看着张胆在那儿用一把刷鞋的毛刷子刷他的老娘，犹如刷一只腊猪蹄子。他把他老娘背回来后，张打一看老伴，就是具干尸。他这么多年，就跟这具干尸生活在一起，他跟这个女人，竟然生活了一辈子。他是没有眼泪了，他麻木了。他把干尸抱进棺材里，让孙子用手摸了摸那张骷髅似的脸，就封了棺。给人的感觉是真正的死尸并没有装进去，因为那棺材装这样缩成一团的干尸，再装十个也没有问题。祖孙三代就开始往盖子上钉铁钉了。铁钉是高铁匠的儿子小高铁匠专门打的棺材钉子，扁形的，比一般铁钉大，带爪儿的。他们叮叮当当地把棺封了之后，就抬出去埋。张打跟大儿子一前一后，抬到村口，被张家的族长拦下了，说张家这么高寿的人死了，是个喜事，白喜事，大家闹一闹多好呀，就这样，又让张打他们给抬回来，族长弄来了许多打丧鼓的响器，又叫来了唱得最好的人来唱丧歌：

……说什么高贵与贪乐，世上人生有几何？劝人行善莫行恶。八百周朝今何在？富贵长命是枉然。开门日日见青山，青山颜色不改换，人学青山难上难。我问青山何日老，青山问我几时闲？可叹人生多更换，难比青山万万年……

唱着唱着，张打那大儿子就突然呜呜地哭起来了，孙子也哭了起来。然后，大家呜呜地唱着就把张打老伴埋了。

减一口，添一口，这是他的规矩，他就要去巴东买牛了。牛也是一口嘛。可是家里没钱。张打那干儿子来登就趁火打劫说："你把枪卖掉。"事情就是这样出来的。

张打说："那值几个球钱，丢到猪栏里，不出半个月就一准锈成一摊水，卖了看换不换得到一个打火机！"

"那是您说的，城里人见乡下的什么也是金子，什么叫回归自然，您知道吗？您不要自暴自弃。"

"我知道，我知道"，他说。他还有两个好麝香囊，一颗熊胆，以备急需的。他现在拿出了这些家当，对大儿子和孙子说："我要换一头纯种的巴山黄牛回来。"

两个麝香中有一个是白麝的。后来张打终于打了头白麝，想给那个老郎中，但后来去青峰山中的那个山洞，老郎中已不知所踪。这白麝的麝香，放在家里，浓香盈室，终年不散，提神醒脑，宽胸顺气。那个熊胆也存了多年，干爽透了，当初制它的时候曾悬吊在石灰缸中七日。

那一天早晨，朝暾如黛，红鳞满天，张打带着瞎眼的孙子就去了巴东的沿渡河。他们带着十斤火烧粑粑，一大塑料壶的泉水，走了三天，鄂西的耕牛交易会已经开始了。他因为大门不出，还不知道麝香如今比金子还金贵，一个麝香加一颗熊胆，足可以换一头大牛加一匹小犊子。他就这么换成了。那个白麝的麝香呢，又带回家来啦。

爷孙俩赶着一大一小两头牛。他打心里很不是滋味，就对张番说："添了两口，只减了一口，不晓得你爷爷几时说伸腿就伸了腿。"

张番说："爷爷从来不迷信的，今天怎么啦？"

张打说："人老了，不由得你不迷信。"

张番说："爷爷长命百岁。"

张打说："人活百岁是一死。"

张打牵着大牛，孙儿牵着小牛，他还得拽住大牛的尾巴，就这么人牵牛、牛牵人地踏上了回吞云岭的路。一路晓行夜宿，为了牛，只好睡人家的干草垛和柴仓。走了五天五夜，大牛走肿了蹄子，小牛连卵子都走肿了。这头大牯子有着四只极好的紫蹄，四脯各一个大花旋，漂亮得像牡丹，色泽汪亮，好像抹了桐油似的，嘴宽角圆，走起路来，浑身的肌肉一瓣瓣颤动，甚是威武。两头牛因不走生路，走起来够犟的。人犟如牛，牛犟起来如山。张打跟它们说："吞云岭的草才是最好的草。你们晓得吗？那些长草的空地过去全是长大树的，扎过豺狼虎豹的，现在你们优哉游哉，鹊巢鸠占，那不是享福吗！"

回家的那个傍晚，晚霞黛青，红鳞变成了卷云，一阵又一阵的大风把山冈都快吹歪了，河水拱起的浪涛像鱼背一样闪闪发光。各种树木因为大风的长驱直入到处响起折断的咔嚓声，仿佛在过一队大兽阵一般。真撩拨人啊，让人一下子就想起了过去野猪、麂子挤满森林的情形，那些神秘的动物，它们有着鬼鬼祟祟的尊严，当你要打死它们时，它们跑得比风还快，真像是一群云精风神。可一忽，你又觉得它们是本不该被打死的，它们的徜徉极其优雅，一个个如绅士，行走的皮毛绚烂至极，多肉的掌子踏动山冈时无息无声，抬头望山望云时充满着伤感，你就会觉得它们真像你家中的一员，它们的情绪伸手即可触摸。可是，当你太穷，需要钱或肉食时，比如现在，一路吃着火烧粑粑，拉屎都很困难，最后连火烧粑粑都吃完了，连买一碗面的钱都没有时，对那美丽的兽阵只会垂涎欲滴。是太残忍了吧？活人哪能让自己饿死，谁不想过好日子，当没有门路，只有双手时，他必须暗算他周围的这片山林，打兽、伐木。土地和岩石一点都不仁慈，对我们板起千万年的面孔，以拒绝的方式与我们订下了生死合约，那么财富究竟去了哪儿？变作混浊的流水和云彩流向了山外？只有不停地砍树和偷猎才能使人稍微变得滋润一些吗？可是，对斧头和猎枪的操作是危险的，它危险万分。同时它也是繁重的，压得你抬不起头来，就好像在岩石上挖一眼泉。树木和野兽都被这块土地吃掉了，不再让它们蓬勃地生长和发育，这块土地因失望而荟菁。对在这片山冈上生活的人们来讲，山冈是并不欢迎我们的，视我们为仇敌。因此，我们对世代生活的这块地方只会越来越感到生疏、沮丧和绝望。人和大地的亲密关系早就不复存在了，我们之间带着深深的狐疑、猜度和敌意，在对大地的凌辱中，以为大地不会说话而忘记了被施暴对象的存在，其实这种施暴，像迎风泼水，那水会飞回到你自己的头上。沉默的山冈愤怒无声。我们人类罪孽深深。被施暴的结果不是通过呻吟和愤怒还给我们，而是透过那些慢慢秃顶的山峰，透过越来越岑寂、干旱和没有滋味的日子表现出来。

今年的风灾因为没有大树的抵御，又把庄稼给成片地吹折了。

每个人都是破坏者，只要你住在山中。真的，除非你把每一棵树、每一头野兽都看作神物，碰都不敢碰，可那是不可能的。谁都唬不到你，像咱这种当年带着大队人马跟敌人拼过老命的人，什么东西能唬住我呢？我无所畏惧，我们无所畏惧。那这块山岭怎会不遭了罪，它未必比一些荷枪持弹的人狠些？

那两个人，张打的干儿子和那个买枪的城市客正等得不耐烦了。

"你们还回来的呀。"他们揶揄张打说。

张打想喝一口水，张打想叫大儿子给他舀点水喝，却见到大儿子躲在角落里嘿嘿地直笑，像个秋葫芦藏在黑暗里，发出一阵阵恐怖的幽光。他的笑声简直像乌鸦。

"那就卖吧，卖吧。"他见了大儿子这副样子就这么答应了，他爽快地答应了。

"你也盘不动枪了，烂掉也就烂掉了。"干儿子来登抓住他的弱点说。

"打猎先问枪，卖枪先要说枪。"

张打拿出这杆枪，把用孙子当年的红领巾包着的啄火夹铁解开，说："这枪叫啥枪，知道吗？叫'捆枪'。我大哥告诉我说，我爹造此枪时，还没有汉阳造。捆枪就是把枪柄和枪管捆扎住，你看三道铜皮子，好生地捆住，就用金刚钻钻膛了。这第三道箍的铜皮为何黄闪闪地发亮？是我的脸擦的。它贴着我的脸，每次瞄准放枪，都贴在脸上。枪管是八角形的，后面大，前面小，那是怕它炸膛。一点一点地钻穿可不是件容易的事，还不能钻歪。当年要十个银圆才能造好这一支枪。你看这背带，是柴油机的皮带子，我当年在镇上找人弄的，它可结实啦。我这枪从来没臭过，没瞎过火，就乱了一次膛。实话告诉你吧，这枪吃过人的，不过这孽债我还了，被打断了两条腿。这杆枪，不算我爹我大哥手上的收成，光在我手上几十年，就打死过两头老虎，二十几只豹子，九头老熊，野猪不算上，还打死过无以计数的青鹿、青麂和巴狗子（貉）等。我大哥打死的老熊也不少呐。我大哥你们都没有见过，他爱说爱唱，特别会唱赶五句，还会喝酒……"

"你开个价吧。"城里客说。

"啊，这枪……我开这个价。"张打狠狠地伸出一只指头。给那干儿子伸的。

"我干爹说一大张钱。"来登对那个人说。

"一百元？"那个客人露出不知是贵了还是贱了的夸张神情。他站起来，接过枪，朝地上蹾蹾说："两百元，两大张，您这么大年纪了，就算我孝敬您的，多给点烟钱吧。"

张打把火药囊和子弹袋给了他，张打说："我确实不想卖。"

那个客人还要芒筒和开山刀和香签筒，张打说不卖。张打说："说什么我也不能卖这些。你只要枪的，我这些东西不卖。"

他指着墙上，它空了。它只有一个三爪子的猎钩，一副冬天在冰上行走的脚码子（背盐、打猎都用过的）。

那个城市人说："我再给您加五十块钱，一共二百五，这不好听，二百五不好听，我再加十块，二百六，可以了吧。"

张打就把那些东西给了他，张打把开山刀从皮鞘里抽出来。那个人说："鞘不给我，我咋拿呀？"

张打说："卖刀不卖鞘，卖马不卖缰。这是规矩。"

城市客说："我再加二十元，凑个吉利数，二百八，行了吧？鞘给我，您留下鞘也没用。"

他把钱给了张打，张打拿着很少见到的这么多钱，特别是两张一百的，张打又不认识钱的真假，也像模像样地学着别人掸了掸，照了照，说："是不是假的啊？"

"您干儿子在这里，是假的我赔双倍，他作担保，这不行吗？"

然后他拿出照相机，要张打背着那老枪，腰吊着火药囊和子弹袋，挎着开山刀，手拿芒筒，作吹状给他留下"最后一张猎王"的照片。张打就照了。他又要张打把脸贴在枪上，做瞄准状，张打又照了。他要跟张打祖孙三代三个人照个合影，张打他们又照了。他要张打真吹吹芒筒看。张打就嘴对着它的管子，吹了起来。张打吹起这棕树雕的有巨大共鸣音的芒筒，哈，还行，还能吹。他吹起这曾让群山打战，森林发抖的芒筒，这是赶仗围猎的时刻，雪野之上正奔跑着逃命的老虎和豹子。张打看到了那如离弦之箭的四条猎狗，它们踢踏的雪尘迷住了他的双眼，让他的双眼像钻进了沙尘一样磨出一些泪来。他那大儿子就嘿嘿地笑着。那孙子呢，他眨着深陷的瞎眼，他是否也想起了十岁之前他那明亮的眼睛？

干儿子来登看出了张打的伤心，他上前来拿走他的芒筒，说："您不要吹了，算了，让他来学着试试。"

他轻描淡写地想转移张打的心事，张打看那城市客接过去芒筒，也鼓了一口气去吹，打屁一样，吹不响，哈，吹不响，芒筒可不是这么随便能吹响的。张打就说："那够你练的啊。"

半夜，张打还听见留宿的他们在那儿"打屁"，那样的打屁声能震慑野兽和群山，唤起猎狗和枪管的激情？

第二天早晨，城市客走的时候拿出包里的一个小收音机，对张打说："大爷，我猜想您以后的日子一定没有了回忆。这两百多块钱是太轻飘了，不如这枪沉。我感觉您要沉手的东西，有分量的，那才是您这辈子的感觉……可是，对不起啦，我缴了您的枪啊。这钱对山里人来说，说少不少，说多也不多，对我们，确实算不了什么，就一双皮鞋的钱，一顿饭钱，几张蹦迪的票钱。您也不太在乎钱的，您要有个东西看着，睡觉前瞅瞅，醒来，那东西还在墙上。我就想，这收音机给您做个伴儿，晚上，别想枪的事啦，别想过去当猎王杀老虎的事，听听收音机里面的歌曲，听听广播吧，也就混了时间了……"

张打收下了，他想给孙子听听也是好的嘛。

他们要走了，背着扛着，张打跟孙子也要上山放牛了。张打又新添了两头牛。走一口，添一口，这是对了，走了一支枪，添了个小犊子，好。

他们走了，张打上了山。张打唱起了歌，他很高兴。没有了枪，他手上拿着牛鞭和刺牛棒，他唱着他最喜欢的牧歌儿：

> 不唱歌的是条牛，
> 拎到后院驾轭头，
> 三把稻草要你吃，
> 两堆牛屎要你屙，

看你唱歌不唱歌，

……

张打唱着，看见他们频频向他招手。山冈上，蓝天、白云、牛群，还有他那老迈的歌声，萦荡在天地之间。

这杆枪拿回城市后的半年，某一天的夜里，城市客听见枪发出了鸣叫，枪膛里像灌进了风一样嗡嗡直响。他暗自嘀咕说：只怕那个老猎王快死了。等他打电话到山里时，来登告诉他，卖枪给他的那老干爹，的确谢世了，一问时间，很对，就是那天晚上。"我早知道，我拿走了他的枪，他就会活不了多久。"城市客说。他讲起这枪半夜发声的事，见多识广的历史研究者来登说，这是一种龙吟。你知道龙吟剑吗？它会自吟。只要久经沙场的剑，它会在夜半发出一种啸吟，那是在回忆它刀光剑影、万马嘶鸣的过去。枪也一样，它要回忆；那也是一种回声，过去这枪放出去的声音，一一回来了，百年的回声都要回来了——这是枪魂在喊叫，在枪管里回荡。

木材采购员的女儿

　　吴三桂跟着她爹乘轮船溯江而上，过了宜昌，进入西陵峡，然后，换了一只木船，进入碧绿碧绿但波急浪险的长江支流香溪河。他们要到神农架去。在那个巴山和秦岭交界的莽莽大山中，正进行着一场前无古人、后无来者的伐木运动。上千年的大树随着香溪漂出来了，轰轰隆隆的浮木像一群群巨兽把香溪河堵得水泄不通；被岩石撞碎的木渣儿满河乱飞。吴三桂父女的船时常得躲着从河底里射出来的木筒。越往上，纤夫们的脚越吃力，他们可着喉咙，唱着恶狠狠的、短促的纤歌，四肢爬地，贴岩而行。走了一段，一个个干脆脱得精赤了。吴三桂的爹对不足十七岁的女儿大声呵斥，让她躲进船舱里去，别把眼睛丢在外面。而外面的景色让人目瞪口呆，新鲜异常。在她的眼中，纤夫们因短裤印迹印出来的黑白分明的屁股，毫无邪意，它与险山、陡水、荒河一起，倒是让人肃然起敬。

　　进了神农架，植物密不透风，头顶阳光稀少，浓雾诡秘，大树身上的青苔一寸多厚，一个个好像不吃不喝站了千年万年。这少有人触动的地方，少有人目光触动的地方，敢情都生了苔啦！阳光一来，万山空阔，葱郁如海，金丝猴们披着纯金色的长毛披风，在林中如箭镞呼啸而去，成群的鬣羚因为炸山伐木受到惊吓，在哀鸣声中飞跌而死，悬崖万丈，鲜血历历。麝獐在逃跑途中释留了奇异无比的香味，让山林异香扑鼻，刺激得人直打喷嚏。木材采购员吴忠拉着他的女儿吴三桂，穿行在一群又一群伐木者中间，一个又一个伐场中间，油锯间飞起的锯末覆了他们一身树脂的清香，绞盘机把一根又一根大木从山坡底下拉起来，集材机把它们又汇拢了拖走；一些人将砍成数段的圆木钉上防裂器，涂上沥青膏，喷上防腐剂，用铁丝捆头，一声声的"顺山倒"从森林里扑棱棱飞来，吓得人抱头鼠窜，避之不及……

吴三桂十分不解，刚才枝繁叶茂离天三尺的大树，刹那间就倒地成了光秃秃的圆木。她问她爹："他们为什么要砍这些树呀？"她爹说："有用呗，打家具呗，铺枕木呗，做房呗。不砍了它，长在山里又有什么用？一文不值。"她爹叉着腰在山头骄傲地说："看，这就是建设者的风采。"

在江汉平原的一个小镇林业站当采购员的吴忠，近水楼台先得月，他的家里早就储备了几根来自神农架的青枫圆木。吴三桂尤其喜欢那个"枫"字，这个初中毕业在镇供销社饮食店临时端盘子的姑娘，私下将自己的名字改成了吴枫。她爹吴忠说："你没有看到大青枫在山上是一副什么样子。""大青枫，大青枫！"被大青枫的风景蛊惑的女孩吴三桂吴枫，此刻就站在那些大青枫之下，赶在伐木工人下手之前，她捡到了许多青碧小巧的三角形枫叶，她想，当夹进书页后它们就会像秋天的树叶一样变得通红，她要回去送给她的好友们，或者自己一个人欣赏，作为一种留念。这时候她爹吴忠要她去更高的山垭，他要去采购更多的青枫大木。

他们上了乱云垭。在那个地方，要经过简直没有天空的树林，悬崖坠在头上，一条看似有许多兽迹的碎石路刚刚开通，在滚滚乱云中扶摇直上。吴三桂在一些她不认识的树木间穿行，那些树像一些冷鬼恶魂，黑压压地站在简易公路两边。天似乎在下雨，其实是湿漉漉的云雾，碰到身上便成为雨帘，树枝间飞飘着一缕缕的云雾草，像树的百年老胡子。她爹指着山顶说："哈，我看到一棵直通通的青枫了，通到天上了，像天梯一样。"这时候雷声轰鸣，突降暴雨，哪来的大青枫呀！他们躲在一个石岩边，裤腿已经湿透。好半天雨住了，许多黄嘴的乌鸦开始鸣叫，一队红腹锦鸡拖着秀丽的长尾从林中的空地上滑过。正在结果的荚蒾，粗粗细细的亮叶桦和一根并不太高的紫色连香树都突然间从沉雾里挣出来，向她表现着明媚的感情。青枫林就站在它们的后头，在伐木工们的喊声里瑟瑟发抖。这时，从一棵造型漂亮的青枫下走来一个男人，三十多岁的年纪，显得苍老、野蛮，他挎着一把有防震架的磁电机油锯，敞着跟岩石和树皮一样颜色的棉衣，一阵尖锐的空响从油锯口传来，千千万万的雨珠子突然间都似乎因害怕而变得贼亮贼亮，睁着无数双眼睛看吴三桂父女怎么与那个人会合，说话。空气，虚无缥缈的湿漉漉的空气，脚下的泥水和苔滑。吴忠没说什么就交给了那个人一张纸，是一张工单。那个人在晦暗的光线里看了看，就揣进衣兜里，又看了看她——吴三桂。吴三桂的目标并不很大，也不光鲜，因为她个头不高。那个人把他们引进了云雾中的工棚，一个和几个连起来的垛壁子油毛毡屋里。那个人让他们坐在火和烟雾同样猛烈的火塘边，不知从火堆里刨出了什么，要他们吃。吴三桂看着她爹龇着外露的牙齿恶狠狠地把那些带壳的果实夹在板牙中间使劲咬着，然后吃着。再然后，他们就吃起了麂子肉。他们和工人们一起吃麂子肉。他们用刀把肉削成一片片，蘸上些盐粉，用两把树枝摊在火上烧烤，他们吃的是烤麂肉。然后，那个人就要吴三桂留下来帮他们烧几天火。那个人说，炊事员因为拉肚子到山下去了，他们只要有一个烧火做饭的，保证吴忠这五十方青枫一个星期交货。那个人姓蒋，大家都叫他蒋队长，那个人说他叫蒋明孝，是一个说话算话的人。蒋队长把一把油锯在椅子旁顿了顿，用长满老茧疙瘩的手试着锯齿。蒋队长说："就只七天嘛，你下山去给我们袁总带信，我负责完成交给的任务。"

在这样的时刻，采购员吴忠已经没辙了，仿佛是一条唯一的道路，吴忠就把她如花似玉的女儿留在了这高寒的山上，留在了一堆男人堆里，就像把一只羊丢进了虎狼窝。可他为何当时爽快地答应了呢？他说："蒋队长，你真能保证一星期拿五十方出来？"他说："我就将我女儿交给你了。"他还说："你们让她住哪儿呀？"手拿着一本印有"上海"字样的缎面日记本的吴三桂，懵懵懂懂地就留下来了。这是哪儿啊？这些人是什么人啊？这是何年何月啊？猿啼虎啸，狐奔熊走，群山如浪，云雾如海。她烧饭给他们吃，烧水给他们洗，她用山泉洗锅，择天葱做菜；她看他们伐木，晚上睡在一张不知谁睡过的、充满了烟屎味和脚臭味的湿漉漉的大棉被里……

七天以后的一个晴朗日子，百鸟和鸣，阳光如箭。一阵汽车引擎的声音爬上了乱云垭，吴忠带着四辆南京嘎斯来拖木料和女儿了。木料倒是齐了，都打了标记，高高地、整齐地码在简易公路边，可是吴忠的心依然忐忑并有预感。他喊着女儿的名字冲进工棚时，看见一个女性的身影一闪就不见了，再也找不着了。

"你出来呀，三桂，吴枫！"

他大声地喊着，跳着脚，到处搜索，没有女儿的人影。那个叫蒋明孝的人对他说："你女儿是不想跟你回去的。"

采购员吴忠知道他要爆发了，上山之前的几个日夜他就有预感，他是来爆发的，他是来杀人的。他要杀人，他要血洒乱云垭，他要拼个鱼死网破，万一女儿有个闪失，被人侵害了。

事实出现了，恶劣的事实出现了。吴忠喊："你出来呀三桂，你跟我回去！你告诉我出了啥事！"

"反正她一时不会跟你回去。你再来，她再跟你走。"

"她死了？"

"她没死。"

"她没死你就把我女儿交出来！"吴忠一头撞向手拿红色油锯的蒋队长。若不是被几个人拉住，他的头就会被锯开瓢了。他向工棚后山的老林泪眼婆娑地喊："三桂，你这是为什么呀？你为何不敢出来？"然后呢，这个平时心高气傲自视为高人一等的木材采购员竟一膝给蒋队长跪下了："你放我女儿一条生路吧，你这是干什么，你想与她成家，你也要合理合法地办手续，明媒正娶……"

吴三桂永远记得那个枫林如吼的夜晚，她被两杯苞谷酒放倒了，她摇摇晃晃地被蒋明孝架进她的板壁房，黑灯瞎火，混乱中他就用胡须扎人的嘴堵住她的了嘴。"不，你给我点灯来，你放开我！"她如何能容忍下那一张嘴，那一个人，与神农架的黑山恶水一起骇人的男人的一切，力量、气喘和侵略！她又没有防备的经验，她虽然感到了虎视眈眈，她虽然恐惧，在离开了父亲之后的第二天一早，整夜未眠的她想一个人跑下山去，可路野，林深，云乱。那些人对她还不错，可全是一些山野气息浓重的陌生人，这跟一群山兽为伍没有两样。大青枫在他们奇怪的武器下一根一根无缘无故地倒下了，然后他们就要伐她了吗？

吴三桂没想到事情来得这么快，这么突然。那个人用膝盖死死地抵住了她的腹部，扯开了她的皮带……她将被压成一张纸，捣成一堆烂泥。用木板拼凑的床铺发出了比她更难受的声音，持续不断，愈来愈猛。后来的情形，连她也不清楚她为什么要发出呻吟，来释放那心中的恐惧以承认这个无可奈何的现实。那垛壁工棚外的树吼也许是一个原因，陪伴着她，像她的亲人无望地呼喊着她。恶魔似乎早就存在在这个屋内，跟他们火塘边所谈的野人一样，一起制造着新的情节，让她成为故事中的一部分。妖媚的漆树姑娘、山洞的母野人、狐狸精、花花蛇……人在那样的环境中突然感到她成了那弥漫的大山的一部分。她后来用眼瞪着黑漆漆的油毛毡屋顶，看树枝在风中错打在顶棚上，树一如既往地吼叫着，掩饰了她的尴尬、出丑、痛苦、孤独无援、求生不得、求死不能。

"我该死，你抽我吧！"他说。那个姓蒋的酒气熏天的男人说，他抹到一把吴三桂的眼泪。那是女人的眼泪。这个恶魔有些心慌了，他就铲自己的嘴巴。他就给吴三桂下跪，要她别往悬崖下跳……

吴三桂羞于见她爹，她听爹哭喊着离开了乱云垭，她没有哭，她横过脸来严厉地对蒋明孝说："你要我跟你呀！你除非把我杀了。"

跟也得跟，不跟也得跟。姓蒋的说了，你要是跑了，跟你爹下了山，我半道上截住，我把你们父女喂老熊。

这天晚上，吴三桂被蒋明孝拉着，一干人马，在山下的香溪河边汇集，替一个人教训另一个人。他们人手一个炸药包，准备炸对方的吉普车，给他一个教训。炸药声响，车被炸得飞上了天。

在紧张的黑夜里，这一次新奇的历险，绝不亚于她的失身。她的耳朵都快被震破了，一个晚上都嗡嗡直响，吉普车在一团火球中分解的那一瞬间，吴三桂在寻找黑暗中的一只手，那是恶魔的手，但她现在需要它。她太害怕了。这样的爆炸只在电影中看见过，在《地道战》《地雷战》，在《董存瑞》和南斯拉夫电影《桥》中见过。这个神农架的深山里确实怪呀，怪人、怪事、怪日夜。有谁喊："撤呀！"接着黄豆大的雨点就砸下来了，还有冰雹，好像有人砸石子一样。这完全是一场战争，就像打仗，像行军和逃亡。吴三桂纤细的小手在一只大手的紧拽下高一脚低一脚往山里跑，往山上跑。她不知道往哪儿跑，她只知道必须不停地挪动脚步，不能停下来。没有灯，也没有目的。那场雨所聚起的声音似乎想冲毁后面发生的一切，抹平它们，爆炸，车毁。这是为了什么？这些人，这些当地的和从各处而来的伐木者，这些男人和女人们，他们为了什么，要跑这么远来扔炸药包替人教训一个人？

整个后半夜在惊悸和动荡中的睡眠刚过，乱云垭就乱了起来，听说当地驻军已开拔来搜索和追抓凶手了。省里还出动了直升机。"跑！快跑！"吴三桂从朦朦胧胧的梦里被拎起来，像拎一只小鸡小羊，又跟着蒋明孝往山谷里跑了。

"你干什么呀！""你干什么呀！""你干什么呀！"

吴三桂连喊了三声，三声喊完时，他们已经钻进了一个飞泉

木材采购员的女儿

直漱、苍苔茫茫、朽木连横的石槽。

"你跟我回家！"她听见他恶狠狠地说。

石槽顶的刺叶栎和木通互相纠缠得遮天蔽日，华钩藤和毛药藤像从斜处蹿出来的魔手，撕扯着吴三桂的衣服和手臂。蒋明孝说："快跑啊，快跑啊！"他的脸被刺划出了几道深深的槽，耳朵淌着血。这是地狱，这是通往地狱的门，更远的地方是哪儿啊！更远？她怎么能想到更！

山越来越深，天越来越野，远离了人烟和地球，那从山岩缝里挤出来的一点儿苞谷和田土，是野人点种的还是虎狼点种的？吴三桂在两天的逃亡中记得她进了村子，又重入森林，走入谷底，又再进深山。山像时死时活的记忆，像一个又一个陌生的噩梦。山原来就是这样，随便一踏就是一条路，随便一踏就是一条险途。

吴三桂走进蒋明孝的村子时，是第二天已近傍晚时分。她腕上的上海女表停了，只记得太阳哗啦啦地往一座山头撞击，寒气骤然降临，人不由自主地哆嗦起来，烟岚跟着她的裤腿走进一个突出的山嘴，七八家用黏土堆起来的人家，臭气熏天的畜栏似乎是她全部的记忆。狗在疯狂地、富有激情地咬着他们，被咬的是一个女人，一个从山外闯进来的女人，她的那一件腈纶的秋装和翻领熠熠闪光，她的脸是金瓜似的有轮有廓的脸，不像那些村里人的脸，全是从山缝里扒出的地瓜似的脸，极不规范，形态各异。她腕上的手表也极为抢眼，没有褶皱的裤子，荡漾，笔直，一双有胶底的平绒布鞋，虽然已经沾了泥水，可她的胶底踏着石子小路时依然噔噔直响。她的嘴角是矜持的，蔑视的，不与人为伍的，眼神也不同，虽然眼中没有岁月的沧桑，沧桑值几个钱呢？在迎接她的那一双双沧桑的眼里，不是全都填满了自卑、羡慕甚至莫名其妙的、与生俱来的歉意吗？可怜的八人刨，这就是蒋明孝的村子，它叫八人刨。是八个人刨出的村子，是三家人，是很有些年头了的古代三家，一家姓韩，一家姓陈，一家姓蒋。来自陕西、河南和四川。八个人刨出了这片外人绝不知道的炊烟。因为开垦，除了几只鸟，所有的野兽都没有了，水、风、稀稀朗朗的树，都服务于这群灰头土脸的人。土地在斜坡上，被水冲得干干净净，连一个细菌也没有了。要想长庄稼，只有不停地养牛和猪，让它们沤肥。因此，猪圈和牛栏里，常年有一尺多深的粪水，它们泡烂了牛蹄猪脚，让猪和牛的肉里浸透了粪便的气味。整整一年，吴三桂看见他们桌上端出的猪肉就作呕。

啊，蒋明孝带回他的媳妇啦，这真是好事，看看人家伐木带回来的媳妇吧，小得像他的女儿。看看人家身上的工作服和机油，看看人家的头发，走路的样子。虽然失魂落魄，可现在的蒋明孝因为手里带着一个女人（他们竟然手牵手），村里的人完全没想到他是个逃犯。他的父母全是猜不出年纪的人，他的母亲与猪食的气味近似，他的父亲与石头的气味近似。麻木，即使高兴也麻木，高兴令他们更加麻木，像一些被风吹雾罩的植物，摸头不是脑。倒是他的叔叔，一个住在他们家后山坡不远的鳏夫，提着一只毛锦鸡来了。他说这是他用钉耙打的。接着他又端来一碗他做的野猪肉，在堂屋还没有开饭的桌上，烟熏火燎的屋子里，只有吴三桂那一排微微启齿便露出洁白的牙齿闪烁着。蒋明孝的叔叔手端着一个像从灶里扒出来的土碗，盛着满满的一碗野猪肉端送到了吴三桂的面前，也不说话，只是由衷地傻笑着。

"你吃，这是野猪肉，这是腊野猪肉。"蒋明孝示意吴三桂接过来。吴三桂看到的是一碗用灶灰裹着的菜，是一碗不辨颜色的、烂同污泥的动物的尸体。蒋明孝说："我叔叔不会说话，你看他嘿嘿地笑了吧，他只是会笑。"蒋明孝叔叔的一只大黄狗也向吴三桂摇着芦花穗子般的尾巴，张着大嘴，舔着长长的舌头，好像说："你吃吧吴三桂，可好吃了，我刚才也吃了一大碗。"这就是狗食，吴三桂终于明白了，她不接，誓死不接。接着听见了一阵鞭炮声，蒋家放鞭炮欢迎他们的媳妇了，接着全村的人都跑来了，人们再一次看着这个山外来客，这个标致的女孩。蒋明孝的叔叔这时退到了门外孩童般地笑着，而蒋明孝的弟妹这时候忙得都像陀螺似的。他的弟弟在饭熟后要拿鞭杆去放羊，屋里的人说："吃了再走嘛。来，吃，吃，怎么不吃呀？这是野猪肉，这是芫荽炒猪心，这是黄豆炒猪尾……"苞谷酒的酒香从来没有像今天这样，能替蒋明孝说话，满屋子的空气都似乎像老实、宽厚、劝说的嘴巴，要吴三桂留下来，认了这一切。

鬼城似的峡谷，一望无际的山涛，黑森森的白天和晚上，多么可怕啊。吴三桂被蒋明孝紧紧地防着，守着。他的家人问他："这妮子怎么一天到晚哭哭啼啼？"蒋明孝说："她爱哭让她哭去。"当别人问他是不是回家休息的，他不耐烦地说："你们别管。"有一天，吴三桂到屋后那个天然石臼搭成的茅厕解溲，一条巨大的蟒蛇从灌木丛簌簌地爬出来，朝她吐着一尺多长的血红信子，她提着裤子出来下石阶时，摔倒在了石岩下，连吓带摔昏死过去。

"爹，你来救我吧！"吴三桂在心里一遍遍呼唤。她要爹带蛮多蛮多人来，带上够对付蒋明孝和他们一家的人，带上民警，

144

带上解放军，带上伐木队的领导来，先把蒋明孝捉拿回去，然后她就堂堂地出山了，她就回去，不怕人的闲话，回到小镇的平坦路上去，回到有照相馆，有电影院，有瓜子摊的生活中去。总比在这儿让鬼吓、蛇咬、蒋明孝的摧残好呀。在那个夹有青色的青枫叶子的笔记本里，她写下了许多渴望，写下了许多骂蒋明孝的话。可是有一天，她发现她怀孕了。她不停地呕吐，吃什么吐什么，下身干干净净，仿佛不是女人了，没有了三十天必来的那些红水。当蒋明孝一家人都知道后，一家人就愣在那里，跟一堆糟木头没有两样。

"看着这些苕货，这些木头一样的人！他们就是一根根木头，哪儿像人呐！"她在心里发疯地喊。

蒋明孝要他老娘蒸蛋给她吃，贴洋芋饼给她吃。他们把洋芋煮熟了，搅成稀泥与大便一样的东西，然后贴在锅里用油煎。吴三桂不吃，吴三桂誓死不吃。"我不吃大粪！"她高喊。她已经无法吃了，她瘦得皮包骨头了，烈女子的两只大眼睛更加大，像两个牛铃瞪着眼前的一群人，里面顽强地燃着怒火。

"你跑啊，我放了你，我服了你。"蒋明孝说。

他是怕出人命？他还怕出人命吗？他不是积极地拿着炸弹去为他人教训人吗？他果真放了她一马。吴三桂就开始往外跑，她早就知道了有一条通往山外的路，她细心记住了许多人走的路，从他们的言谈中知道了哪儿可以通往很远很远的山外。可是，没有走上几步，她眼一黑，腿就软下来了，人就百事不知了。

过了两天，吴三桂的爹吴忠神仙下凡一样地突然出现在蒋明孝家的门口。正从地里背了洋芋回来的蒋明孝听说山外有人来找他了，吓得丢了背篓就从后门蹿出去往山上的老林里跑，以为是有人抓他来了。然而来的是木材采购员吴忠，还有吴三桂的小舅舅。亲人来了是有预感的，那一天，久没有上发条的上海女表突然在枕头下嘀嘀嗒嗒地走了起来，屋后村子里老是鸦啼不停的声音，突然在早晨传来了一只喜鹊的聒噪，她从潮湿的床榻上支起沉重无力的身子，一眼就看到了她爹和小舅舅。父女俩抱头痛哭。这当儿，门楣垮塌、台阶失修的屋外面一下子围了二十多个人，还有十几条大大小小的饿狗。八人刨平常枪打不到一个人，这下竟然把全村的男女都集中起来了。他们是来阻止吴忠带走人的。

"她要生娃儿了。"蒋明孝说。

"看把我女儿折磨成什么样了！姓蒋的，你好狠心呀！"吴忠指着自己的女儿又点着姓蒋的鼻子说。没有说上几句话，吴忠的手就薅上了蒋明孝的领口。吴忠用头猛撞蒋明孝，说："老子今天就死在你这里算了！"吴三桂的小舅舅上去拉开了大打出手的吴忠。那时候蒋明孝并没有还手，他的衣领被拉破了，头发好像也被拉掉了一把，鼻子上被抠掉了一块皮，正在往外渗血。蒋明孝说："她生了娃儿回去。"

"三桂，你就死在这里算了，我要是你，我早就一根绳子吊死了！"

吴三桂去追她爹和小舅舅的时候，被很多帮闲的拉住了，有男有女。蒋明孝那时候赶忙往背篓里放腊肉，那些生了绿毛的腊肉，在神农架是家家都有的，无论多穷，肉是有吃的。他对吴忠说："你上次说你们那儿缺肉，我给你背几刀腊肉出去。"蒋明孝背了满满一背篓的绿毛腊肉，跟在吴忠他们身后。吴忠骂他是个不要脸的流氓、坏蛋，说谁吃你的腊肉。可蒋明孝亦步亦趋。

走一截，吴忠回过头来赶他一截，像赶一条狗。可他一直跟到长江边，也一直被赶到长江边。第二天，蒋明孝回到了村里，用一只肩膀挎着一个空背篓。他的腊肉是被他的愤怒的岳丈丢在了山里还是丢进了长江，以后一直都是个谜。

再坚硬的石头总有一天都会被时间风化或被雷电击碎的。有一天，吴三桂在山坡的沁水窝洗脸时，对丛林中蹿出来喝水的斑羚大吼了三声，并拾起一块石头来向那野物狠砸，又吼又叫，硬是把那几百斤的野物喝退了。她突然感到自己有了对付山野的办法和力量，然后赶仗的人拿着枪和开山刀顺着斑羚逃跑的方向围过去，竟然一口气打死了两只斑羚，一公一母。蒋家因为吴三桂发现斑羚的功劳，分了一大块好肉还加上一些羚肝羚肺什么的，吴三桂那天自己在锅里放了一大把野蒜，当地人称为天蒜，在神农顶最高峰采得的。她说："我为什么不吃呢？我为什么要把自己饿死？"她说："给我盛一碗！"这个江汉平原的小女子开始指挥蒋明孝了："给我盛烂的，煮烂一些！"她大声说。然后蒋明孝的那个不怎么说话却很会傻笑的叔叔，也提来了一只毛色灰得无比高贵的竹鼠，足有五斤重。这位叔叔手上缠着厚厚的破布，显然是被竹鼠抓伤了，他抹着一鼻子的灰，手指甲里全是血，那是刨竹根下的洞刨的。"看喏，看喏，牙齿，牙齿。"这位笑得像孩童一样的叔叔一个劲儿说着竹鼠的牙齿。大家就说这"竹溜子"太好吃了，比老熊和豹子肉都好吃，豹子肉有一股狐骚味，老熊肉就像木渣。说汤好喝，那就喝汤吧，喝。竹鼠在被宰杀时却跑了，那个叔叔赤着一双脚满村里捉它，真是无比滑稽，许多人都来捉那"竹溜子"。

重新逮那个竹鼠给八人刨整个村子带来了欢乐，有人为此打破了脑壳，有人挂破了衣服，有人手上沾满了竹鼠的血，最后还是蒋明孝叔叔从一蓬刺棵里爬出来，竹鼠的两颗大铲齿咬住了他的手，蒋明孝的母亲在一旁惊慌地喊蒋明孝，蒋明孝一棒把那个垂死挣扎的竹鼠打了下来，一刀砍断了它的喉咙，吓得吴三桂浑身筛糠似的发抖。蒋明孝的母亲诚惶诚恐地端着竹鼠肉和汤伺候着卧在床上的吴三桂，生怕她把碗摔了。她的胆子还没有大到这种地步。她只是吃，或者不吃，以此来表现她的心情。她大快朵颐的时候，肚子已经膨胀了，娃子已经出怀了，娃子需要营养来成长，为了肚里的娃子，她也要吃那些过去见都没见过的，在神农架也变得很稀罕的野物。她要吃遍神农架。吃竹溜子，吃野猪火锅、麂子、九节狸，吃野菌、灵芝、五味子、鸦巴果、木通、猫儿屎，吃石蛙，吃蕨菜芽子、芫藿、天葱天蒜、洋鱼条子（一种鱼），喝桦树汁，吃野柿子，啃拐枣，嚼山楂，用山牡丹的根、皮煮鸡，用紫苏煮懒豆腐。天上飞的，地上跑的，山中长的，全吃。

"这太好了，这太好了。"蒋明孝的母亲给家人报告吴三桂的情况时说。

什么结婚，什么门当户对，什么志同道合。吴三桂盯着房里那口立柜上不知哪个乡村木匠胡乱画的一幅喜鹊登枝图，就糊里糊涂地生了个女娃子。五个月的冰封雪埋终于盼来了不肯解冻的春天，寒冷还在心上、床上，路是没有了，太阳好像温热了一些，落叶的阔叶树好像开始打苞了，出芽了。生娃就在那张狗窝般的昏暗的床上，火塘里的火可算是猛烈巨大，烧得火星盈帐，火气和痛苦差一点让吴三桂闭了气。她喊她的娘，娘呀娘呀。

哪儿能抓到她娘的手？她抓住的是床沿，仿佛能帮助她的只有那床沿，娘的手就是那硬硬的木头。她喊呀喊呀，娃儿出来了，肚里空了，人软了，像一堵墙被人掏空了里面的泥巴，要坍塌下来了。她不知道是怎么支撑着走进梦境的，她浑身淌着冷冰冰的汗，看见一个淡蓝色的森林里全是金色的阳光，她抱着一个小娃儿，一放下地，那娃儿就在森林里跑了起来。娃儿能跑啦，娃儿是她的，她喊她什么。后来她醒了，她看看身边，有一个娃儿，被一些稀奇古怪的山里人传来递去。那是她的娃儿？她有娃儿了？娃儿叫什么名字呀？她努力地去回忆梦中她唤的那个名字，好听的名字。啊，是什么枫吧，蒋小枫，她就叫蒋小枫。不管跟哪个姓，我不管她姓什么，我要叫她小枫。就是小枫，青枫的枫。她的男人蒋明孝用湿漉漉热乎乎的毛巾给她抹着身上，往下身垫草纸，说："还是喜欢青枫呀？"吴三桂就哇哇地哭了，从别人的怀里夺过她的女儿，紧紧抱着，先喊娘，再喊小枫，呜呜地哭得好伤心。然后望着烟熏火燎的椽子、屋梁、有缝隙的青瓦，眼睛如死鱼一样。她的奶水出来了，这么快就出来了。她喂她的孩子，擦干了眼泪，看着自己的孩子吃奶。

有一天，她看着山外明丽的蓝天，从那儿飘过来一朵又浓又小的云，就像一封信，像一个友人走过来一样。山上的树依然在沉寂着，庄稼和土地也在沉寂着，没有什么两样，而那天的蓝天和她感觉空了的肚腹给了她回到父母身边的激励。她那一段时间总觉得有一种无言的喜悦，不知发自何处，好像是从身体上发出的，当她意识到那个累赘似的孩子从肚里掉出来使她彻底轻松后，她就有要离开这大山、峡谷的打算了。有一天，她对他说了，在一番假惺惺的缠绵以后，她说："你让我走吧，娃儿我留给你。"那个人，那个男人，蒋明孝，明白无误地告诉她："不许。"

"那我要跑我早就跑了，你追不着。"

"你跑跑看看。"

吴三桂再一次哭了起来，她决定绝食，不给女儿奶吃（差不多早就无奶啦，三个月就断奶啦）。她说："让我跟娃儿一起饿死。"可她的婆母——蒋明孝的母亲却用嘴巴把饭啊菜啊嚼烂，再嘴对嘴地喂给孩子。这多么恶心啊，这是什么世界什么生活啊！你们的碗哪一个没有被狗舔过？你们的灶上灶马子（蟑螂）和老鼠跑成阵，猫在锅里抓饭吃，你们是原始人吗？是畜生？猪狗一样？让我饿死吧，让我饿死吧，不放我走，我就饿死，我把孩子给你们了你们还不放我走，把我关在这里等死啊，我不习惯这里，我不满意这里，你们为什么把一个小女孩关成了小妇人，还不放？还要把她的尸骨关下来，埋在这鬼不生蛋的地方，这深山老林里？你们也是有儿有女的，蒋明孝，你也有妹妹的，若你的妹妹被人强奸了，关了，你会不会去拼命？你们为什么干这种伤天害理的事呀！吴三桂狠狠地用头撞泛碱的墙，撞床头。她是发誓要死给他们看的。至少有两夜，她不停地哭喊，不吃不喝，把这八人刨村里的狗也搅得一夜夜不安生，整夜整夜地狂吠，好像村里要死一百个人一样的。好吧，好吧，放你走，你走，你这烈性女子，江汉平原的女子就是烈。走吧走吧。他们给了她二十块钱，给了她一个大蓝花包袱，里面装满了茶叶、蘑菇和腌熊膘等一些乱七八糟的东西，给她做了一套花花绿绿的布料的新衣裳，给她买了一双解放鞋，就这么想急匆匆地把她送走了，像送瘟神一样。吴三桂拿着二十块钱说："蒋明孝，你好黑心，你把我一辈子害了，就这二十块钱的赔偿？"蒋明孝说："我要是在伐木队上班，我就有钱给你。"吴三桂说："那你为何不回伐木队？"蒋明孝说："抓了那么多人判刑，我回去不是送脑壳让人剁？"吴三桂说："蒋明孝呀蒋明孝，我走了，你好好管你的妮子吧。你有心送我，把我送到公社，把小枫也抱去，让我跟她照张相。"

三个人一行走到公社，已是傍晚，敲开照相馆的门，央求他们给母女俩照了一张照片，又要求他们给赶洗出来。那个照相师傅起先一口回绝，吴三桂和蒋明孝说了许多好话，后来又把包袱里的一包蘑菇拿出来给他，他才勉强答应了。他们一家三口那时候在只有十来个房子的公社土街上。蒋明孝要去登个旅社，吴三桂不肯，说："从今以后，我是死也不会跟你一张床睡了。"她那时虚弱得十分厉害，天气也突然变冷了，飘起了不大不小的雪花。吴三桂看到蒋明孝快哭起来，在饮食店买个干硬的馍馍谁也没吃一口，他却掰下一块要嚼了喂给女儿，吴三桂用仅剩的一点气力大吼道："不要这样喂她吃了，让她饿死了还好些！"终于拦到了一辆车，一辆到秭归去的运木材的南京嘎斯车，司机也停下来了，说只能带一个人，吴三桂便往车上爬。蒋明孝说："你不要相片了吗？"吴三桂说："我不要了！"

她生怕蒋明孝会爬上来拉她的，会像在乱云垭一样，像一头野兽向她扑来，没有任何余地用绝对的暴力征服她，把她压碎，让她痛苦地叫喊并成了一个女人，一个什么滋味都尝过的女人，一个真正的女人。可是，没有。这一次没有，蒋明孝站在原地，他把那个包袱甩给她，恶狠狠地拍拍手，站在那儿。司机要吴三桂进驾驶室去，可她不去，她就在外头，在车厢上。她已经害怕并领教了这深山老林的陌生男人。大雪在此刻就降临了，仿佛是一种报应，昏暗的天色和迷蒙的雪在汽车的引擎声中搅成一团，跟随尾气的气旋向后闪去，天真冷啊，她穿在内里的还是一件过去做姑娘时的毛衣，她自己织的。车拐了个弯儿的时候整车的木材发出倾向一边的挤压声，恰好这声音引来了女儿小枫的尖声哭叫——假如没有这个急转弯的平坡和一车木头的倾轧，她不会听见那么悲恸、可怜的女儿哭声，那声音在风雪中愈来愈响，愈吹愈亮，整个山壁山谷都是，散乱在每个角落，那哭声亮晶晶的。

"师傅，停车！师傅！"

她拽着包袱往回跑去的情形多年以后再也记不住了，那冰冻的路，那看不清的路边的悬崖，她为何没有掉落下去？为何没有摔跤？——她究竟摔跤了没有？她是如何追赶上向峡谷里摸黑走路的蒋明孝父女？她自己呢？没有一线天光的那个夜晚，她如何向八人刨的方向追寻而去？她一路流了多少泪？

这一年的春节来临时，吴三桂的身体缓过一口气来了，但她依然不能远行。回家的事就暂时搁置了。而蒋明孝说，她那边的平原家里肯定是缺肉的，山外边都是凭肉票，过去她的父亲吴忠说是不要，那是上了霉的腊肉，这是冻好了的鲜猪肉。"我给你家背半边去。我就去了，给你报个信吧。"蒋明孝在腊月二十四过小年的那一天动身，将半边猪肉放在背篓里。神农架的年关早就壅了数场雪，雪有两尺多厚，早晨起来，最上面的雪都冻成了硬壳。这个人执意要去，吴三桂没有阻拦的理由，那就去吧。蒋明孝顶着一张塑料布就上了白雪皑皑的山梁。雪一直下到腊月三十，三十的那天，蒋明孝的弟弟和妹妹以及父亲轮流去几里外的隘口接蒋明孝，都没有接着。到了傍黑，大家都吃了团年饭，蒋明孝才一个人晃晃悠悠地从风雪里归来了。那个背篓断了背绳，只有一边绳子是好的，见到蒋明孝的时候，看到他身上全是猪油，油晃晃的衣裳都冻成了硬壳。原来背篓坏后，他就把猪肉扛在了身上。将明孝坐船、坐车、步行，大约在腊月二十七才到了吴三桂的那个小镇。吴三桂的爹吴忠总算收下了那上百斤的猪肉，还请吴忠喝了一顿酒，喝着喝着，吴忠一个酒杯砸过来，砸破了蒋明孝的眉骨，要不是他躲得快，一只眼睛就瞎了。吴三桂知道这件事的经过是在没人的时候，蒋明孝说："你爹砸了我，还说，你要是拿我的女儿出气报复，我就哪天去把你的女儿掐死。三桂，我拿你出气了吗？我不拿你出气，他把猪肉收了，我就浑身轻松地回来了，流这点血算什么。"吴三桂一想，他还真没有拿她出过气，没有打过她，没有让她做农活，让她保持了一个城镇女孩的体面与闲懒，她的感觉就是在亲戚家做客。对的，就像做客。这一次，当吴三桂看到眼前这个一路风尘有些憔悴的男人给她讲她家里的事情时，她忽然熟悉了他，一下子就熟悉了这个人，她忽然感动了。她抱着自己的女儿，那个因罪孽生出来的女儿，她感觉到她是在渐渐认可这样的生活环境和现实。一切都是顺其自然的。

　　女儿小枫一活过来，就有了看相，完全不像本地孩子，一双乌溜溜的眼睛贼得跟水晶石一样，吴三桂按照城镇人的发式给她梳头，给她梳许多辫子，扎用红毛线、绿毛线缠了的橡皮筋，不让她跟那些村里的孩子一个打扮，让她干净，脸上没有泥痕和鼻屎印，头发用肥皂洗，不让生虱子。这也是她自己保持的习惯，勤洗头与身子。她还在公社买雪花膏，自己擦，也给女儿擦，擦得香喷喷的，红嫩嫩的，不允许这深山老林的野风野雪往脸上刻痕迹。让风成为她心中柔软的风，像江汉平原上的杨柳晓风。

可是，她得分家，这表明她住下来了，她要与那一大家人分开，她让有伐木经验的蒋明孝到山上去偷伐山林，弄来了穿架子、椽子、檩子，还把香柏、青檀这些木料做成桌椅板凳。蒋明孝有半年全是在与山林作对，挥着板斧，带着他的弟弟和那个憨叔叔，将放倒的木头运下山，运进村来，并搭起了三间干打垒的结结实实的房子。房子建起了，满屋的树脂清香中，吴三桂又生下了一个儿子，取名蒋曼军。曼军这小子就胖了，眼珠子灵活得像鼬獾的眼睛，一身的白肉哪儿像山里人的肉呀，白得谁见了都想啃一口，说："我我我吃了你，乖乖！"曼军这小子是来给蒋家添福添喜的，蒋明孝哪儿还要吴三桂做事呀。他一个人把山上的活全包了，还养了两箱蜂子（当时生产队只允许养两箱），闲时就上山去打点野物，采点药材，然后偷偷背到公社去换点钱。可是这一切还是没有在伐木队来得快，队上的口粮总是很快地吃完了，蒋明孝还要无休无止地到大队上水利，到河边码石头，砌梯田。然而报酬少得可怜，挣来的全是工分，回到生产队分红，一个工值不过两毛多钱。最难解决的是，两个孩子没有户口，吴三桂的户口不在这里。她试着写信回去，要她爹问问能不能为两个孩子上户口。给家里写信是非常少的，家里只有她的一个妹妹偶尔给她写封信来，而这封信也是寄给在上中学的妹妹，由妹妹转给她爹的。过了不久，妹妹回信了，说爹去问过，根本不行，说吴三桂的户口在几次清理中都要下的，不是她爹托人说情，早就给下了。妹妹信中说，她也跟爹说了许多好话，可爹提起这个大女儿就恼火，说，不认这个女儿了，说那生的什么孩子，不就是生了一堆神农架的红毛野人吗。吴三桂看了信，把信搁在了抽屉里。村里是答应给蒋明孝的两个孩子上户口，农村户口。吴三桂顶着不让办，她说政策是孩子跟母亲上户口，我的户口是城镇户口，孩子在这个八人刨，那不刨一辈子地吗？我还真不知道神农架有这么苦，这哪儿是人住的地方？是野兽住的地方，狼住的地方，狐狸老熊住的地方，人就跟野人一样，就是红毛野人，我不能毁了孩子，我总要把他们的户口上到我那边去的，我去磕头，去喊冤，也要把他们上到那边去。

生产队长是蒋明孝的本家，还是按人头给了两个孩子的口粮，算是承认了，有了临时户口。在吴三桂接到妹妹的信之后，她闷闷不乐地在床上躺了两天。有一天早上起来，她对蒋明孝说："你去找伐木队，你要回伐木队去。"

她硬是把蒋明孝逼上了去伐木指挥部的路。在一再追问他当年丢了炸弹没有，蒋明孝明确说他没有丢，那颗炸弹他还把它带了回来，果真他在一个新房的墙洞里抠出了那坨土制炸弹，已经有几年了。于是吴三桂和蒋明孝就揣着那颗炸弹去了很远很远的伐木场指挥部。哪知这个曾异常凶猛的人却在那儿成了软蛋，站在那个山坡上望着望着就不敢走了，就说："他们会抓我的。"吴三桂说："既然你没丢炸弹他们为何抓你？你把你的狠气拿出来，把害我的那阵勇气拿出来。"蒋明孝说什么也不敢往那个指挥部走，他让吴三桂先去打听打听，吴三桂只好夺过那颗炸弹，只身前往了。

指挥部还有认得蒋明孝的人，听到吴三桂介绍，就说，这不是那个曾被蒋明孝强暴的女子吗？她现在却为蒋明孝说话？她对指挥长说："我是蒋明孝的老婆，他没有向黄司令扔炸弹，他应该回来上班。"说着啪的一声将那颗炸弹放到指挥长的办公桌上。指挥长说："还不扔到操场上去！"一个小通信员赶忙抓起炸弹，就从阳台上扔出去了，只听"轰"的一声，炸弹爆炸了。指挥长说："新官不理旧事，何况你丈夫本来就是亦工亦农，并没有转正。"事情就是这样，吴三桂纵有一副旷世的伶牙俐齿，也说不动那个指挥长。

"他即使没炸黄司令，他当年强奸妇女，我们还未找他算账哩。"指挥长说。

"那不是强奸，是我愿意的，我不愿意，我今天来找您？"

"你父亲来告过，我见过材料，我这儿备着案了，你父亲强烈要求把蒋明孝绳之以法。"

"不是的，那是我父亲恨他，不是事实。蒋明孝是个好伐木工，他的技术是过硬的，他比好多人都强。"

在那个山洼里的两层木结构灰楼的指挥部，吴三桂无计可施。从那个冷清的楼上往外望去，好像伐木已近了尾声，许多伐木工背着树苗和铁锹，不是去伐木，而是去栽树。那个刚才被炸弹炸过的操场上，其实已经杂草丛生，过去停过许多拖木材的南京嘎斯车、解放车，还堆着山一样的粗大的圆木，这一切现在都没有了，一颗炸弹扔过去除了炸碎一片死寂，连人毛也没碰上一根。而那一年，采购员吴忠就是在这栋楼里派了伐木工单，带着自己的女儿吴三桂去乱云垭的。

他们不知不觉地就上了乱云垭的路，灰心丧气的蒋明孝要去看一看战友，或者能不能在分队想想办法，做做活。乱云垭哪里还有伐场？乱云垭剃了光头，小小的青枫树苗正从伐过的大木桩子底下冒出头来，一些混蛋的灌木，如杜鹃、蔷薇和荚蒾正横布着它们的身板，岔七岔八地成了山头的霸主，莢蒾和蔷薇的果通红不已，灰雉和锦鸡在凄凉地叫着，云雾深重。他们走进了那个垛壁房，四处都是窟洞，四处都是鬼影，七叶一枝花顶着几颗黑色的果实从墙角里奔拉出来，比人高的蒿茅正在那里面繁殖着，密集得像一片队伍。厕所被一种蛇葡萄爬满了，找不到门了。悬崖宛在，劳动后零乱的宁静亦宛在，就是没有人了，没有油锯和喊"顺山倒"的人了。乱云垭是鬼魂的乱云垭，是野人打尖的乱云垭，过去的一切都不复存在。吴三桂的眼睛在寻找什么，她的眼睛直瞪瞪地瞪着那张现在长了半寸厚青苔的床。她瞪了好半天，她突然看见了那个在上面挣扎的她，呻吟的她，一次粗暴的进入，一个人一辈子就完蛋了。

"蒋明孝，你害得我好苦呀！蒋明孝，你害了我一辈子……"

乱云垭陡然之间响起了悲恸的号叫，这荒无人迹的地方，一下子被一个女鬼冤魂般的声音给充斥了，搅翻了。吴三桂一把鼻涕一把泪坐在地上哭诉的时候，蒋明孝远远地望着那个伤心的女人，像块石头僵在了那里。

吴三桂走回故乡的小镇完全不是出于自愿和召唤，完全是为了她的两个孩子。她看着在地上抓鸡屎吃的孩子，掉进猪栏粪窖的孩子，可爱的孩子。特别是她的儿子曼军，这小子要多可爱就有多可爱。这小子从小就要抓着她的耳朵才能睡着。她只好让他抓着耳朵，他捻着捻着就睡着了，再一醒来呢，又哭着要耳朵，你送一只手指，送一把头发他都不要。这小子不到一岁就能在黑暗中凭手感知道是不是耳朵，是耳朵，万事大吉，睡得比猪还甜。后来吴三桂尝试让蒋明孝的耳朵给他抓，捻，慢慢奏了效。

她是有意慢慢锻炼的，然后，她就走了。

她揣着各种证明，生怕遗漏了什么。她这一次回去，已是两个孩子的妈了，头发也没有光泽了，脸皮也不细嫩了，腹部也凸出来了，她穿的是如此丑陋，完全像一个山里人，走路的样子也不同了，敞着外衣，急急匆匆，脚上的球鞋因为山石的教训弯弯翘翘的，背上像背了块石头，没有了那种轻松的挺拔，眼睛对一切陌生景物现出了警觉与谦卑，像一头放野了的兽突然进入马路和人群。还哪儿来的亲切感？山外的世界早变得一塌糊涂了，时局变了，人们的穿着变了，街上出现了许多个人开的商店和餐馆，小孩们含着塑料管的放了色素的饮料，餐馆里有人在吃凉拌脚鱼，不要粮票也可以买面吃了。多好听的音乐，《军港之夜》《太阳岛上》。年轻人的裤脚好大呀，正用裤脚扫着大街，有录音机提在手上了，跟红灯牌收音机一般大小，可是能提在手上，里面放着一种奇怪的、直往心里去的柔软的音乐，你根本不知道是什么乐器演奏出来的（后来她才知道那是电子琴）。山里是什么样的太阳，简直是长了苍苔一样的太阳，发霉的太阳，缠上了许多令人咳嗽打喷嚏的花粉的太阳，沾着野猪毛、板栗毛、大蓟毛的太阳。到处撒着甘蔗皮贴着电影海报的小镇，河上漂浮着鸭子和塑料泡沫的小镇，到处是人的热气，连地上都冒着热气，不是山里的石头，死了千年一样的，参天大树就像老鬼，峡谷像个死尸，村里的房子像牲畜野物躲雨藏身的洞窟，一年三百六十天烟熏火燎，因为太没有热气只好不停地烧木头以取暖，那些红泛泛的眼睛简直不是眼睛，是一个个伤口。吴三桂大口大口地吐着气也吸着气，她终于找回了一点感觉，在那些气味中回到了过去，她是这儿的人，不过外出玩了几天而已。她回来啦！她一身轻松地回来啦。她爹、妈、妹妹几乎都欢迎她并且原谅了她，不计前嫌，不旧事重提，见到人了就把往事一笔勾销了。人还是过去的人，没有少什么，虽然有了些生分，可总算回来了，笑意吟吟的，虽然这笑里有了些憨笨，成了成年人的笑，乡里乡气的笑，可毕竟，人完好无缺地回来啦。

那你是怎么回来的？他们没有拦住你吗？没有打你？你是偷偷跑回来的？你在那边究竟受了什么苦呀？你跟那边生的孩子呢？这些问题最终是不得不问的，她妈，一个老实巴交的家庭妇女，还有她的打扮得十分鲜亮的妹妹。然后叹息，皱眉，无计可施。吴三桂身后那长长的阴影像峡谷一样紧紧压过来了。她爹没跟她说一句客气话就私下领了她妈的吩咐，拿着一大堆远山里的材料去了。这样，忧伤、焦虑和沉闷就笼罩在了刚刚团圆的一家人的头上，弥漫在人们的脸上和心里。她原来不再是她了，她有了一双儿女，还是乡下的，她是乡下的婆子，她镇上的同学，谁谁嫁了一个好丈夫，在哪儿上班，谁谁还没有结婚，谁谁考上大学了，谁谁那可是穿金戴银不得了啊。你怎么样？你一双山里的儿女，还没有结婚证，没有正式结婚。"三桂，你还是待在家里吧，好生待在家里，哪儿也别去，让你爹给你跑跑再说。你反正不能去那边了，孩子户口能上不能上，你都别去神农架了。孩子也是那边亲生的孩子，又不是别人的，他们会亏了那两个小冤孽？"吴三桂问："那要是两个孩子都上了户口呢？把他们接来？"

这一问，家里的人有了一种不怀好意的愿望，那就是希望两个丢在山里的孩子最好别上这儿的户口，上了不是吴家的负担和累赘吗？两张嘴巴不要吃要喝还要住？女大当嫁，嫁出去了怎么又回来还带两个孩子来娘家吃老米？这是万万不可能的。

爹从外面每天带回的消息一忽儿有点希望，一忽儿又完全没有希望。有希望的那天，吴三桂明确表示，如果给孩子上了户口，她接过来，不要爹妈养，她自己想办法。她爹突兀地嚷着对她说："你还想把那个姓蒋的杂种带过来哟！"

"我不能不要孩子。"

最后的结果一点都不意外，没有戏看了。那天，她爹吴忠回来冷冷地说："我当爹的做到仁至义尽了。"

她的妈和妹妹要她死活别再走了，再找个人嫁出去。

她又慢慢地适应了过去的生活，可是在晚上她总是在黑暗中瞪着眼睛想，过去在深山老林的生活是一场噩梦？她摸着自己松弛的腹部和乳房，摸着曾经受伤过的肉体，摸着被石头摔破的膝盖，被寒冬冻伤的手背，被一双小小的手捻过的耳朵——她感觉到那耳垂开始痒了，发痒了，在黑暗中，强烈地痒，折磨着她。可爱的痒，丝丝入心。在那张潮湿的老林里的床上，在用獐子毛充填的漾满麝香气味的枕头上，谁在含混不清地呼唤她？一双胖乎乎的小手，有时候，更多的是吵夜的烦躁，恨不得把这个屋子掀翻，恨不得趁着夜幕尽快逃离这深山，越快越好，插上翅膀最好，还要掐死他们，掐死这两个一大一小一女一男的两个小冤孽，跟着她来到这荒山野地里受罪；掐死那个男人，那个夺走她贞操，把她改变得像一根草一样的男人。唉嘿，我过的是什么日子呀，我的娘哟！可是孩子是没罪的，那是她的血，她肚里的血掉出来的。摇摇晃晃的曼军我儿不会被狗咬了命根子吧？山里的狗见什么都咬，八人刨就有一个男娃子小时候被咬掉了命根子。小枫呢？蒋明孝会不会让她上山去割猪草？把他们姐弟俩放在家里，扑进火塘里了咋办？那火塘一年四季燃着，燃着，八人刨有个孩子，没脸皮了，没耳朵没鼻子了，就是不小心，从椅子上扑进火塘里，烧得面目全非了。八人刨啊八人刨，刨我的心哪！

家里的情况并不能遂她的心意了，过去的欢乐和祥和都离她远去。她在家里住了四个月，决定再重回神农架去，她想看看她的孩子，那是她的血亲。她将什么东西遗失在那儿，在深山老林，她偶尔一次的迷失，竟然丢下了比自己的生命还珍贵的东西，而自己，她觉得她是可以忽略不计的。

八人刨对多一个人，少一个人并没有什么反应，这是一个麻木的山谷。吴三桂走到自己的家里抬头张望着那熏得黑黢黢的堂屋，重新拨燃火的时候，发现门跟过去一样，没有关上，一只草狗打着呵欠向她摇了两下尾巴。她的男人蒋明孝回来了，她朝他笑笑，就像赶了一个集一样。她从火塘上吊着的炊壶里倒茶，喝着，然后吩咐他去婆婆家接小孩过来。她看见了孩子，然后给他们擦鼻涕，要他们脱下踩湿的鞋子，叹着气埋怨姓蒋的男人，用篙子从墙上取腊肉来切，从菜园里砍白菜，择一把辣椒，把菜园门带好，防止猪或者鸡跑进去。切菜，到小水窝边淘洗，没忘了把毛巾、孩子的鞋也一起洗刷了。炒菜的时候把灶台上的枯饭粒、菜屑、老鼠屎扫掉了，把灶膛烧满的灰扒出来了，把火塘里的灰也扒出来，倒进粪坑。然后呢，给儿子买来的皮球、胶鞋，女儿的漂亮发卡、红色的拼绒贴荷包的春装，姓蒋的一条常德牌带点甜味的香烟，一顶有耳护的绒帽子。然后他们一家坐下来，要重新开始考虑生活了，她怎么办，孩子怎么办，姓蒋的怎么办。她认为希望还是有的。姓蒋的告诉她，要搞责任制分田了，过去生产队造的梯田，门口的十几亩当家地、挂坡地，估计全得归他们，而责任山也得划分，他们一家可以分到至少一百亩，还有些经济林。很便宜，一亩一块钱，甚至更少。姓蒋的男人对吴三桂说："会有好日子过的，小孩的户口就在这里也不怕，山是咱们的啦，有耳山（制木耳的花栎林），有材山，经营好了，是有出头之日的。"

形势的发展真是很快，老爷垭子那边的上好材山，一百多亩，划到了蒋明孝的名下，一百多亩的阳坡山洼林木，里面有不少一人合抱的桦树、漆树、紫杉、水杉、油杉、青檀，还有大量的经济灌木和药材。

老爷垭的山对面，发现了磷矿，有许多人正在赶修简易公路，时常听得到用小炸药炸石头的声音。吴三桂领着她的儿子曼军在老爷垭自己的山林里采蘑菇、寻猪草时，总能看见山头上黄烟阵阵，人声鼎沸。公路渐渐有了形状了。吴三桂看着自家山林的各种树木，这个木材采购员的女儿，把眼前属于自己的木材同那条简易公路和山外联系起来。在别人都还没有反应过来时，她对蒋明孝说："肉焖在锅里也是烂了，还不赶快把它换成钱！"蒋明孝说："这些木材哪个要？"吴三桂说："那你过去在伐木队认识的一些朋友呢？"

商议了一个晚上，蒋明孝天亮就启程了。他去寻找过去搞木材销售的朋友。事情很顺利，他办好了采伐证，还从伐木队借来了一把油锯，请了几个下手，热火朝天的伐木就从这鬼不生蛋的老爷垭开始了。砍倒的树又砍成一根一根的门方，当堆砌在山崖边的时候，村里的人以为蒋家疯了。过了两个月，磷矿的开采就开始了，许多人在掏洞，挖出灰白色的石块，或者黑色的石块，拖拉机就开始上来了，从八人刨都能听见那隐隐约约的拖拉机声。蒋明孝雇请了村里的人将那些门方背过老爷垭，翻了一道山梁，过了一道河谷，就将门方放进了拖磷矿的拖拉机中。

蒋明孝和吴三桂夫妇开始了大量收购门方，只要门方，现金交易，两块八一根。票子哗哗地甩出去了，更多的票子又回到了蒋、吴手中。钱赚得并不多，可家庭境况小有改善，生活突然有了希望，人也忙得不可开交了。蒋明孝要押运这些木材一直到秭归或者兴山县城去，吴三桂在家收购、结账。

进入了干冷冬季的那一年，雪下得并不大，但路上全冻出了油光凌。蒋明孝押车出山时，在翻越皇界垭的路上，拖拉机滑下了公路，翻进百米深的山谷。

命是捡了回来，却摔断了大腿，压断了三根肋骨。吴三桂得知消息赶到镇上医院的时候，已是第三天了。那个医院冰凉的住院部是一排破旧的土房，死气沉沉的，比山洞都让人难受。吴三桂与她的小叔子进了病房，她看见被白纱布缠得血迹淋淋的男人，看见他偎在一床脏兮兮的被子里，露出的两只手肿得厉害，上面血痂累累。那一刻，她想些什么呢？她只觉得好想流眼泪，眼里的水塞子坏了，就是想哭，见到蒋明孝就哭着抓着他那双可怕的手说："你这是报应呀蒋明孝，你干了伤天害理的事，你活该报应哪！"

她为什么说这个话？她为何这么诅咒自己的男人？在场的医生和护士都一头雾水。她痛骂着自己的男人，骂着这个惨遭车祸的人，她又用手去擦那个人的脸、额头，要小叔子倒热水用毛巾为姓蒋的抹头发上的泥巴，还有耳朵、脸、身子、手。那个人躺在床上口里不知喃喃地念叨什么，又不能说话，也是眼角往外滚泪珠子，张着嘴。

"你哭什么呀，蒋明孝，你是个什么东西，你还有眼泪！"吴三桂给他喂蛋花汤喝，给他抹泪，把泪揩在他绑着的白纱布上。晚上，吴三桂用自己的身子把蒋明孝焐热了，蒋明孝终于清醒了，能说话了，说："三桂，我们的一车木头……"吴三桂听见他说话了，吴三桂惊喜地盯着这个男人说："蒋明孝，你还活着？！蒋明孝，你认得我呀！"这个人是个什么人，这个人是块山里的石头，有鼻子有眼的石头，凶狠的石头，蛮不讲理的石头。这个人当年好凶恶哟，说"不许你走！"你就不敢走了，乖乖地跟着他，连与爹见见面也不可。人和树又有什么两样呢，在一个伐木工眼里，在这个满山长苔，连空气都长苔的神农架，什么东西不带点野气？这个人跟她生了一男一女两个娃，长得还算标致，是她的安慰与牵挂。可是他死了，那就塌了天哪！吴三桂把蒋明孝紧紧地抱着，喊他的名字，他抖，她也抖。她说："蒋明孝，你可不能死呀，你死了我们母子三人靠谁去呀！"

姓蒋的男人的生命力还不错，两个多月后被人用滑竿抬回八人刨时，家里又是一场空了，连烧火塘的杂木棒子树苋子都没有了。老爷垭那坳子里的山林砍得七零八落，所有的木材都化作了蒋明孝的药费。拖拉机司机死了，那个救他的恩人（在悬崖下把他背上来的人），想去感谢他，也只买了两瓶高粱酒。家里的那几亩地好歹让父母兄妹叔叔帮忙，种上了麦子，因为缺肥，生出的苗也稀稀拉拉。刚能下地干活了，蒋明孝发现他那摔断骨头的大腿那儿，溃了个小口子，老是不停地流水，似脓非脓，似血非血，骨头还隐隐作痛。蒋明孝寻了些去腐生肌的草药拿来敷，可溃口总是不干，不愈合。到镇医院一看，医生说他患了骨髓炎，给他开了些药回来吃。吃完药，骨头不疼了，也不红肿了，可就是不收水，不愈合。蒋明孝缠着破布头去出坡干活，也没觉不适，只是家里的破衣烂衫全被他用完了，缠了伤口。

这病还得治啊，吴三桂在以后的几年里，陪着这个人，这个从悬崖底下捡来的、半死不活的男人，四处求医。他们找过四川奉节、房县及兴山的一些草药医生，膏药医生，也去过宜昌的大医院。卖狗皮膏药和一包包草药的医生都说能治好，可就是没治好，城里的医生说这病治不好，只能采取保守疗法，打针吃药，万一严重后，只有截肢。而事实是，蒋明孝能吃能喝，跟好人一样，饿了的时候啃生玉米一气啃掉五六个；吃起生红薯来，嘴里发出的咀嚼响声，跟猪一样响亮，做起事来，能流大汗，出大力，一年可能犯一次红肿、发烧，除此之外，就是那个老伤口处形成了一个窦道，流水，红不红，绿不绿，清不清，浊不浊的。后来听一个病友介绍，大荆山里有个医生，专治这种病。吴三桂和蒋明孝就乘了几天的车、船，找到了那个医生。关于疾病的诊疗没有什么好说的，那就是打听，行走，吃很差的饭菜（有时咽一个干馒头或者啃一块粑粑），喝生水，找投宿的地方，洗干净千人用过的盆子，把垫单翻过来胡乱地对付睡觉，然后见医生，听他胡说，看他开药，算钱够不够，然后将信将疑再踏上回程的路。借钱的历程比这更艰难，借钱跟去大荆山看病，那才是……才是另一次生命的冒险和体验。借钱之前，蒋明孝看到叔叔的一头牛老了，就说把它牵到镇上卖给屠夫吧。他的叔叔总是像看一件山外尤物看着吴三桂，多少年来都如此，一如既往，永远新鲜难解地望着她，朝她善意地微笑，像永远看到一个第一次进山的外地人。

　　要牵叔叔的牛的那天早上，吴三桂起来就看见蒋明孝的这
个不善言辞的、智力低下的单身叔叔早就起来了，正在给那头老
牛喂昨天的剩饭。他让老牛吃剩饭？吃饭？他用手把饭捏成一团
一团，喂到老牛的嘴里，老牛浑身没有光泽的乱糟糟的毛和肮脏
的眼睛就像这个叔叔。两个可怜的东西，他们是不可分开的。她
甚至看见了牛在麻木地流泪，心中凄惶，而那个叔叔却在凄伤地
笑着。一脸惺忪叼着一支烟的蒋明孝挥着手要他的叔叔递给他牛
绳，吴三桂把那牛绳从他的手上抢过来了。蒋的叔叔张着没牙齿
的大嘴笑望着吴三桂，以为是小两口在他面前亲昵地开玩笑呢。
吴三桂却说不能要叔叔的牛。吴三桂就这么走到了兴山县一个木
材商的门前，他曾是蒋明孝在伐木队的同事，后又跟他们做过木
材生意。

　　这个男人是另一条狼，先叫了她声嫂子，然后就要拥抱她。
吴三桂已经有了经验，吴三桂已不是过去的吴三桂，当她踏上兴
山那条路的时候，她想起了第一次在枫叶哗哗的夏天踏上神农架
乱云垭的情景，第一次被一个荒野的男人粗暴摆弄的情景，四
周的苍苔和云雾以及云雾草在眼前摇晃，把记忆提炼着，教训
着她。嘿，她在那个木材商的加工大院转了三圈，坚定了她的信
念，充满自信地迎着任何危险向前走去，有十七岁时乱云垭的那
杯酒垫底，什么样的酒不能对付？她在那个充满着霉气与树脂香
的混合气味的工棚里，推开木材商说："明孝的好朋友，水都没
给我端一杯呢。"那个左颧骨上长着一颗闪亮的大疣子的男人，
满身烟味的男人，龇着门牙哈哈大笑说："什么水都有的喝，你
要喝什么水？"吴三桂说："我男人快死了，你还不救他？"那

166

个木材商说："那他就早点死吧，早点死了我们商量我们的事情。""还是谈正事吧，吕哥，你是蒋明孝的好朋友，你会帮他一把的。"吴三桂说。那天晚上，姓吕的木材商无缘无故地把她带到了镇上的旅社里，因为天实在太晚了，姓吕的家伙等待一个客户送支票来，又去银行取钱。有多少呢？三百。我的天，三百块，简直是一个天文数字，只是挨到天黑时他才肯拿出来，他觉得有点希望了才拿出来。一个漫长的夜晚，他有能力把这个女人摆平。许许多多擒获女人的技巧都装在他的脑海里，一个不行另一个，一步一步，步步为营。女人总有发昏的时候，那样就成啦。不过，他很清楚，这是要有经济基础作保证的。他先给了一百，然后说还有两百第二天一早等管账的来了给她，她就可以走了。这个姓吕的在乱云垭时曾给她做过吃的，给她采过五味子和木通。在她陷入蒋明孝的魔爪后，曾以同情的眼光看过她。莫非好感就是在回忆中暗示给她的吗？或是一种报复？在那个香溪河下滩的咆哮声中，她叫唤了吗？她懒得想了，巨大的水声是她的发泄？在八人刨，在那个干打垒的房子里，只用一口立柜隔开的她与孩子们的房间，她不知道什么是一种肉体的释放，一切都得小心谨慎。这个姓吕的过去的熟人却赶紧捂着她的呻吟的嘴说："三桂，这不是在家里，小心服务员听见了。"她躺在寂静的简陋的旅社，远处的悬崖山影似有麂子的叫声。带着山露的通红的五味子，在她的意识中一闪，再一闪。一串串的五味子使她想起她是一个女人，一个还很年轻的女人。一个山姑吗？一个背着背篓的山妮子？早晨的时候，他说："我只盼蒋明孝快死。"那个人还说了什么，那时候，她说："你好脏。"那个人就在冰凉到极点的冷水管前冲澡了，一个冰凉如石头的身子，这就是后来的一切吗？太阳的确温暖，鸟的叫声藏在树上，到处是树。那个人说："蒋明孝没死，就只当我损失了半车好青枫。"他说的是青枫？最初的激动和诱惑。那你怪谁呢？三桂，吴枫，还剩有一匹变红的叶子夹在那个笔记本里吗？笔记本到哪儿去了？

窦道封住了。他们不知道，那个大荆山的医生使用了一种铅丹，让伤口周围的肌肉蛋白质硬化，强硬封住了伤口，而深处的炎症并没有消下来，还有细菌在里面繁殖，过不了一年，顶多三年，那个地方就会再次溃破，重复过去的流水。可是，至少在目下是好了，水不再流了。他吃着带回的药粉，然后又去邮寄药粉，她听见他说："吕××是个好人。"她就说："你吃药吧，你快吃药吧。"

他们的屋里，终日飘着药粉的气味。

那一天是什么日子呢？那一天，他们的儿子，横长直长都越来越漂亮的儿子，被闪电击中。女儿也越来越漂亮了。那时，他们的女儿快小学毕业，儿子也送进了寄宿的乡小学。可是他死活不愿上学，有时候高兴了还得拉着吴三桂的耳朵才能睡觉。在学校里，他经常逃学，失踪，跑到狼牙山的山顶上去，住在山洞里三天两头不回学校。那就不上了吧，村里的人说，曼军这娃儿迟早要被狼吃掉。可他就是没被狼吃掉，赤着脚，总是偷偷地窜回八人刨家里来。回来不进屋，在门上画几个大字，写他的名字或者在门口放一捆柴火（他从山上捡回的），表明他还活着，在逃学。这样，家人只好让他回家了。有些娃子天生不是读书的料。

那一天是天狗食日，在地里看见没了太阳的蒋明孝夫妇，一阵惶然，突然间就大雨滂沱，雷声滚滚，整个峡谷伸手不见五指，鸡往人家的屋顶上飞，狗像狼一样号叫。就在此时，狼牙山上一道闪电，落到树顶上，一声震天霹雳，八人刨所有的屋顶都揭了盖子，瓦片飞溅如火山爆发，村头的大青枫从中劈开，火如一条火龙向上蹿去。天开日出、雨住虹现的那一刻，蒋家的土屋里跑出来一个冒着烟的火人，大家认出那小子是蒋曼军，逃学大王，举着双手大喊道："妈呀，妈呀！"

儿子还是好的，除了烧掉一身衣服和一头头发。这儿子却打木了，木头木脑的。蒋氏夫妻把他揽回屋里，清理他的身子，给他涂些熊油时，他的眼睛是直的，两颗眼珠子在长长的睫毛下像两粒死鱼的眼睛，看着一处，又没看着一处，像在想心事，又没想心事。

"儿呀，曼军呀，我的儿，你看看我的手。"吴三桂用手晃晃。可她的儿子像没看见一样，只是笑，又把脸绷紧了，露出极度的恐惧，说："雷！雷！大火龙！"

儿子就此丢了，不死也丢了。弄了许多药来吃，儿子还没能复原。儿子在晚上连三桂的耳朵都不晓得捻了，睡觉的时候，直瞪瞪地看着屋檩和瓦。吴三桂说："你睡呀，曼军，我的儿。"曼军打出了鼾声，可眼还是睁着。半夜，总会大喊："雷！雷！大火龙！大火龙！"

鬼精鬼精的儿子怎么一下子就变成这个样子了呢？吴三桂无法明白这世界的蹊跷。吴三桂骂着蒋明孝说："雷公是到屋里来打你的，你这一辈子做了太多坏事，让你的儿子替你背了。我儿子没有做坏事呀，老天爷不公呀！"

老天爷哟老天爷，这个儿子如何是好？她哭着望着自己的儿子，他见了谁也不认识，不笑，经常从眉宇间泛出那一天惊雷劈出的恐慌。他玩火，经常偷出火柴，要点自家的和别人家的柴垛、畜棚。他从火塘里拿起燃烧正红的火棒棒，把点得着的东西点燃。点衣服，点没有搓的苞谷，点猪身上的毛。他点着后，看着猪毛烧得啪啪地响，到处乱窜，他就高兴地拍手跳起来，唱一些古怪的歌曲，唱"二丫虎，赶母猪，一赶赶到宜昌府。扯块咔叽布，缝条岔裆裤，脱下来，滤豆腐"。

这个儿童"纵火犯"已经让村人大伤脑筋了，许多人家都吃到了他的苦头。蒋明孝没有办法，用绳子把他拴着，趁吴三桂不在的时候，把他送到了屋后的一个山洞里，那里养着蒋家的一头牛。吴三桂从外面回来了，她在找自己的儿子时，发现儿子与牛关到了一起。她一拍桌子说："你们让他死啊！"这娃儿两脚都是牛屎，身上爬满了牛蝇，瞪着两只大大的招人疼爱的眼睛。吴三桂把他抱出来，给他洗净了，对蒋家人说："你们把他关在山洞里，他就真的不得好了，我是要救他的，只要有一点救，我是不会放手的。"

她天天牵着他的手，下地干活，寻猪草，下河洗衣裳，都带着他。她给他说故事，哄他，让他认一些过去熟悉的东西，认天，认白云和树，这个树，那个树，认庄稼，认人，认家畜和鸟。她百遍千遍地教他，让他重新开口说话，让他恢复记忆，让他从旷世的恐惧中回到现实中来。"说呀，我是你的妈妈，说妈妈呀。"再也不会有那种巨大的雷声和太阳下的黑夜。可是乌云来了的时候，遮住太阳的时候，她会捂住儿子的眼睛，她说："不要怕，乖乖曼军，妈在这儿，妈跟你在一起。"打雷的时候，她把他放在被子里，给他揿手电筒玩，让他看见光线，给他唱歌，唱《洪湖水浪打浪》，唱《军港之夜》。她还要捉住他的手，让他捻她的耳朵，不停地捻，一捻一整夜。

为防止狠心的蒋明孝再把儿子关进山洞，吴三桂进行了防范，还一次一次进行着斗争。蒋明孝还想让吴三桂给他生一个，吴三桂说："我不会再生了，我就这一双儿女，我死活都跟他们在一起。"

晚上的惊恐已经慢慢地少了，雷和大火龙的记忆在慢慢地退却消隐。深夜少了惊叫，鼾声多了起来，儿子也胖了，眉头里正在剔除那残暴的灾变。为了防止儿子再纵火，家里的火塘熄灭了，冬天也不生火，一家四口瑟瑟地发抖，大雪封山的日子，整天躲在被窝里。连狗和猫都冻得抽筋，为了取暖，它们不停地打架，不是狗咬猫，就是猫咬狗。儿子对火的狂热也在慢慢消减，终于有一天，他认出了他妈，认出了吴三桂，他笑着羞涩地说："妈。"那是一个夕阳如花的傍晚，他妈给他摘回了一大篮子他爱吃的五味子。他的妈站在门口，背对着夕阳，散乱辛劳的头发在阳光里一丝一缕地闪亮，透明如蜜。那手上的一串五味子呢，红色的，变成了金色，在夕阳中，一颗颗像玛瑙。她说："曼军，乖乖，看这是什么呀？"他伸手就去抢。可吴三桂不干，吴三桂把五味子举到头顶，引诱他说："喊我一声妈，喊妈，妈——"他就喊了："妈。"他准备了很久，仿佛这是一个灾祸，他把安全守在嘴唇里面，十分艰难地、固执地不让它冲出来，可某一刻，在等待了许久许久之后，一不留神，让它滑落出来了，那就是"妈"。"妈"，一个巨大的字。吴三桂丢下手中所有的五味子，跑过去抱住了自己的儿子，紧紧搂着他，泪水吧嗒吧嗒往下掉。

　　初中刚毕业的女儿决定到县城去。这是吴三桂和蒋明孝商量好了的，到一百公里外的县城，那儿人生地不熟。可是吴三桂自有她的想法。她有让女儿只身去县城的办法，她传授给女儿小枫的是：对谁你都死活不同意，不让他近身。天下的男人没一个好东西，你要对他笑，心里却在痛骂他。笑是假的，骂是真的。女儿忽然之间就长大了，来了月经，害羞的时候脸是红的，不害羞的时候脸也是红的，粉嫩，跟她年轻时一个模样，不，比她漂亮，喝了这神农架的水，脸上哪有一点杂质呀，一个痘痘也没有，一颗痣也没有，干净得像天空。这样的姑娘她是不会让她待在这峡谷里的。一个来这儿调研的姓关的城里人，答应给这妮子去找份打工的活儿，说在一个单位的招待所做服务员。吴三桂看到人是个老实巴交的人，就把女儿交给了他，她凭着一股没有异味的直觉，认为女儿应该到县城去。她怀着希望，把目光投向了很远的山外。在那里，生活才是真实不虚的。

　　可爱的女儿，聪明伶俐的女儿，紧守着自己的女儿，像一朵花一样的女儿。她在给女儿的信中说："你只记着我的话，你不是乡巴佬，你的妈妈是城镇人，你不要自卑，比天下的女人和男人都强，你只有这么想，你才能混出个样子来。"果然，小枫的一举一动都没掉一点份儿，好像她天生就是这县城的人，她哪是从八人刨那老山里长大的妮子呀，看她的衣裳，她的打扮，连头发的发卡，也是十分新鲜的。三个月后的一天，吴三桂去了县城，见到了她的女儿。呀，女儿洋气得连她都不敢认了，没有轻佻，只有青春洋溢的成熟。"妈，我买了胸罩。"她对妈说。她给妈吃一种叫话梅的东西，吴三桂故意轻描淡写地说："妈什么都吃过。"她还说："这里的县城抵个屁，这里的县城抵不到江汉平原的一个小镇。怎么都土气，你不比他们差！你只管扬起头来，哈哈。"吴三桂说到这里猛地示出一个大指头给女儿，说："等你赚钱了，把妈也打扮一下。"

小小的女儿，可她长大了，而我老了。吴三桂在招待所的镜子里打量自己。面对许多在女儿面前晃来晃去的男人，她为女儿担心。后来又释然。"我是对的，"她说，"我的选择是对的。在那儿，一晃我不就生活了十多年吗？我不过是借八人刨的老林孵蛋，儿孵出来了，我要带他们出来，现在她出来了，我也应该出来呢。可家里有两个病人。如果不是，我会离开那死鬼和儿子，或者带上儿子，在县城的路边搭个小棚卖茶水，也比那黑暗的峡谷老林强些。"

看了在县城打工的女儿，她感觉到自己也年轻了许多，或者本来就年轻，还不老，县城熙熙攘攘的生活唤醒了她蛰伏多年的渴望，那是一种曾经无数次蠢蠢欲动的叛逆心理，又小心翼翼地把它无数次压下去了。这一次，她好好地在县城看了两场电影，仔细地在商场挑了一瓶雪花膏。她认为擦脸还是上海的儿童营养霜好些，儿童能擦的东西，大人更能擦，又便宜，气味又正。当她和小枫走在街上的时候，她觉得与女儿是一对姊妹，而不是母女。这种感觉非常愉悦地装饰着她，浑身上下，给了她很鲜嫩的憧憬，就像在很深的土里翻出了一粒种子——它要开口笑啦！

女儿是一个小女子，白白的小脸，小而圆的屁股，在县城收拾后穿上牛仔裤，没有人爱她才怪呢。想到这里，吴三桂也一阵阵伤心，转眼女儿就有人爱啦，人就这么快把一生混过去了？这真是一个巨大的悲剧。女儿在她的来信中并没有说谁爱上她。回家来休息，也没有说诸如此类的事。可是事情会来得很突然。

那一年春天吴三桂在自家的一亩多茶园抢摘雨前茶，还寻思着要是女儿小枫能回来帮帮她就好了。果然有乡政府的人给她搭信，让她速去县城。吴三桂一听就要晕倒了，她想到女儿，莫非女儿……这是唯一一个好女儿了，女儿有个三长两短那可怎么好啊！好在搭信来的说你女儿没有事的，只是生了病，让你去看看就是了。吴三桂被她的男人蒋明孝扶着一直走到了乡政府的镇上，她实在走不动了，好歹拦上了一辆个体户的车，深更半夜地才到了县城，到了医院。

这一辈子，她吴三桂离医院太近啦，她为何与可恶的医院结缘？她进了死气沉沉如火葬场一样的医院，问有灯光的住院部，问像幻影一样在值班室打盹的护士，才看见了她的女儿蒋小枫。

"你怎么啦我的妮子？你出了什么事呀？菩萨保佑我的妮子。"那个白白净净可爱的妮子从睡梦中惊坐起来，揉着因陷入枕头而通红的小脸，然后"呃——"的一声，母女两个抱头大哭起来。"我的乖呀我的乖。"吴三桂左翻右看女儿没有少什么，一切都好好的，为何住进了医院呢？她的女儿还真是少了一点什么，她的女儿遇见了一位游手好闲又是离了婚的三十岁男人。这个男人引诱女孩的技巧是拿着一本时下流行的琼瑶书给小枫看，如果小枫还想看下一本的话他就说你跟我到我家里去拿书。第一次的拿书和第二次的拿书之后就变成了送一张电影票给她，在那个嗑瓜子、啃甘蔗和抽烟的电影院里，那个男人紧拽着小枫的手并侵犯她的胸脯和下身。那是手的侵犯，有一阵子她就不理他了，而他就道歉，又慢慢让她放松了警惕。然后他说，他要做木地板生意了，他给她买来一些零食，有时是话梅和农民提篮卖的炒熟了的松子，有时是一毛钱一个的大柿子。有一天，她跟他吃着柿子走到了县城咆哮的河边，他不知怎么就迅速出击抱着她一阵一阵把她吻得摸得慌乱。但是她妈吴三桂说过或暗示过她："你不让脱裤子就什么事都没有了。"然而事情哪有这么冷静和简单！她在感冒时吃着那个男人端来的石鱼汤和香菇汤时，她怎么来处理这一场"友谊"呢？她说："你做我的叔叔，我做你的侄女好了。""好呀！好呀！"那个男人说是这么说，一倾诉起来那可怜巴巴的样子恨不得把小枫当娘了。女孩子拿什么来怜悯一个男人，一个头发乱糟糟的胡子拉碴的男人，一个有工作有工资在县城生活的男人？孤独呀孤独呀，可怜呀可怜呀，不要脸的老婆跟人跑了呀，他一个善良的男人戴了绿帽子呀，儿子也不认他了呀。而小枫听到的是说这个男人打起女人来那可是蛮狠的，满嘴的尖牙齿把过去老婆的身上咬遍了，鼻子都咬掉了一截。她是哪一天成了俘虏，被他脱掉了衣服？日后她是坚决不同意跟他再好下去并结婚的，她说她还小，而他这么老，又是二婚。这个男人由可怜的单身汉变成一条凶狠的癞皮狗。想想，一个离了婚的进入三十岁门槛的男人在得到了一个十六岁少女的肉体后他会轻易放弃？特别是在得到后又被拒绝了，这不是刚挑起他的毒瘾又把它扼杀了吗？丧失了理智的那个男人在一个星期天的深夜，招待所既没有客人也没有其他人的时候，硬是撞开了小枫的门，并强行脱下她的裤子，但在依然遭到反抗厮打时，他终于张开了锋利的牙齿，把小枫的阴部咬掉了一块。

"那你就回去吧。"她的母亲吴三桂悄悄地对女儿说。

"我不要回去！我不回去！"

然而这是不可以的，她的父亲蒋明孝隐隐地知道了女儿干了伤风败俗的事，他不允许一个女孩儿无依无靠地在这个危险遍地的县城待下去。他要找个人把女儿嫁出去，至少早一点定亲。可是吴三桂绝不同意他的主张，她质问道："你把她嫁给乡下？嫁给一个跟你一样没出息的扒土吃的男人？我受够了，我这辈子被你给害惨啦！我要把她带回娘家去，就是在这里嫁给一个乡长，还不如在江汉平原嫁给一个捡破烂的枯老百姓！"

吴三桂作出了这个决定，她硬着头皮第一次把自己漂亮但遭到伤害的女儿带回小镇去，她要向娘家人求情，把小枫放在那儿。她原想不向爹妈低头的，并发誓永不再回到娘家。两个孩子因娘家人的不努力，成了农村户口，她跟那边谈不上感情了。可是，她现在只有放下她的硬气来，自己的一切算得了什么呢，孩子的事才是天大的事。为了孩子，她愿意改变自己一千次，变成一条狗也可以。

漂亮的外孙女回来，让吴三桂的爹吴忠由冷漠渐渐转暖了，那时候，吴三桂的妈已经死去，爹因为肺气肿和高血压，已经老态龙钟。可他有丰厚的退休金，吴三桂的妹妹早已出嫁了，这样蒋小枫找到了待在小镇的理由，这便是照顾外公的饮食起居，给他做饭，洗衣，给他捶背，倒大小便，还给他唱歌，唱山歌。尖锐的如山溪一样的嗓子唱着："郎在园中薅蒜苗，姐在屋里烙火烧，冷水和，热水调，擀杖擀，油渣包，锅里烙，灶里烧，火钳夹，棒棒敲，手袱子打，汗巾儿包，隔墙抛，郎接到，吃了火烧攒劲儿薅。"这个神农架大山里来的外孙女，就像仙女一样令人不可捉摸，她灵灵醒醒，她毫不懒惰，她能烧饭，能洗菜，洗出的衣裳干干净净，没留一点污迹，她还能做出一两样酱菜、泡菜来。有一阵子，吴三桂的妹妹，也就是蒋小枫小姨妈的孩子无人带，交到了小枫手里，有带过弟弟经验的小枫，把这孩子伺候得眉开眼笑，服服帖帖。哪儿来这么能干的丫头呀。我要给她买好衣裳穿！她小姨妈给她许多自己不穿的衣服，还买了一些羊毛衫、旅游鞋之类的。她外公给她买全套的新牛仔，给钱让她自己去买的。她的外公老吴忠喜欢上了这个孩子，拖着自己肺气肿的老朽身子，跑到当地的政府找过去的领导，非要把这外孙女搞来顶职。他早退休了，又不是自己的下一代，隔了一代，如何顶职？顶职不成，却答应先干个临时工，在林业站拉皮尺，填单，还帮着烧开水。年轻的站长说，先干一段再说，有指标再转正。这丫头片子在站里也得人缘，在家里也什么事都做，依然早晨给外公端豆浆油条或自己熬稀饭，晚上给外公做红烧肉，老外公吃得津津有味的，情不自禁地夸奖道："小枫，你比你妈年轻时能干。"后来，老外公对外孙女说："万一不能转正，就让你妈把她的户口给你，反正她的户口还搁在这里。一个换一个，你妈无所谓了，户口成了你的，以后就好办了。"

户口不户口的，也不算什么大的问题，吴三桂看到有许多山民搬到了乡政府所在的那条街上，县里的油渣路已经修到了镇里，来来往往的车和人也多了。她想也在镇上做一间或者租一间门面，到沙市去进服装了在这儿卖，她相信自己的眼光比当地人都强，她进的服装一定好卖，因为她从来就不是乡下人。这么想时，她听到了一个消息，说乡政府的两层楼招待所想找人承包，因为过去经营不善，亏得一塌糊涂，房间里老鼠成队，床铺脏得没人敢睡，上头来了客人，还得找个体餐馆去开席。"我能做这个事！"她对自己说。过去她在镇供销社干过，她端过盘子，也炒过菜，当时的饮食店与旅社是在一起的。她知道如何收拾房间让客人住得舒服。她对舒服的理解与山里人迥异。她睡过平原上用棉花塞的松软的大枕头，盖过每年一弹的絮。她爱整洁，喜欢叠床，打扫卫生，消灭蟑螂。

为一千块钱的保证金，吴三桂再一次走到兴山那个姓吕的木材商那里。吴三桂又能怎么办呢？她的男人已经被那个骨病折磨了多年，时好时坏，随着年龄增大，很可能会完全丧失劳动能力，又要经常吃药，而她的儿子曼军也得经常吃药，远在老家做临时工的女儿的那点钱如何能用得？女儿总要找个男人出嫁的，她自己用钱的日子在后头。而吴三桂呢？她自己呢？越来越感觉到她要赶快走出去了。有时候，为那个男人清洗创口，为那个发痴的、下雪天也站在屋外面的儿子擦鼻涕和洗内裤，她都快支撑不住了，她有时候真想一脚一迈就跑了，不管他们了。当她说要出外借钱，她的男人蒋明孝一听就火冒三丈。女人经常去找自己丈夫之外的男人，在村里会受到指责。何况，没有不透风的墙，过去的事已有风言风语传到了蒋明孝的耳朵里。还有一次，小枫明明说她妈在她那儿只玩了两天，可吴三桂回来却说玩了三天，那另外的一天她去了哪儿呢？她在神农架这方圆八百里之地无亲无戚。另外，关于上次借钱看病的三百块钱，姓吕的说不用还了，其理由很让蒋明孝怀疑。那一天晚上，他们为钱争论得四目泼血。吴三桂本来不想明说是去吕老板那儿借钱的，后来她想说出来还强些，只管理直气壮，不藏藏掖掖，哪知蒋明孝并不相信这些。他说："穷就穷，穷总比卖×强！"

"你说什么？那你是强奸犯！"吴三桂没什么怕他了，她把自己的生命给了他。这些年，他除了没有打她以外，什么也没给她。而她并没有在这种恶劣的环境中沉沦下去，让自己的生命黯淡下去，混同于一个八人刨的乡下的家庭妇女，不让自己邋遢，不让自己麻木，不让自己成为一个可怜之人，虽然她时常都可能成为一个让人怜悯的人，但是她不能够，不允许自己这样。她面带富庶的平原人的微笑，抹雪花膏，勤洗勤换，不像别人把鸡笼放在堂屋里。她不让苞谷虫往床上飞，墙上贴有年历画像，用大号的电筒，穿套鞋，用T恤配牛仔裤，等等。我可怜吗？比我更可怜的大有人在，所以我不可怜，我要快乐，总有一天……这一天不是有希望在招手吗？

"我不是为了我，为了我自己我早跑了，管你们这些'残兵败将'！"当蒋明孝在劝阻无效，自尊心受到损害时，他摔碎了一个很漂亮的青花汤碗，含着泪收拾碎片的吴三桂这么说。她相信她是对的，不跟他计较。

"离婚都可以，我不怕，何况我们根本没扯结婚证，十几年，不过非法同居了一场，我还有在老家的城镇户口，你甭想吓我。我不为自己，我这辈子该受的罪，也不怪别个。"

吴三桂在鸡叫三遍的时候，点灯炒了一碗枯现饭吃了，小声地做着，然后给猪把食，给牛喂水，趁天没亮，打着电筒，踏上了去兴山的路。蒋明孝并没有赶来阻拦闹事。那个早上她是下了巨大的决心的，心中充盈着一种激励和力量。早晨的浓雾尤其寒寂，人像走入一个四面失火的环境中，似乎你永远也走不出去了似的。头上的树丛滴落着露水，有野猪或者别的野兽在两边林子里走动。村庄就那么在后头了，往外的路总是有一种永不熄灭的诱惑，不管千难万险。她那时候忽然想，人在这儿就等于是一个鸟窝，天一亮，人应该飞出鸟窝去觅食，愈远愈好。可是，这儿的人觅食为什么总是要在这周围转悠呢？他们为什么要圈圈自己，他们内心里为何有一种与生俱来的外出的恐惧？莫非他们都是树托生，不肯挪动半步？

一千块钱，她想着的是让吕老板算一股，作为投资，反正那招待所是跑不掉的，赚钱没赚钱，找这儿的镇政府一问便知。如果他现在不在乎千把块钱，只答应还钱便也行了。到时候，她要当着男人的面，还下这笔钱。再呢，她害怕他不再借钱给她，他也许找到了另外年轻的女人，嫌她老了……

一切都证明在漫长山路上的胡思乱想是多余的，她，吴三桂——这个女人是有魅力的，这是一个与众不同的女人。她坚持让他入股。她给他讲着那美好的生意前景。镇上不光有公路通过，镇旁边还发现了一个大溶洞，报纸上都登了，是一个巨大的、从没有人走穿的溶洞，估计有二三十里路，这儿要开发成旅游区啦，将是神农架新的景点，来来往往的各级领导都招待不赢。姓吕的并不关心这个。他听着她谈着，一种不怀好意的淫荡的目光里突然闪现出一丝儿理解、贴近和怜爱。这个一身铜臭味的人在审视什么，又在打什么鬼主意呢？她听见那个姓吕的这么说："算了吧，三桂，我知道你也可怜，你这辈子害在了蒋明孝手里，你说这么多有什么用呀，快拿了钱去买一双鞋吧，看你的鞋上的泥巴！"吴三桂拿着钱出来的时候，还是坚持说："你也算一股。"姓吕的挥手让她走了，让她去买了鞋再说。吴三桂在商场买了一双二十块钱的便宜的胶鞋。她在商场外的台阶上换下她那一双爬山的泥糊满面的旧胶鞋时，心想："我咋没有觉得我是穿的一双见不得人的破鞋呢？我是不是不自觉地开始过山里人的生活了？虽然我一再警醒自己，可是，在那些有钱人的眼里，我是不是又老又旧，成为山里的婆娘了？"吴三桂一边抹着泪，一边换鞋。好半天，她系着鞋带子，趸趸脚，穿上新鞋，心里轻松了，流了泪，心里也清爽了，望着街上热闹的人与车，穿着漂亮新潮的人们，年轻人，中年人，她没有太多的悲观，就是有，伤心，也是一次性的。"走着瞧吧。"她说。她又说："算了吧老吕，我断送在谁手里？我没有断送在哪个手里，我还是我，活到现在我知道我怎么活下去了。"一路上她对自己说。

大概到了第四个礼拜，吴三桂就把蒋明孝和儿子曼军接到镇上去了。她做事真是风风火火，不到一个月，就把个招待所搞顺了。她请了两个非常能干的人，一个厨房的大师傅，善做火锅，而她自己则善做一些酱菜；另一个是个妮子，很能干，有住宿的招待住宿的，还在餐厅负责上菜、摆碗筷，手脚勤快，人也机灵。然后呢，将所有窗户的玻璃都换好了，所有水龙头开关修好了，所有的抽水马桶也正常了，所有的被子、垫絮，请了一个弹匠，全部弹过一遍，杯子洗得不留一点茶垢，房间没有一点蛛网。再然后呢，从并没有禁山禁猎的周边县里弄来了一批野猪肉等野味。放了大把从八人刨搞来的野山椒，自制的豆瓣酱和大把野葱的野味火锅，不仅让住宿的客人吃得满意，而且谁吃了都会不由自主地再一次请客时往这里走。蒋明孝来之后可以帮忙择菜，劈柴火，收收拣拣，也可以照看照看儿子，免得他到处乱跑。儿子曼军现在是很安静了，在招待所看那台唯一的黑白电视机。对电视的好奇使他坐在那儿像一个听话的学生。他能认识自己的父母了，能吃，能讲卫生。晚上的时候，偶尔还是要抓住母亲吴三桂的耳朵才能睡着。

试营业的三个月已经摆脱了亏损，然后，就是完完全全的承包了，订了合同，一订五年，合同上写明五年后吴三桂继续承包有优先权，除非本人放弃续包。招待所的招牌已经改过来了，改成了由县城专门制作的烫金招牌：大溶洞饭店。吴三桂还把后院开放，成了镇里通往县城的汽车停靠点。这样，她的饭店俨然成了镇的中心。她还在合同上承担了五六个镇委机关的单身汉们的生活——饭店成了他们的食堂。这些远离家庭的小伙子们，十分高兴与这个"吴大姐"或者"吴老板"同吃一个火锅。她给予他们诸多的照顾，免费为他们供应苞谷酒，以最便宜的价钱让他们与她像一家子那样，往一个大杂烩火锅里撮筷子，然后大家吃得汗冒额头，饭后以烟相赠。至于洗衣服呀，钉扣子呀，更不在话下。休息时，打来了一些石鱼，也拿来一起煮了下酒。

噢，可真是累人，什么时候，她成了一个忙得团团转并且很有本事的女能人啦？什么时候，从哪儿走出来的？一个在八人刨村里守着日落月沉过日子的外乡人，一个没有户口的、被人胁迫来的女人，一个命运不济、穷得发抖的女人。她很高兴每天看到镇上各种各样的人。看到他们在这儿啃野猪喝苞谷酒，看到他们没一点架子给自己的那个坏了腿的男人敬烟，说："老蒋，来——"然后大家都互相把烟点燃。在点烟的时候，那种像水一样流动的友情无孔不入地萦绕在大溶洞饭店的客厅里和台阶上。一些司机也来这儿吃饭，吴三桂说："师傅，给我带十斤牛肉，三斤鱿鱼回来。"去县上的班车师傅"嗯"了一声，也不需先给钱，东西回来了，再给算账。或者不算账，反正师傅售票员是常吃并住在这儿的；县里来的班车，晚上总是得歇一宿，然后早晨再装了人开车回去。她确实很累，可是，当来了一个陌生的人说住宿，那人同她微笑的时候，给她说后山的山好高，有没有野人与野兽的时候，她就很高兴；厨房的砧板响，锅铲响，火锅满满地冒着热气端上那些互相礼让、客客气气、谈笑风生的大圆餐桌时，她就很高兴。她高兴起来了还会跟他们喝一杯。那些人说："来，吴老板，我敬你一个（杯）。"吴三桂就会大大方方地过去，还带点成年妇女的撒娇与放荡与爽朗与主人姿态的复杂表情，说："要喝就喝个鸳鸯杯。"勾了手，一饮而尽。"你跟多少人配了鸳鸯？"他们笑着抹了髭上的酒水说。"我只跟我们家蒋明孝配了鸳鸯。""原来咱们都是假的？哈哈！""来真的你也不敢。你家里有老婆管你。好好，你们慢用，你们慢用，我去忙去了。"她说着就走了。恰到好处的时间走了。留下那些继续喝酒的人对她的背影议论说："一个能干的女人。"并且对初来的外地客人小声介绍说："这是被咱们这儿一个农民强迫带过来的，人家是有城镇户口。十几岁就跟了他，一辈子竟没有跑掉，就在这里了。"然后指着那个腿有点瘸的汉子说："喏，就是那个。"外地客人看了，大家都不住地叹息，说："这世上的事就是怪，能做她爹了。"

　　吴三桂当然不知道别人在怎么议论她，她没有闲空想这些了。又过了半年，一切都顺畅之后，还掉了姓吕的一千元钱之后，她决定把女儿小枫接回来，帮她打理饭店的里外事情。过去的事已经过去很久了，这个世界就是这样，风头一过，一切平静。她相信人们的遗忘，还有原谅的心。一个好人总会这样的，你并没有侵犯他们，仅仅是一件别人的事情。而且，女儿灿烂的微笑，姣好的面容，小眉小眼的稚童般的举止，一定会让人喜爱多于议论。我的小姣姣，我喜欢她，那些事又怎么样，有钱加能干才是让人佩服的根本，一切我都不在乎了。

这一次，轮到她的老父亲吴忠反对了，他极力反对女儿将外孙女弄回神农架去，他有几分把握可以将外孙女的关系转正，但是吴三桂执意要让女儿回来。旅游开发的热潮正在这因过度砍伐而一度沉寂的神农架掀起了，有许多背着包的山南海北的人莫名其妙地走到这里，走到大溶洞，在吴三桂的饭店里歇脚，有时半夜时分还有人拍门，不知他们是如何在山里蹿的，就跟很多年以前这山里的野兽一样——现在这野兽们没了，瞎蹿瞎跑的游客却多了，真是世事难料哪！

女儿回来，给大溶洞饭店增添了一道闪亮的风景。这不是吹的，女儿像一朵永远开放的鲜花，像一朵行走的花朵。女儿在冬天因为指挥人卸菜卸炭时擤鼻涕的姿势都是优美的，因天寒脚冷跺脚的姿势都令人看了想入非非。这个妮子呀，她回来之后，整个小镇一条街的女娃子们的服装都要变了。她们不认识这个小娘儿们，哪儿来的小妖精呀？八人刨的，可她有多洋气，她是从平原回来的，人家在城里干过，人家的外公是城里人。哈哈，小枫，就是这么成了她妈的最好的帮手，心灵手巧，会做生意，会待人，不会吃亏，又不张扬，安安静静，甜甜蜜蜜。现在肯定是这样的，谁也不会骗到她了，她经过了，她有身边父母的靠山，很近很近。在镇上，吴三桂成了纳税的先进个人，成了全县的优秀个体户。事情的结局就是这样的。她准备贷款将这个饭店买下来，已经有了意向，这个新兴的小镇，人也越来越多，门面也越来越多，饭店也越来越多，虽然比不上她的规模。至于户口，镇上的百分之九十九的人是周边乡下的户口，还有一些从外地来的生意人，卖衣的，卖药的，开餐馆的。她已不在意户口不户口的了，户口对她已经没有了实际意义。她把家从八人刨全搬来了，几亩责任地和一块山林交给了蒋明孝的弟弟代管。房子呢？八人刨的房子锁住了。两年以后，她回去过一次，那是蒋明孝的叔叔过世。她一定要去，蒋明孝要她别去，可她坚持要去送送这位叔叔。她不会忘记在她第一次被强行带到八人刨那个老山坳里时，那一双善良的眼睛和一碗热气腾腾的野猪肉。叔叔那儿透给她的一点人心善良的光，才是她没有绝望的根由。她让人背去了二十盘万字响的鞭，一套西服加皮鞋作为寿衣寿鞋，并在镇上请了最好的丧鼓歌师，还挑去了一大担猪肉、海带和海味。这是一个寒冬的季节，神农架的游人少了，饭店的生意也少了，吴三桂才得以抽身。雪下有三尺厚，道路不清，山皆覆白，落叶乔木全落尽了叶子，一副灰不溜秋的秃子影像，只有红桦树露出它们的红通通的皮骨，显得有点生气。死寂沉沉的八人刨因死了一个老人更加苍茫无声。可是吴三桂的到来和操办使这里的人知道了什么叫排场。一个孤老头子，他的侄媳妇为什么待他这么好？生前就待他不错，好烟好酒都是从镇上搭回来的。这是为什么啊？那些人不知道，吴三桂却要这么做。鞭炮声把四周山上的野兽都炸跑了，把所有的鸟都炸惊飞了。人们的胆子大了，兴奋了，都跑过来看热闹，闹丧，吃喝，八人刨成了狂欢的场所，一个老人的死亡成了前所未有的狂欢。这个死人哪有这么好的福气呀。吴三桂没有说什么，她什么也没有说。蜡烛、纸，不停地烧，鞭不停地炸，把叔叔热火朝天地送上了山。

那个寒冷的夜晚，吴三桂在自己的空屋里比蒋明孝多住了一夜。她没要火，她缩在被子里，两间房子里就她一个人，空空落落的。山里的夜晚安静得像地狱，寒鸦从冻僵的梦中醒过来，时常"哇"一声两声。接着是风，风吹打着结冰的竹园和树枝，又吹打着薄膜挡着的窗户，月亮倒是格外地亮，照得窗外一片银白。她先想到的是，在镇上买一个地基，做一个楼房，或者买一栋旧房也可以。房子是非常重要的，有了房子，就有了家，家就可以说完全安在镇上了。她的心情如此平静了吗？一晃，老人们都死去了，而她将成为又一代老人？不，不，时光是非常缓慢的，她想拉住时光，她感到她现在有一股劲儿，用一点儿力量就把时光的尾巴拽住了。这是她很释然的一点。现在，时光开始越来越慢了，她可以从从容容地过她的生活，谁都不求，谁都不靠，靠的是自己的双手和头脑。

早晨起来，她用冷水洗脸，锁好了房子，把钥匙放在了蒋明孝的母亲手里，像往常的任何一次出门一样，甩着手，往半山腰的通往峡谷外的路走去。一切都是那么亲切，没有了初来时的恐怖和以后漫长难熬的焦躁。嗬，这里是她的家，她的另一个家，这一辈子最真实的感觉。而十七岁之前的所有感觉都不真实了，像一场梦。你看到树、墙、石潭、哪家的狗、篱园、坟山以及荒草，那都是与你的家紧密相连的。她感觉到她还会一次一次地回来，并且深深地喜欢上这里。因为，周围的空气里有一种叫着"亲切"的东西。她很想奔跑起来，脚下很有劲儿，石头、峡谷的深旷以及一些未凋的乔木都在往她的脚板下注入力量。她穿着长筒牛皮靴，围着长长的、厚厚的羊毛围巾。她背着一个非常小巧的花背篓——这是山里人的标志。她就是山里人了，她感觉到那个背篓贴在背上，背绳箍在肩上，就像一个可爱的孩子攀趴在她的肩头。这个人在山路上独自高兴地走着，像一个极不起眼的行路人，从她嘴里吐出的大团大团的热气在她面前马上就消散了。她下到谷底，再翻过一大块有人烟的田畴，你完全不知道，她在笑着向哪个熟人招手哩。

神鹫过境

一

　　号是一只二龄鹫。它已经十分勇猛了，它的尖喙硬硬的，在秋风中尤其如此。它褐色的眼珠转动着成熟的生存智慧；分辨猎物，抓住它们，置它们于死地。它的羽翼已经超过一米，是一大片云彩般的阴影，那阴影使敌人胆寒。当它扫过高原和砾石，是绝对无情的，它君临一切，是天空的王者。当然了，还远不止这些。在那遥远的高原，只要你是一只鹫，你就被赋予了神性，你是天神的使者，住在高原上的人，他们的灵魂是由秃鹫——死尸的啄食者带到天堂的。

　　号在出生的那一年就与它的父母兄姊一起，携着几个死者的灵魂去了天国，它看见了神。那儿的人都这么说。在那些洁白如银冠的雪山下面，在梯状的云彩上面，号飞升着，它看见了人们把死者亲人的魂系在了它的翅翼上，他们相信号。

　　现在它却是一只迁徙的饿鹫，旅途寂寞，寒风广大，在天空尤其如此。它已经找不到队伍了，它的兄姊是否早到了温暖的南方，在一片无人敢扰的草甸上，在夷岭的那边，正等待着它？

　　它是在追逐一只田鼠时掉队的。那是一只狡猾的黄毛田鼠，它仗着对地形的熟悉钻进一堆乱石缝中，号守了几个出口，都没能逮住它。有一次，号看见那只田鼠露出了尾巴，可是当它把嘴伸进去时，那石缝差一点卡断了它的喙嘴。就这样，耽误了时间，等它再一次飞起来的时候，天空已经发暗，只有断崖靠西的那一面还反射着最后一缕夕阳。它叫了两声，又叫了两声，除了孤独的回声外，陌生的天空里什么也没有了。

就是在第二天的早晨，它记得自己从寒露中醒来，准备寻找猎物的时候，它遭到了这夷岭的致命袭击。

没有现成的碎尸，这使它平常养尊处优的生活受到了挑战。不过有一种秉性是存在的，这就是弥漫在整个闪光夏季的嗜血渴望。当它远行的时候，饥饿唤醒了野性，也唤醒了它征服天空的雄心。它和它的兄姊虽然都有点失魂落魄（那是被季节追赶的），但只要进行短暂的休整和补给，它们依然是骁勇的，并能越过高耸入云的夷岭进入南方的天空。

夷岭有两种凶狠的留鸟。它们小巧玲珑，但狂妄至极，这些留鸟的傲慢来自它们狭隘的个性和眼目，对一片天空恋久之后，它们因此忌恨所有的飞禽，连云彩也忌恨。这两种留鸟一种是红尾伯劳，一种是黑卷尾。红尾伯劳当地人叫"嘎郎子"，意思是它嘎里嘎气的，不知道天高地厚；黑卷尾叫"箭子"。黑卷尾是一种缺少涵养、怒气冲冲的鸟。于是，掉队的号在这两种鸟的挑衅下演出了一场悲壮的，也是羞辱自己的生死大战。最后，它被打败了。

这怎么可能呢？然而，事实如此。

在夷岭的天空，红尾伯劳和黑卷尾从来就没有团结过，它们是生死对头、冤家，互不买账，常常为天空中一条无形边界打得天昏地暗，而今天，它们团结起来了，它们看见那一队又一队从高原上来的大鸟。这些大鸟飞得很高，没有长期住下来的意思，也没有与它们争夺林中的食物。但它们恨这些大鸟，嫉妒它，原因只是它们飞得太高。

号听到了一阵狂躁不安的大喊大叫，就在它的下面。忽然，一群小黑鸟蹿了上来，这就是黑卷尾，它们贴着号的翅翼射向天空，然后又俯冲下来。

这只是一种恫吓，虚张声势。号在心里笑着，但紧接着红尾伯劳也加入了拦截的队伍，它们配合黑卷尾，挥舞着寒光闪闪的尖嘴对号展开了进攻。

丁连根那天正在摘苞谷，他是不爱朝天空看的，天空中没啥，吃的全在土里。但是有一根粗壮的羽毛掉到他面前，又一根粗壮的羽毛掉到他面前，还有小羽，还有血。他以为是下雨了，摸摸鼻子尖，是红的。下红雨吗？他仰头望望天，就看到了那惊心动魄的一幕：一群土鸟在攻击一只大鹰。那大鹰的颈子没有毛，是癞鹰。当地叫这种鹰为癞鹰。

"喔，"他说，"个贼日的。"他骂了一句。

狂乱的黑卷尾们以忽上忽下的乱窜扰乱了号的视线，号踟蹰着不知从哪儿突围，就在它恍惚无定的时候，阴险而聪明的红尾伯劳就趁机下口了。这些夷岭骄傲的嘎郎子，它们是如此勇敢，无所畏惧，知道以弱胜强的办法。它们瞅准的是号的屁股，瞅准了，啄一口，飞开，再来啄一口，再飞开。号先是疼痛，然后是愤怒。这只愤怒的神鹫，它知道自己在天空中的影子就是飞翔的石头，对，石头，那弯曲的镰刀一样的喙嘴就是力量与尊严，还有恐怖。小鸟们因为恐怖而孤注一掷，忌恨也像宿怨一样，高原上的号如今不过是孤独的过客。但激情是不会泯灭的，而且鸳是无所畏惧的，它啄到了一只黑卷尾，啄它的毛，啄它的皮肉。它在被自己的翅翼搅得迅猛的气流中沉下身子——它知道了背上的疼痛和尾部的疼痛，它的利爪把那些芝麻大的小鸟抓出了血，皮毛撕裂时小鸟们发出的凄厉声音，是最美妙的音乐。号疼痛，它沉默。血从天空洒落，羽毛纷飞，刚才丁连根摸到的那一滴血，就是这场战争的祭酒。

红尾伯劳也伤了，它们的口中虽然含着号的皮肉，但号也扯下了一只红尾伯劳的胸腹；另一只被号的翅膀一扫，便断了腿。

现在，号已经遍体鳞伤。面对这两种不怕死的小鸟，它简直束手无策。它躲避，它下降，它叫，它逃窜。

这个黄昏因为溅满了鸟们的血而变得悲壮起来，天空中充满着莫名的哀伤。总之，号是这么看的，它弄不清楚，在这里——在翻过夷岭的途中它失去了尊严。这仅仅是开始，当生命保全之后，失去尊严的生命会发生彻底的异变。这就是命运吧。

它记得在天空中应战的时候，还有一只鸳也遭遇了它同样的命运。那只鸳它不认识。当它因为身体的沉重而下坠的时候，看到那只鸳也跟它一样，摇摇晃晃地往下掉落。山下的深壑、梯田、村舍以及河流都在向它们招摇着秋天迷人的景色。这些陌生的景色在嘲笑它们，也将抚摸它们。

后来，它们汇合了，在一处坡地的灌丛里，因为同是天涯沦落客，它们细小的呻吟与呼唤彼此都能听见。号看了看那只鸳，它的同类，是一只体力有些不支的老鸳。它望着它，它也望着它。不过那只是一瞬间的对视，它们走拢之后，在不到一米远的距离里各自蜷伏进开始衰颓的茅丛中。白花花的野茅并不比高原温暖的阳光差多少。

二

癞鹰来了。丁连根从傍晚便开始寻找那两只鹫。他看见它们在那个远远的小山对面的崖谷里没有再飞起来。

"它们飞不起来了。"他说。回到家里，他啃了两个红薯，就叫上老婆，带着手电筒，向崖谷走去。

到处是苞谷地，也有吃苞谷的猴子，也有熊瞎子。因此，丁连根希望尽快找到那两只鹫，不愿碰到任何野牲口。他带着绳子，他的老婆也带着绳子，还有两把砍刀。如果这两只鹫不被野物吃了，就会被别人捉去。或者，它们会重新飞起来。

丁连根当然不怕，只是担心那么大的两个家伙难以让他驯服，万一它们反抗，啄他，用翅膀扑他（和他的妻子），那怎么办？丁连根的老婆可不是个孬种，她连这点顾虑都没有。她有劲儿，无论是洗衣还是挑柴，她还打掉过丁连根的门牙，有一次在与邻居的殴斗中，是她（而不是丁连根）把那家的男子的裤子扯掉了，在屁股上留下了她凶猛的五爪血印。

"哈，这两个家伙！"丁连根的老婆一个饿虎扑食就罩住了号。号是年轻的鹫。可号没有反抗，丁连根的老婆跟逮鸡一样。

接着，丁连根也扑到了另一只老鹫。他们开始捆绑。这也很容易，缚住它的两个翅膀，另外，那一双铁似的爪子也得缠个严严实实。那嘴巴，铁钩子似的，也得缠住，以防万一。

丁连根的老婆先捆了号，她摸摸它的屁股，说："伤得不轻呢。"在丁连根的手电筒光里，号的屁股上的血已经凝固了，现在在捆绑的过程中，碰到了那些伤口，又有几处地方渗出鲜艳的血水来。而丁连根看他手上的那只老鹫，整个屁股都被啄乱了。红尾伯劳一口一口又一口，啄得它千疮百孔。号毕竟年轻一些，它还能在天上与它们搏杀一阵，而那只老鹫，它衰笨了，它失去了平衡与力量，在夷岭的天空，在这个阴险和没有信仰的天上，老鹫不过是一块抛上天空的垃圾，一片被旋风打乱的落叶，一堆衰老的记忆。小鸟可以欺负它，人更可以欺负它。

"只怕有二三十斤哩！"丁连根的老婆背着号说。她将号丢到背后。丁连根也把老鹫背到了背后。老鹫更重。

他们在深夜下山。

因为困倦，他们回到家便把两只鹫丢到了屋子的旮旯里，喝了些水便躺到床上睡去了。

丁连根困，可他的老婆并不困，兴奋正在她的脑海里惊涛拍岸。听着丁连根那些蠢里蠢气的鼾声，她心里骂道："真蠢。"因为丁连根说，这可是难办啊。丁连根对鸟的知识掌握得太多了。这个平时闷气的小个子男人，肚里还是有货的，他似乎对啥都懂，平时见了个纸片只要有字都会一个人待在一边研究老半天。虽然她平日里唠唠叨叨但一句话也不顶用，关键时候还得看男人那一句话。说行，就是行；说不行，就不行。干得，就干；干不得，就不能干。门牙打掉了，还是不能干。事实证明，男人丁连根总是对的，男人就是男人，男人不愧是男人。他说："这难办啊。"莫非就真难办？把它们杀了，腌了，下酒吃，给孩子吃，给娘提一块去，顶一二十只鸡呢。她摸了摸它们的脯子，有肉。就那一只爪子，给爹下两顿酒怕是没有问题。去卖了吧，丁连根说只能悄悄卖，那也得卖大几十块、上百块钱。就把它们卖了。或者卖一只，腌一只。总不能喂养它们吧，那怎么喂？它们要吃些啥？抓老鼠？到哪儿去捉那么多老鼠？吃兔子？到哪儿去买那么多兔子？"放他娘的屁！"丁连根的老婆想到这里猛地拍了一把床沿。于是整个床一震，丁连根的鼾声停了片刻，翻了个身，吧唧了一下嘴巴，又睡去了。也许压根未醒。

她得先作出一种安排和处置。这两只癞鹰有她的一份。

夷岭的秋夜传来了山涛与树潮的悠长吼叫声。那是秋深了，风欺凌着山区的一切，告诉它们，季节正准备转换。接着，雪和冰雹就会来了。不过这种情况并不多见，随着气候的一年年变暖，那种几十年前大雪封门又封山的景象已是凤毛麟角。

听见堂屋正梁上那只鹩哥学猫的叫声呢喃地响起后，她在对两只鹫的盘算中甜蜜蜜地睡去了。

三

号听见了猫叫。

它的眼在黑暗中搜索到了，那所谓的猫，是一只鹩哥。这只乌黑的鹩哥，跟这房子里的黑暗一样黑。这只鹩哥就叫鹩哥，屋里的主人从小就是这么唤的。它现在正吓唬屋梁上跑马的成群老鼠，它只是吓唬。而号听见老鼠的奔窜声却想到的是那种口中嚼动的滋味。太饥饿了，加上干渴，老鼠的血肉可以解决这一切。可它被绑捆着，它和那只老鹫被塞在一口水缸的底下，那儿潮湿的空气虽然缓解了屁股火辣辣的疼痛，但肚腹空枵，加上它们无法动弹，连嘴张开的权利也没有了。

那只老鹫在轻轻地呻吟，它太难受了吧。它在那令人神往的、自由无羁的高原生活了十年，也许二十年。风吹动着高原上的草，百兽嬉戏，流泉淙淙，到处是鲜花，到处是食物与景仰。除了严冬的肆虐，没有什么可让它们担心的。而随着迁徙之路的改变——那一条从祖先至今行走的天路，正慢慢离开那熟悉的天空，向一些陌生的、充满了野蛮与邪恶的地方延伸。夷岭的第一批探路者正悄悄地选择它们。可老鹫老啦，它知道前程危险，但对生命不息的热望使它踏上了这条道路，然而，却是一条满含耻辱的不归路。

号打了一个盹。当它从梦中醒来想舒展它的翅羽以抖掉夜的残余时，才明白了它的处境。天空已经不存在了，水缸代替了一切。这个充满着霉气和肮脏气味的角落，射进了一线早晨的白光。它看见了那个昨夜捉它们的男人的面容，脸盘很小，长着一只狗鼻子，眉毛稀疏。他看了它们一眼，就从水缸边挑上水桶出门了。这时，那个捉号的女人也敞着怀出来了，这个女人揉着一双发肿的眼睛，浑身散发着一股女人的热腾腾的酸气。这种气味对于号它们来说，太熟悉了，只不过，一种是有热气的，一种是冷的，夹杂一股更浓的血腥味。在高原，在乱石堆砌的天葬台上，号就吃着这种冒着酸味的女人骨肉或者男人的骨肉，连一点渣子都不剩，将他们悉数吞了。号身边的老鹫吃得更多，那些过去时代的肉体，给它许多美好的回想。在饥饿与绑缚中，你会对过去的一切更敏感，连许多小小的细节都可以回忆起来。那些念着佛经的人们，他们转着经筒，说，秃鹫衔着他们亲人而去的地方，是一朵巨大的莲花。

现在，女人揉着那一双发肿的眼睛，她好像不相信这两只鹫属于自己似的，她蹲下身子，用手摸了摸两只鹫的羽毛。它们的颈子是秃的，就那儿，一直到头顶，有些纯白色的细羽，比其他地方的羽毛要柔软，像普通的鸟羽一样。号以为她是来为自己松绑的，至少给它们一点水喝，解开它们喙嘴上的绳子，让它们嗑嗑舌头。可是没有。这个女人站起来后，屋梁上的那只鹩哥就开始喊了："姐姐，姐姐！"

那是一种谄媚的声音，是夷岭的另一种鸟，比凶恶的黑卷尾和红尾伯劳还令人讨厌。

"姐姐，姐姐，老丁挑水了，咕噜咕噜咕噜咕噜。"鹩哥说。它吐词清晰，语言乖巧，整个儿都是圆润的，它模仿吞水的声音就跟水声一个样。

女人从缸里舀了一瓢水，给它添水，并且抓了些黍子丢进那只竹笼里。女人不想搭理这只饶舌的鹩哥。它的舌头是如此柔软，被捻了舌，被捻去过几层舌鞘，它才会如此乖巧，口舌如簧的。

姓丁的男人挑水回来的时候，就有陌生人走进来了。

这些陌生人是丁连根的老婆带来的。被鹩哥称为"姐姐"的这个女人，是个炮筒子。"逮着癞鹰了。"她在外面说。这是一种炫耀。可是昨日晚上她的男人反复给她交代的"不吱声"，早被她那种炫耀的冲动给忘记了。一个男人逮一只癞鹰不算啥，这过去有过；甭说是一只鹰，一头虎也有人逮过。但一个女人逮一只癞鹰却是闻所未闻，天下奇闻。在二十年前的某一天，一个女人打死过一只豹子，传遍了整个中国，这女人就是夷岭的。不过，那是一次偶然的运气。豹子要吃她，她在树上，她准备跳下来逃生，却刚好跳在了豹子的腰上，将其脊骨压断了，豹子就瘫了。就这样，一个挑猪菜的女子，成了英雄。而如今，这个曾经

196

仰慕过打豹英雄的女人，也将成为英雄。她从男人丁连根那儿知道，如今没谁敢称打野物的人为英雄，但在夷岭，在村里，她还是可以获得英雄的称号。

渴望成为英雄的女人，带着食肉寝皮的英雄主义气概，在一早晨就把她的事迹随风传扬开了。就这样，又恨又气、怒不敢言的丁连根，看到人们云集到他的家里来看稀奇。

"这是两只癞鹰。"那些人肯定地说。他们这么肯定，也知道它的价值。谁都知道，这是政府宣布的二级保护动物。但大家对动物只有吃法的区别，没有保护等级的区别。大家清楚，只要你不打熊猫与金丝猴，这命是可以保住的。不过，在经常吃掉的二级保护动物里，癞鹰是稀少的，简直没有。这癞鹰为何在这儿出现，而且一次逮住了两只？

这个现象并没有引起大家的注意，只有丁连根有些隐隐的感觉：会有更多的癞鹰从这儿经过。看来，夷岭的天空会发生变化了。

随那些人一起进来的还有苍蝇。成群结队的苍蝇也是嗜血的幽灵。它们聚集在号与老鹫的屁股上。它们叮着，而看鹫的人就用树棍子戳这些鹫的身子。他们抽着烟，咳嗽着。

水来了。有人给它们喝水，不一会儿，它们的面前还出现了一些鱼头和鱼肠子。"是得喝点水了。"号心里想着，就把尖喙伸进那个瓦盆里。那些鱼肠子味道并不好，号叼了几条进嘴里，其余的它想让给老鹫吃。可老鹫连水也不愿喝，它闭着眼睛，没精打采。它太伤心，它一定太伤心了。过多的回忆会使它变得执拗和绝望。而且有人在那老鹫的羽脯下使了劲儿，那带毛刺的棍子一定也刺疼了它，还包括心。有人还十分可恶地用棍子翻弄它的伤口，他们在讨论他们引以为豪的红尾伯劳是怎么把嘴伸进这癞鹰的深肉里，把肉扯出一个洞来的。苍蝇时起时落，在那些人的谈话中穿梭飞舞，发出嗡嗡的声音。

"我们是看见过一场战争。"他们说。每个人都似乎对天空中发生过的一切目不转睛过。其实，关于那场搏斗，看见的人并不多。他们之所以感兴趣，是在于这一对捕捉巨大癞鹰的夫妇，并不是猎人。他们在村里的地位很低很低。

四

是杀还是不杀它们，愁煞在丁连根的心头。食物愈来愈艰难，而风声愈传愈远。

"我们是穷家小户，与其让乡干部来搜了去，不如主动把它们献给国家。"丁连根蹲在门槛上抽着烟。烟抽了不少，烟是最差的"红金龙"，抽进去直刺舌尖和牙缝。

第一天，他买了三斤烂鱼，第三天去一个养猪场拖回了一头死猪。太阳在山路上把死猪晒膨了，散发出一股让人翻江倒海的臭气。死猪虽然只花了十五块钱，然而那一整天，丁连根像掰了两亩地的苞米一样累。因为他整整走了三十多里地。

整个屋里因为死猪而增添了数不尽的苍蝇和臭味。他用盐水洗着两只鹫的屁股。老鹫的伤太深，有一块已经变黑。

"杀了它，我们也不缺这块肉吃。"他对老婆姐姐说。

这是现实的问题，他的老婆不得不考虑。两只鹫的食量惊人。这样吃下去，他们儿子的学费也要吃完了。"难道就不能杀了它吗？谁来管你？你杀了，你吃了，给儿子补胃气，炒辣椒吃难道不比吃南瓜和扁豆有味吗？"老婆讥笑他，"国家，国家这么大，你未必能送到北京去哟。"他的老婆踢了老鸳一脚。老鸳现在能站起来了，号也站着，但它们的翅膀仍被捆着。翅膀高张起，像飞翔的样子，但它们被捆着。

"捉了野物献给国家"，这是丁连根的老婆第一次从丁连根口里听到的像读书人一样的说话。

但是丁连根铁了心想交给国家，还是村里的赵老饼一句话戳到了他的心尖。赵老饼是见过世面的人，有几年挖药材去了高原。"这是神鸳，那边多啦！"他说。他指的那边，就是高原。

这丁连根清楚，他隐约听到过这癫鹰的来历，它们是神物，至少在赵老饼所指的方向，离夷岭很远的地方是如此。有人说这些神鹰的眼里映着你的前生和来世。他不相信，他从来就没有见过这样的一双眼睛。对于鸟，要么是吃了，要么是驯它。驯过小鸟的丁连根不会有对于鸟的恐惧，没有。那种得到的欲望如果不遇到直接的抵抗，任何鬼话瞎话也唬不住他。他已经无所畏惧。但是在赵老饼来过的那个晚上，丁连根摸黑在鹦哥的猫叫声中去缸里寻水喝时，他在黑暗中猛然看到了两只眼睛，那是号的眼睛，在黑暗中射出两道寒光。这只是幻觉吧。后来定睛看时那寒光消失了；也许是他不愿看了，不敢看了。也许号合上了眼睛，他在那褐色的、敌视而且威严的一双鸳眼里，似乎看见了一些模糊的秽物。"那里面没有我。"他说。他给自己壮胆，他点燃一支烟，笑笑。笑自己胆这么小，还能在半夜去捉鸳吗？哈哈！他心里说。他变得高大了，强健了。心定了，神稳了。他做他的事；他给鸳敷伤，他研究着它们的颈子，想着从哪里开刀，想怎么啃它们的爪子，第一口酒吃哪一根，吃前跐呢还是啃后趾，吃它的颏还是啃它的颊。

这种虎视眈眈的想法只能是一种想法。它是为了抵御某种悄悄滋生的恐惧。当他看到儿子在它们的面前，号的那双眼睛似乎是一种灾难的预兆与念咒。儿子太柔弱，他害过几场大病，后来因打针而使一条腿粗一条腿细，走路时有些打拐。鹫却似乎太强大，它们无声，它们被绑，它们吃着臭鱼烂虾，可它们强大。的确如此。丁连根是个比较胆小的男人，在夷岭，他当然也可以走夜路，拿着一把钢叉便能一个人照看苞谷地，以防青猴掰摘。但那是生活所迫。一旦从生存的泥潭里挣扎出来，静下心来后他看到了什么呢？他不能壮着胆子去抗击世上一切强大的东西。一个人的愚妄，半是为生活，半是为挑衅。

"我怕什么！"他有时候还是这样想，那一双看到你心里去的褐色眼珠不就是畜生的眼珠吗？

"国家就是县里！"在老婆多次质问他国家是不是村长之后，丁连根终于发脾气了。发脾气是要积聚些中气的，一年半载地发一次，发就发好，豁出去了，不让她有丝毫的侥幸，家破人亡都在所不惜的样子。

"你吃了它你就能长几块肉了吗？这些癞鹰都是吃死人的，你敢吃？！"

就这样，在激烈的争吵声中，丁连根拿着扁担叩着地，好像要劈人的样子；又找绳子，要上吊，要把人勒死的样子。他的老婆喑声了，他的老婆躲在房里，丁连根那气势把她堵住了，那气势像一道火墙，呼啦啦地点燃了整个屋子。

丁连根挑着两只鹫就出门了。

"个贼日的！贼日的！"不知道是骂谁，骂老婆，骂鹭，骂横着碰上门框的扁担或者门框？

"姐姐，姐姐，你出来。"等丁连根出了门，烟火气散去了，屋梁上的鹩哥说话了。它甩着一头的水。在丁连根发脾气的时候，它一直待在笼里的那个大水碗中，仅把嘴伸出来。这笼是丁连根专为鹩哥做的浴笼，有一个大陶碗，比脸盆小不了多少，山里汉子吃饭的那种碗。鹩哥爱在里面洗澡，遇上害怕的事，也会藏身水中。

在那儿，在水缸边，一堆臭熏熏的猪下水，一些鹭的粪便和丁连根将鹭绑上扁担时弃下的几根羽毛。那羽毛真的很大，灰白色的尾羽，还有几根金褐色的头羽。

女人等待着男人的反悔，他走出村，气在三五步之后就会消的。这几十斤好好的鸟肉，总不能白白送给国家。现在已经是下午了，他要走到县里，得半夜了。除非他能搭上便车。另外，他的手上没有钱，他吃什么？他的烟也没带着。他火一来把什么都忘了，这钉锤子（她私下给他的诨名），他要挑回来。挑到哪个地方歇歇，吃一支烟，然后就回了。江里的江猪子也是吃死人肉的，白鳝也是吃死人肉的，白鳝钻入死尸的肚里，吃空了才出来。可它们的肉一样好吃，还金贵些呢。

钉锤子，回来！她在心里喊。

五

人有时候横了就横了。整整一个下午，丁连根就这么简单地凭着一股犟劲儿一步不歇、不吃不喝地走在去县城的路上。

每当别人问起他,他便说:"癞鹰。"就这两个字。无话可说。他呆头呆脑,咽着干涎水。想抽烟,没抽烟。无烟。过河的时候,一共才找出两块多钱来,没买烟。算了算,这一趟有保障了。

他没回头。

他倒是在细细地打量天空。

天空有云,很淡。天很高,天静静的,有鸟飞过。后来,他看见了在紧挨着夷岭的山边,在西南的天际豁口,低垂在天幕尽头的山峰间,有一队鸟飞过,那是鹭,从高原飞过来的,正在翻越高高的夷岭。它们如一阵乌云。他看着它们滑过天空,自言自语地说:"更多的癞鹰就要到了。"

"咱们走吧。"他说。他换了换肩。那两只倒垂着的鹭,嘴微微地张着,并且淌出一些涎沫来。它们是渴了。这天气不对,好像给人造成了错觉,以为还是夏天呢。他抹着脖子里的汗。而一群苍蝇一直从村里跟出来,跟着他。它们围着一前一后的两只鹭,依然叮它们的屁股。不时还有路边的苍蝇加入这个队伍中来。现在,鹭们的屁股歇满了苍蝇。他驱赶,飞了,又回来。又驱赶,又飞了,终于还是落到鹭的身上。鹭的身子散发出一股鸡屎的臭味。有一阵子,他觉得它们并不可怕,就是鸡,大鸡,大一点的鸡,或是一只驯过的鹩哥,秦吉子。它们肮脏,倒吊着,嘴角流涎,它们,就这种样子的鸟,怎么会是神鸟呢?它们破衣烂衫,蓬头垢面,远不如一只嘎郎子或箭子。这样想的时候,他就快动摇了。那腿,要让他动摇,踅过去,回头,向家里走去,杀了,腌了,或者卖了。

我能不能把它卖掉呢?

一想到要与政府打交道,他就不自然,就觉得自己不是那种角色。

"我去找这个县长，他能跟我握手吗，然后说，丁连根同志，你将这对珍贵的秃鹜献出来了，我代表全县四十八万人民感谢你。然后给我奖金，再然后跟我一起吃鸡吗？"他只是这么试试探探地想，他压根没这么奢望。

现在，他把这两只鹜挑到哪里去呢？他头上有汗，脚上也有汗。头上有咸汗，脚上有臭汗。他穿臭力士鞋，夹袄很旧了，草帽也是旧的。他挑着两只脏兮兮的鹜，放到县长的办公室里，放到县长办公室的大皮椅对面（电视里见过），把这样让苍蝇围着叮吮的鹜挑进县长屋里？或者放到副县长屋里？

他走上了公路，那是宽阔的大道。是一条油渣路，是国道。走上国道，天已经晚了，要想再回去已经不可能了。也就是说，离家远，离县城近。

"我得在哪儿歪一夜吧？"他说。那只老鹜好像快死了，一动不动的，头全蔫了。他歇下来，喘口气。把鹜挑到路边，那儿有一条水沟。他就干脆把鹜丢进水里，两只鹜挣扎了一阵子，就能喝水了，咕嘟咕嘟地喝着水，发出野兽一样的声音。

他把鹜拖上来，他抚着两只鹜。他想自己也应该喝两口。于是也学着鹜发出那种奇怪的声音。这鹜怎么会发出怪溜溜的声音呢？

他望着两只鹜，身子软了。"我是叫花子养不起万岁爷，"他只能这样对鹜也对自己说，"我把你们放生吧。"他实在没有勇气踏进县城。县城离他的欢乐太远。

这样，他开始解两只鹜的绳子。这时候他是没有什么可想的。丁连根没啥好想，县长、老婆、乡长、儿子、号的那双神秘莫测的眼睛……他解绳子，找下手的地方，一个结一个结。解开一个结，心就轻松一阵子。鸶很配合他。从逮到它们的那天起，他就发现鸶很温驯，完全不是他所想象的那种猛禽，它们不反抗，不执着，不发狂，不会像狗或别的畜生那么贼似的乱咬你一口。许是它们太虚弱了，有伤在身，许是它们换了一个地方，威风全无。

绳子解开了，它们趔趔趄趄地站定了，可首尾不平衡，腿上没劲儿。解开后更加暴露了它们的本相。它们是两只病鸶，垂死的鸶，它们被这儿的鸟，被没有胃口的臭鱼烂虾，被苍蝇，被一整天倒吊在扁担上折磨得气息奄奄了，跟这眼前的落日一样寒软无力。

号站得好一点，它看见那只可怜的老鸶正靠在一棵椰榆苑上发抖。身上的羽毛还是湿漉漉的，刚才那个挑它们的人把它们粗暴地丢在水沟里，老鸶没有反应过来，差一点溺死了。它无法缓过神来，它太衰老了，一点打击都使它犹受重锤。

它们无法飞起来了，虽然自由近在咫尺。号明白自由到来的时候，它想振一下翅，它看看是不是面前的人真有让它自由的意图，是真还是假。它揣摩着。翅膀下的确没有了绳子，脚下也轻了。在那人盯着公路上一溜烟开过去的几辆汽车的当儿，号的翅翼张开了，它顾不得老鸶，它要飞，去追赶那已经淡入云深处的队伍，它的兄姊，另外，它对老鸶没什么好感。这是因为，它的父母或者一种血质暗示过它，老鸶常常会吃掉雏鸶，在它很小的时候，就学会了躲避那些陌生的老鸶。当然，现在它不怕了，它有足够的力量来对付一只老鸶。可是，与其说它是被伤痛和虚弱压得飞不起来，不如说是被此时的黄昏压在了翅膀上。到了黄昏，鹫就不再是云彩上面的鹫了，它只是一只在地上和崖上蜷缩的鸟。黑暗使它无所适从。

鹫不飞，丁连根不能撇下它们空着手走掉，它们再被人逮住了，可能就会只剩下几根羽毛。

他只好把两只鹫重新捆起来。

肚里正在发出惨痛的叫声。他饿了。鹫也饿了。可此时他想抽一支烟，极想。他看见路边不远处有个黑影子，在渐渐升起的夕阳里，他猜想那是一个路边小卖部吧？

他重又挑上鹫。

这就是缘分了，他甩不脱它们。

他说："我请你们抽支烟吧。"他抓住鹫的翅膀说。

当他刚看清那个黑影是一辆长面包车时，他就被车旁站着的两个人给喝住了。

"你挑的是什么！"

六

现在，要说到夷岭特殊的地理位置了。除了天空即将成为秃鹫又一条新的过道外，它还是重要的南北交通要道。有一条国道、两条省道穿越县境。这儿是两省交界处，相当偏僻，旧社会是土匪出没的地方。

他们示意他把担子放下来，他们总是显得那么干脆，没有余地，好像真理被他们攥着，他们的出现就是来梳理世上的万事万物的。

"这是什么呀？"

"看你们说是什么。"丁连根说。

有一个人站得远远的，两个人站得近近的。无论远近他们都有点害怕那两只放在地上的鹭。那鹭放在地上也有凳子那么高，而且它们弯钩似的喙嘴伸得老远，好像往外呼呼地冒着吃人的热气，向陌生人露出它们的侵略意图。

"这是国家二级保护动物，你知道吗？"一个把烟叼在嘴上的人说话了。丁连根影影绰绰看到他的面目，很胖，下巴的赘子只怕有半尺长，垂在领口外面。他旁边的那个最先要他放下担子，拽了他的扁担，现在张着腿望望着公路两端，也不时望望两只鹭。

"我这是要挑到城里献给政府去的，"丁连根说，"我知道是保护动物。"

胖子喊在一旁东张西望的人说："他说他是去献给政府的。"

他的口气充满着嘲笑和不信任。

"他送给县里？他送给县里？"那个东张西望的人走了过来，上下打量着丁连根。

"献给政府。"丁连根纠正说。

"献给政府？"那人说。

"你献给政府？"胖得发喘的人说，他年龄好像并不大，顶多三十来岁，"你这么晚了挑来献给政府？你的心情这么迫切？看来你的觉悟蛮高咧！你把东西放下，就可以走了。"

这就完了？就这么简单？好像……好像不应该是这样的……

"我……我……我可以走了？"他说。

"当然。"他们说。

"不写个东西给我吗？"

"那写什么？你说，写什么？你献了不就是献了吗？你很光荣，虽说你是半夜悄悄地送来的，那也很光荣嘛，哈哈！"

丁连根去抽扁担。他觉得很乏味。扁担是没献的。一条用过五年的竹扁担，汗水把它染得发红了。

他在黑暗中解扁担。他想问他们究竟是干什么的，他没敢开口。他不能开口。他在想，他们是政府吗？他们不像政府，不是我心目中的政府。他们没问我的名字，他们知道是谁送的吗？上面要求对国家保护动物一律要送交给政府，都是这种结果吗？这是没收，献就是没收吗？既然如此，我何不把它们杀了，那献个卵子！把它们丢到山崖里去喂狼还痛快些。别人献出的动物曾在电视里出现过。不过只是畜生的镜头，奇怪的四耳狼、猴面鹰，还有一只金丝猴，他们在接收的院子里被人饲养着。那是县政府的院子还是林业局的院子？就都这么献了走了？连一句好听的话都没有？

他有点后悔，有点伤心。他望了望地上黑乎乎一堆的鹭。对他们说："它们没吃东西呢。"

那几个人没理他。

他又说："它们饿了一整天，有一只好像不行了。它们的屁股被啄烂了，还没好。"

"怎么，舍不得吧！"好像是胖子在说。

丁连根就走了。他觉得跟他们说多了没用。他没往回走，他往前走。因为他记得他兜里还有两块多钱，那前面不远有一个小集镇什么的，有几户人家，有打铁的，卖面的，剃头的。他看见了一些灯火便记起来了。

他的鼻子酸酸的。他往前走，背着扁担，轻松是轻松了，风吹在身上，有丝丝寒意，但心很清爽。而鼻子发酸。

我坐一会儿吧。他现在是彻底地无力了，脚挪不动，他就坐在路边，望着黑魆魆的山影。

他发困，他伏在自己的双膝上，把头埋进去。他听见有汽车过来又过去的狂叫声，路上有尘土。他抬起头，看到他见到的那一辆面包车从身边疾驰而去。那上面有他的两只鹫。

七

号闻到了一股汽油味，接着闻到了一股潲水味，一股发腻的酒精气味。它和老鹫被几个人粗暴地丢进汽车，然后，它们又来到了另一口水缸的缸脚下。它们是被拖进来的。那些人把它们拖到飘满酒精气味的屋子，让它们待在水缸下，号还以为又回到了那个捉它的男人的家里呢，可是过了几分钟，老鹫就被人提走了，倒提着，像提一只鸡。提它的人拿着一把刀，另外几个抽着烟的男人指着那只老鹫说："就这只。"

就这样，号看见老鹫被他们提走了。那个拿刀的人把刀丢到地上，说："我一只手还提不动呢。"于是，有几个人过来与他一起提，另一个人拾起地上的刀子，走出了后门。

号从后门吹来的风里闻到了一股血腥味，那是同类鲜血的气味。号差不多麻木了，饥饿和捆绑使它身心俱损，意识模糊。它甚至记不起它是从哪儿来的了，好像它一直就生活在靠近水缸的角落里，生于斯，长于斯，从来就是个饥饿的、失去飞翔能力并被绑缚的鸟。那股血腥味冲得它大脑愈发钝痛。是钝痛，好像有人用一块尼玛堆上的石头敲打过它的全身。

接着又传来了那种剁肉剁骨的声音。这声音熟悉，在高原，听见这种声音鹫们就会汇聚过来,那是召唤的声音,有食了!人们愿意把源源不断的、断却了尘缘的肉体凡胎抛撒给它们。可这是同类撕裂的声音,号不忍心去听它。

再接着,号就听到了一个熟悉的声音:"老板,有没有面吃?"那是捉它的人,倒挑着它走的人。那人因为饥饿而显得更加瘦小,像一块长在山崖上的疙瘩树根,脸上就像没有水分的、干巴巴的石头。

楼下没有人,人都上楼去了。楼上有男人的声音,有女人的声音,有杯子相碰的声音,那狭窄的楼梯口涌下来一团一团的人声与酒精气味。这个人不知怎么就忽然提上了号往外跑,跑得飞快。这个人像一个鬼魂,像一阵风,山里人的步子简直像豹子一样迅捷。他背着号就跑。他跑下公路,跑上一条弯弯曲曲的山道。他无法歇下来,他的脚板不停地叩打着石子,发出嘣嘣嘣嘣的声音。他的扁担在肩上弹跳着,有时撞到一棵树,有时撞到一些石壁,发出瘆人的声音。另外,他的嘴里呼哧呼哧地像一头野兽。他狂奔,他就是一头野兽,在夷岭的夜里背着一只秃鹫,慌不择路。号觉得它的脊骨都要颠断了,在那个人汗湿水流的背上。"我操他的妈,我操他的妈,个贼日的!"号听见他在骂。

丁连根在骂。

那只老鹫成了一堆肮脏的禽毛,被人煮了。他连夜赶回去,带回了一只鹫,丢失了一只鹫。连那只尖着橙黄色嘴巴的黑鹩哥都在嘲笑他:"哈哈,哈哈。"

村里的人都来看他。"你是卖了吧?"他们说。"你肯定是卖了。"他的老婆也说。老婆站在村里人的一边。他们不相信他去献一只癞鹰给国家,另一只却背回来了。

　　"神鹭是可以吃的。"当他闻到了那股煮鹭的香气，他捉的鹭被那些人下了酒，他才相信这样的鹭的确是可以吃的。这是一个事实。那黄棕色的飞翼、金黄色的冠毛和瓦灰的导向翎全像一堆鸡毛。是鸡毛。那香味，被酱油、八角和桂皮煮出的香味，没有什么奇异之处，也咕噜咕噜地冒着热气，用酒送下喉咙。

　　这没有神秘了。一方水土一方风俗，到什么山上唱什么歌。号的眼睛呢？鸡的眼睛。没有神秘，没有诅咒，没有巫婆一样的蛊惑。没有。它就是鸟，一刀下去，什么都没有了，魂飞魄散，变成大粪，肥田。就是这样。

　　他抢回的这只鹭，他打量着它，再一次审视。吃了它吗？卖掉？关于吃它的计划已经烂熟于心了，从第一刀，到最后一口，我卖掉它的话，也比白白送给那些人吃了好。

　　"这只鹭我可以把它养着。"他心里说。当然这也是碰上了又一件事。山外面来了两个人。这两个人听说这里有一只活鹭，想把它买了去。在证实了这两个人的身份，不是县里那帮人之后，丁连根突然不想卖了。

　　"我们是买去当'诱子'的。"那两个人说。

　　两个来买鹭的人说这只号可以当"诱子"。说它口龄小，好驯。他们在那儿高谈阔论，直言不讳，以为丁连根就是个老实巴交的农民，不懂鸟。可当他们抬头看到屋梁上有一只乌黑发亮的鹩哥，听见鹩哥在那儿喊着女主人"姐姐，姐姐"时，他们发现说漏了嘴。"你是个内行。"他们说。他们你望望我，我望望你。

　　"没有五百元我不卖。"丁连根说。

　　他的老婆冲了出来，把号提溜着就往那两个人怀里塞，"他不卖我卖了。这只是我捉到的。他捉的那只早没了。"她一手提号一手扒开漫天要价的丁连根。丁连根被扒了个趔趄，他哪是他老婆的对手。

"我做主！"老婆拍着胸膛。胸膛直挺挺的，像一扇门板，"一百八十元你们提了走人！"

那两个人只肯出五十元。

后来他的老婆说："我送你们算了！"还是往那两个人怀里塞。

那两个人不知女主人是激将，在那儿你望着我，我望着你，试探地说："是啊，一只癞鹰也养不起，一天要吃两斤肉，你养还不如送人划算。家早晚要吃垮。"

"我是送你们的，你们拿走呀！"姐姐说。

那两个人不敢接，但女主人塞给他们的时候，号的爪子把其中一个的脖子划出了两条深深的血印，只一擦，就是两条血印，比机器还锋利。那个捂着血印的人正要去抓号的腋窝，女主人的手就闪电一般收回去了。她把号丢给了身后他的男人，哈哈大笑。

那两个人红了脸，灰溜溜地拍着手走了，说："买卖不成仁义在。"

老婆姐姐一屁股跌坐在门槛上，破口大骂丁连根道："你个钉锤子，那你就养啦！看你养出五百块钱的金子来！"

"可一百八十块钱的金子也养不出来。"丁连根嗫嗫嚅嚅地说。

这就是丁连根只好把号养着的原因。

八

丁连根在河上守了两天，终于守到了一头死牛犊。

这可以节约一些钱。

他不想老婆姐姐说他是想驯"诱子"的。他想做一件惊天动地的事情来，他得忍着，不能作声。他认为先给老婆讲了就没有什么意思了。再则，他认为女人只会坏事，尤其像老婆姐姐这样的大炮女人。他疲了，他心凉了。在秋天的河边，他抽着烟，看水，心凉了。心中却无端滋生了一种抗拒，反抗这世界的，对着干的，不信邪的抗拒。他把烟头一支一支地丢进河里。他想了两天，心中行事的想法慢慢明朗了。

河上走着船。有鸬鹚船，但没有了他爹的。鸬鹚在叫，还有别的鸟，黑卷尾、红尾伯劳、漂亮而安静的戴胜、锯工一样的沼泽山雀。他现在可以重温他死去父亲的那一整套驯鸟割舌的技巧。他记起来他曾是一个驯鸟人的后代，这么多年，他种庄稼，打柴，也养了一只乖巧的鹩哥，可从来没意识到自己的父亲是一个驯鸟人。然而他的父亲是一个驯鸟人，非职业的驯鸟人。他的父亲还是一个残废军人。他的父亲从朝鲜战场上回来之后脑子就不好使了，那脑子里有美国鬼子的弹片，据说取不出来，每隔两年就去城里拍一次片，据说那弹片在脑袋里都长毛了。父亲因为爱盘鸟，回来以后还是盘鸟，后来养了几只鸬鹚，在河上捕鱼。脑筋好的时候，捕过十几斤重的大青鱼。脑筋不好（天阴时，因头痛而发疯）的时候，他就拧鸬鹚的头。他只是一个疯了的爱鸟人，过去丁连根就是这么诊断的，他甚至不想回忆起他的父亲。他曾将他的父亲捆住，捆在厕所里。当然喽，这都是父亲发病之后。

　　他拖着死牛犊回去的时候想，我终于要驯驯它了。那几个抢鸟的人给了他勇气，把他推向了一个骁勇残忍的驯鸟人的行列。"我试试看吧。"他对自己说。

　　他拖着一匹死牛犊回来的时候，他的老婆瞪着一双牛卵子眼睛。他的老婆说："嘿，你疯了！"他说："我就是疯了。我要喂一只全县全国最大的鸟。"

　　一个人疯了你是挡不住的，姐姐记得她疯了的公公。你除非把他捆住，像捆公公，像捆一只癫鹰。

　　就是这样，丁连根剁发臭的死牛犊，然后，把它们抛给号。

　　号第一天没吃。

　　第二天也没吃。

　　号是傲慢的，它有着鸷的尊严。

　　肉太臭，这是对它的侮辱。

　　"熬吧。"他说，他咬牙切齿地说。你吃也罢，不吃也罢。这是熬鸷的开始。

　　为防止号在极度的愤怒中发疯与反抗，他找了一根牛皮带，套在它的右腿上。然后，丁连根给它做了个眼罩，罩上它的双眼。然后，他给它松了绑。钳制它的自由，或许是它拒食的原因。他给了它翅膀的自由和双爪的有限自由，会唤起它的野性的幻觉，并因为饥饿而疯狂地扑腾与噬咬。现在两只眼被黑布罩住的号，犹如置身永久的黑暗中，鸷对黑暗的恐惧使它无所适从。另外，它已经没有力量了。

　　只有吃。

　　对嘴前的腐肉只有胡乱地吃。一个人到山穷水尽之时，是没有什么尊严可讲的。

第三天的夜里，丁连根听到了水缸底下传来了细细的咀嚼与吞咽声。那不是鹞哥的，鹞哥吃着粟米，总是如饮醇醪，而且鹞哥没有晚上进食的习惯。鹭也没有，但鹭蒙上了双眼，它已不知白天黑夜。

第四天早上，丁连根起床，果然看到了号啄去了不少的腐肉，它的喙钩上还沾着进食的肉屑。

丁连根找了些盐，放进水里，给号擦烂臀。盐水使号嘴里发出感激一样的细微呻吟声。

"这还差不多。"丁连根说。

九

号的伤渐渐好起来了。它开始拼命地进食，也拼命地挣扎。一旦体力回到了体内，它便不顾一切地撕扯那束缚它的皮套。它在暗无天日的黑暗中转着圈，想将腿从套子里挣出来，它啄它，锲而不舍，准动下嘴。结着皮套的是一根从父亲鸬鹚船上取下的缆绳，浸了许多遍猪血，异常结实。在它狂乱地啄咬皮套的过程中，那缆绳缠得它双腿层层叠叠，它终于站立不稳，一下子倒地，浑身淌着虚汗，像一只垂头丧气的落汤鸡。

熬鹭就是如此。熬所有的猛禽也如此。先让它们歇斯底里，然后让它们认命。反反复复，它们就相信了命运对于它们只能如此。

不过这一天，号得到了一个意外的惊喜，它被取下了眼罩，睁开眼不仅看到了天空和太阳，还看到了一只活蹦乱跳的兔子。号在丁连根撒手时就猛扑了过去。兔子天生是鹫的下酒菜，它还没跑几步就被号强劲的爪子钳住了，那双爪像抓一张纸。它制服了兔子，站在它的背上，望了望丁连根，也望了望在屋檐的横梁上看它抓兔子的鹩哥，然后，它的钩喙深深地扎进了兔腹。

屋梁上的鹩哥看着鹫扑食活物，它看得目瞪口呆。它看到了地上的那只大鸟另一种进餐的吃法，看到了鹫酣畅淋漓地喝着血，剥着内脏，一口将兔子的细肠吸溜进去；它吐出兔毛，发出声音，它的爪子在地上磨着，磨去那沾在上面的毛与血，并且对鹩哥露出无声的觊觎。鹩哥不由向后退缩了几步，不过它马上就清楚了它所在的位置，很高，高不可攀——它就是这么认为的。鹫很低，至少今天如此，它的绳子很短，它无法飞起来了，虽然它有如席的翅膀。而且鹩哥马上就看见，在鹫饱餐完那只兔子后，男主人便露出他从未有过的残忍本性。号的腿早是绑住的，绳子一端穿过一个桃树的树丫，男主人收紧绳子，鹫就往树丫上靠去。只一瞬间，在号还没有明白是怎么一回事时，它就被倒吊在了那棵正在落叶的桃树上。

号被倒吊起来了，它倒看着世界，它无法挣扎与扑打，它疑惑。接着它马上又沦入黑暗中，那个该死的眼罩又罩住了它。它的翅膀垂耷了下来，全身无力，像被人抽了筋一样。当你倒悬于世界的时候，你就是这样了，你甚至无法表达你的愤怒，无法思考，对这个被人折磨的世界产生绝望，而且是黑暗中的绝望。

这种倒悬预示着一只鹫死了，另一只鹫将诞生。而它们是同一只鹫。

熬它。

它在晚上被丢进鸡笼里。

塞进鸡笼是要力量的，可鹭已经像一摊稀泥了。在桃树上，它所有的血都被洗过一样，像最柔弱的水，连它铁一样的爪子也不过像几根枯枝，虚张声势，其实连一根筷子也抓不起来了。

这个晚上，号开始拼命地撞笼子，撞鸡笼。鸡笼的秽气熏蒸着它，那儿螨虫飞舞，钻进羽毛下的皮肤中，咬得它奇痒难耐。

这种撞笼的声音是愤怒和绝望的，连老鼠和学猫叫的鹩哥也不敢吱声了。号叫着，悲愤，孤独。它呼唤那远方天空的同类，它控诉，它诅咒。

那声音实在太吓人了。丁连根的老婆在床上护着自己的儿子。她说："你把它杀了吧。你不把它杀了就把我们母子杀了吧，我们受不了了。"于是他老婆穿着大裤衩跳下了床，拿起刀。刀被丁连根夺了过去，手好在没划到。丁连根将刀丢到院子外头，说："你干什么呢，你干什么呢！"

在鹭拼命撞笼子的声音里，丁连根与老婆打了一架。这一切，都是阻止老婆姐姐想扼死鹭的企图。他说，熬过这一阵子就好了。他求情地说。结果他的嘴被扫了一巴掌。他被逼着去看笼里的号，他拍打笼子，他踢笼子，他吼号，也想绑住它，可他不敢。撞笼子的猛禽是不可接近的。猛禽就是猛禽，当它发怒，唯一的办法就是顺其自然，或者，将它们杀死。

在鸡笼上，一对男女为此进行了一场下手狠毒的较量，男的不仅挨了几嘴巴，连手背上的皮也抠去了一块；而女的这一次吃了亏，她的一只眼睛被打得充血了，肥胖的大腿被撞出一个凹窝来，怎么也复原不了。打过之后，他也没讲出他真实的意图来。

鹩哥也一夜未能入眠，它只好眼睁睁地看着东方现出曙色。

而这时鹩哥却因为打瞌睡，一头栽下横梁，也被吊在梁上了。不过，嘴巴发肿的男主人马上把它托上原位。

号呢，号撞得头破血流。

几只露宿在外的鸡进来了，它们看到一只天上的鹫正张着一根根零乱的大羽，咆哮并占领了它们低矮的老巢。

"滚开！"丁连根对鸡说。

鸡们一哄而散。

"喂，号！"他说。他已经正式给这只鹫取了名字，叫它号。他现在要与它对话了。当它筋疲力尽的时候，他不厌其烦，心平气和地与它对话。

"喂，号！"他说。他突然变得有点吊儿郎当了。而且，他突然变得十分残酷，十分麻木，十分邪恶。他没想到仅仅与老婆打了一架后就成了一个熬鹰人。顺顺当当的，就能熬一只大鸟了。看来办什么事都不难。

这不是一只鹩哥，鹫有着顽强的意志，执拗的个性，勇猛无羁的品格。鹫凶猛，毫不屈服，天生的倔种。在那儿，在高原，它临风怒目，一堆高高的野火中有人投下香料，经幡飞扬，那是整个夏季，湖水平静得像玻璃一样，也温暖得像绸缎一样。偶尔在空中燃烧的阳光，无法灼伤它们的翅膀。那是雄伟的大地，也是平和的大地，有信仰，没有恍惚；它弃绝俗尘，让人遥想，翅膀就是一切，是意志，也是精神；是胆，也是灵心；是飞掠，也是慈航。

"我只有熬你了，现在。"他说。他蘸了盐水给号擦新伤旧痛。然后，他不再管它，到十里外的一个养猪场去，弄些死猪肉来。

回来之后，他把这些猪肉用凉井水泡着了。

鹰撞着，且要饿三天。这是饿鹰，要熬，先饿，就是这样，饿得它奄奄一息，再给它吃。吃的东西已经不能叫肉了，用凉井水泡的，要退它的火气，那万丈豪情，还有肠肚里的油水，都将不再，要使它清心寡欲。

<h1 style="text-align:center">十</h1>

又一个三天来临的时候，号从鸡笼里走出来。它摇摇晃晃，像大病初愈的老人，它蓬头垢面，血痂累累，如跋涉了万里长途。它走向院子，看看天，天空晕眩，那都差不多恍若隔世了。它贪婪地嗅吸着外面的空气。空气里隐隐透出的那种季节的芬芳，已经与它远离。要穿过那种芬芳，到更远的森林中的草甸，季节是生命的动力，也是它的渴求。而现在，它渴求什么呢？食物。它吃了，它吃木渣一样的死猪肉，白瘆瘆的，吃这种肉除了能填饱肚子，再没有什么用。那是水的味道，就是水，抹布一样的水，没有血性的肉，失去阳气的肉，无须爪子和钩喙的力量，不需要撕扯，不需要抢夺，甚至，连咀嚼也不需要。号就这么吃着。

秋天说凉就凉，在晚上，号的同类的唳叫正从远方传来。号和那个熬它的人都在倾听。而落叶正从天空飞下，满院都是。在这样的北风里，传来的是更多的秃鹫迁徙的信息。号吃着这样的肉，它看见了那个主人的狞笑了吗？把它熬成像他一样精瘦、没有激情的人？

取下眼罩，不是让它能看见东西，而是看它何时眨眼睛。丁连根不允许号打盹，更不允许它睡觉。为此，他与鹫一起熬，熬鹰人就是这样的。他买来了两条烟，一包茶叶，还有一个杂音如雷的收音机。他放着音乐，他抽烟，他用大茶缸喝水。他在晚上披着一件狗皮大衣躺在竹椅里，紧守着号。只要号一打盹，他手上的那根竹苗子就会抽上号的身体。号已经浑身无力了，吃着水泡的猪肉，最冷冽的井水使它的心到了冰点，那根竹苗子极有弹性，打在羽上，疼在心上。还有那没毛的秃颈也是打击的对象。晚上不让睡，白天也不让睡。

"我给你讲故事吧，号。"

要磨它的性子，就给它讲故事。丁连根讲了一个许孜的故事，说古时候有个叫许孜的人，他骨瘦如柴，死了双亲，一个人独自运土建坟，又栽上松柏，他哭的时候许多鸟兽都围拢来看，当然也有癞鹰啦！后来，有只鹿来毁树苗，许孜就说，你这畜生你怎么不顾我啊！第二天他再栽树时，发现那头鹿被一只老虎杀死了，放在树苗下。许孜又哭，便把鹿埋葬了。那老虎看到此景，又羞又愧，就一头撞死在坟上。许孜呢，哭了虎，又把虎埋葬了。丁连根又讲了一些稀奇古怪的故事给号听。

号已经困得实在不行了，可它的主人还在那儿不停地唠叨和用竹苗子戳它。然后，还给它吃一种用马齿苋汁浸了的白水肉，那真是苦涩难咽，是彻底凉血的玩意儿。它不想扑打了，它只想睡觉。如果它跳一下，除了竹苗子外，它的主人还将它的尾巴也缠起来。在困倦中"认食"的记忆是鲜明的，可以记一辈子。那安静的院子里，它的主人除了让它记住吃带马齿苋味的白水肉，还用马齿苋汁擦它的羽毛与伤处。

还有什么可以盼望的呢？没有了。一只鹫，在这片光秃秃的露出血红土色的山岭，为了躲避寒冷，就这么下来了，就这么投降了。面对着比死亡更痛苦的活着，它得忍耐。而且，活着是卑微的，也是卑鄙的。是的，是卑鄙的，它准备着卑鄙。这一切，都是为了卑鄙。

这是漫长的五天五夜，为此，丁连根的老婆也极不情愿地加入了熬鹫的行列。这个女人比男人还残暴，她用草棍撑号的眼皮，她说："你吃了我那么多肉，不想为我做一点事呀！"号想，我没有吃她的肉，号已经在这些天里，能听懂人的语言了，知道了大致的意思。它想它没吃这女人的肉，虽然它渴望有这么一次嗜血的过程，成团成团的人的血肉让成团成团的鹫抢夺，这是一种壮观的景象。号嗅吸着这女人的血肉气味，可它不再有那种不切实际的冲动。

号在五天五夜的煎熬后不再是它自己了，它在这五天五夜里幻觉不断，已经被折磨得不再是鹫，只有鹫的形象，没有鹫的锐气。是鹫的令人生疑的同类，是一只鹦哥，它虽没捻舌，虽然不会模仿人类说话。

它站在空地上，绑着一根细绳子。

手上戴着手套，臂上绑着棉絮的丁连根拿着一块肉，他让号飞来，号就飞来。他唤它，他给它整理羽毛，他让它站到他肩上。他说："喂，号，过来！"号就过去了，助纣为虐地显示着那个短小主人的威风。它没有威风，只有威风的形象，那钩似的喙与铁似的爪，那让人胆寒的褐中带蓝的眼珠。它服帖了，它听话了，它改变了生的幻想与憧憬，像一个实实在在的事实而不是观念生活在人的肩头。天空遥不可及，南方的草甸与高原的雪山都成了梦境，甚至，梦境也稀薄了，冷却了，在马齿苋汁和寒井水泡出的猪肉中它已经毫无尊严可言。那个人不再害怕它，温情脉脉地折磨它，它害怕那个人，一个接一个的噩梦般的记忆告诉它：顺他者昌，逆他者亡。

它从这个村里走过去的时候，它发现它的主人成了村里最骄傲的人。因为一只叫号的秃鹫在他手下成了一只家禽，成了一只十分难得的"诱子"。

十一

丁连根的那条船是偷偷下水直入夷岭河谷的。他对人说他的船将去上游运金矿。据说他的一个兄弟在上游挖金矿发财了，村里的许多人都加入了挖金矿的队伍。夷岭河谷的水因此翻滚着咸毒的热气，全是金矿的废水流下来的。连一只捉鱼的鸬鹚也没有了，所以丁连根将他父亲的鸬鹚船整理好，只能推说是去运矿石，以便躲过乡人的眼睛。其实，他已经将那个罪恶的计划准备付诸实施了。不过村里的人隐隐感觉到，他驯这只大鸟并不仅仅是出于对父亲爱好的模仿。

号被缚在船上。这已经很轻松了。当它看到那壮美的河谷和群山的时候，它打着盹，因为睡眠不足，或者老是昏昏欲睡，翅膀已经懒得打开了。船是那种改装过后的鸬鹚船，有较大的艄楼顶，还有一根不算太高也不算太矮的桅杆。艄楼顶，是一头从养猪场买来的死猪和从河里捞到的一匹死马。这些令人作呕的死畜，在北风里把它们恶心的气味传得很远。而在船的四周，都布置好了粘网。在艄楼的一个角落，丁连根用一些树枝巧设了一个小棚，刚好容得下他矮小的身子，他的手上现在握有一根大棒。那是一根梨木大棒，光滑，沉手，像铁一样给人信心。

他歪坐在棚子里，他望着这河谷。"会有更多的癞鹰来吗？"他在想。鹫在往这边飞，这倒是他预料到的。许许多多负伤的黑卷尾和红尾伯劳虽然前仆后继，但已经开始怯阵了。那些伤者的血羽纷飞给了它们太多的恐怖，而且，秃鹫愈飞愈多，它们没有能力对付这庞大的敌阵了。黑压压的鹫，像令人窒息的浓烟，朝它们呛来，朝这片天空呛来。

可是，对于丁连根来说，有了一个"诱子"，就有了一片天空。这天空是他的，在夷岭的周围，已经有人使用了大棒，来对付那些年年过境的神鹫。现在，天路正在改变，这些像鱼汛一样的天上的鱼群，被暗暗变化的气候驱赶到夷岭，那些赖此为生的打鹰人，正在追随着它们的迁移，将它们置于死地。只是，人们的嗅觉赶不上鸟的灵敏。

这一天，雪崩似的阴影下降了，秃鹫来了。号看见了那么多同类，它高兴吗？它嗥叫着，发出"咿——咿——"的清长的叫声，整个河谷在正午的太阳里都响彻着它的回声："咿——咿——"

饥饿和长途跋涉的秃鹫们要歇一歇了。有同类在呼唤它们，空气中腐尸的气味在引诱着它们。它们的眼睛看到了那船顶上的美餐。这个日子连丁连根也感到有些震惊，有哄抢食物习惯的天上的神鹫，循着号的叫声过来了，它们扑向那死猪和死马。可是，它们碰上了粘网。

这么多的秃鹫撞在了他的网里，他的父亲的形象变得渺小了，而他自己却变得高大和愚妄起来。这是属于我的吗？这些大鸟，当它聚集得太多就没有了让自己细想的余地——它们投进了罗网里，它们在网里扑打着，那景象着实让人恐惧。太多的秃鹫会让人恐惧。他还能想什么呢？丁连根，这个男人无法去想清什么了，秃鹫在飞撞，更多的后来者又被网住了。他看呆了，像个白痴，像梦中看到过的那种恶鬼附身的景象。那些鸟都在他的脚下，像黑浪翻滚。真是惊涛骇浪啊！他要征服它们，战胜它们，将它们平息：这惨烈的叫声，争抢的叫声。

号像没看见一样，面对着同类的遭遇，它依然蹲在桅杆的横桁上，叫着，召唤更多的同类。

秋风像铁一样横过来。而更多的秃鹫此刻正在越过这夷岭高高的山脉，怀着它们温暖的希望向南方的草场飞去，寻找它们的天堂。

鱼骨天线

"喂，小家伙，没看见前面有什么吗？"

他迷惑地摇摇头，脚打住溜滑。前面的这个人嘴唇冷冷地咬着，却用一只手扶住后面又松又大的包裹。他们的摩托车都是红的，到处糊着泥水，但还是红得好看。

"涨水了。"他说。

他们便要他上车。他坐在后面的那辆车上，死死地抱住那个人的瘦腰，他还背着一个小竹篓。车子伴着飞旋的泥团向河边驶去。

熄了马达，他们沿着布满石头的陡岸推着摩托车。他在后面帮他们推，脚老踩石缝，累得他直喘气。他们一直不停地朝石矶头走。

"跟上，小屁伢。"

那里泊着一个趸船，船缆嘎嘎地怪响，被矶湾迅疾的风潮痛苦地蹂躏着。他们把摩托车抬上船去，忧忧地又着腰看四处的河面，又抹着头发仰天大骂天气。他在他们后面爬上船，钻进放摩托的船舱里，避开密密麻麻的漏子站住。

从山上流下来的水，在石头底下哗哗地响；雷在远处打，近处打，天空不时地发亮——闪电光直往人身上冲。河面上像有千千万万个鬼怪，闹得沸沸腾腾，水沫高溅。衣裳沉沉地粘在身上，很冷。他把小竹篓取下来。看了看舱里，什么也没有，只有一股发霉的机油味。四处透风。

这时，那两个人猫着腰进来，朝他看了一眼，便去解摩托车上那个帆布包裹。

"喂，小屁伢，刚才你到河边来干什么？"咬嘴唇的人一边解绳子一边问。

"我是在那边……我翻螃蟹。"他说。

其实他一个也没翻着。

"螃蟹好吃吗？"那人停下绳子问。

"嗯。"他点点头。

"城里的螃蟹，这个价。"那人腾出一个巴掌来示意。

小孩看着他，摇摇头。

瘦子钻出去一会儿后，又进来，催促那个人说："快点，别跟这小屁伢磨时间了。"

小孩斜斜地瞪了那瘦子一眼。

他们很快解下包裹，抬着出去。

"那边还是船。"瘦子指着说。

他们两人显然观察过。

"不过，"咬嘴唇的人又回来问小孩，"那是你们村的船吗？"

"不是。我不知道。"

"停你们这儿很久了吗？"

"好像……我记不清了。"他回答，并很害怕地看着他们。

"这小屁伢。"瘦子苦笑着骂。

咬嘴唇的人咬了一下嘴唇，眼睛从河上拉回来，"做！"他说。

于是瘦子打开包裹。小孩看见了，是一堆鱼钩，黑黑的，尖尖的，缠杂在白胶线中间。还有两个脏乎乎的麻袋。一股子鱼腥气直冲他的鼻子，小孩想打喷嚏。他们蹲在船板上，咬嘴唇的人开始整理钩线，瘦子从一个挎包里掏出一些像面粉和米糠的湿东西，搓成一个个小球捏在钩上，并命令他也照他们这样捏。

一会儿，他们收拾完了船板，两人一左一右地提着渔具跳下趸船，沿河边涉着齐大腿深的水放胶线。

他被喝止在船上，替他们看车子。窗外的雨还是很大。雨声从船篷和船板敲起，仿佛世界很小了，很低了，一切都被那紧紧的雨声逼到远处去，一刻不停地敲，一刻不停地赶，什么都不敢靠近。

又一道闪电，这时他眼前忽然梦幻般地爆出一团红光，红光是从山坡的小石屋顶上出现的。

"看，那里有一团火！"他高声向河边的那两个人喊，要他们看。等他重新凝视时，小石屋顶上那架天线还剩下星星缕缕的火花，似乎听得见滋滋淬着雨水的声音。

好奇怪啊！好过瘾啊！他心里有些烘燃了。他很少到这边来，村上的人也很少朝这边来，听说这里吃草的牛呀羊呀经常遭雷。这个小石屋是原来看航标的一个老头住的，后来那老头被雷打死了，也就没人住了。

可惜那两个人只朝这边抬了抬头，又朝水里埋下了头，并没有看山坡上的奇景。他朝那两个人撇撇嘴，心顿时冷下来了。真遗憾！他狠狠地朝他们的摩托蹬了两脚。

"像吃剩的鱼骨头。"他懒懒地看着那天线，指甲在板棚上抠，他的鼻孔里尽是麻袋的臭腥气。他把脸贴近窗齿，山两边的天都很低，透出些微亮意，雨更猛地下。他又去看那架天线，想象刚才的奇景，那天线便恍恍张成了一片翅膀，想斜斜地朝天上飞去，但被雨幕压下来，想飞却飞不走。他的手无可奈何地往上一划，有些伤心了。

那两个人还在水边，不知搞什么名堂。他想回去。

他们把麻袋拿走，一会儿便抬着很重的东西上来，往舱里一倒，是鱼。这种鱼他认识，是腊子鱼，就是鲟鱼，中华鲟，不准捉的，镇上的人在村里贴了布告。但这一堆鱼分明在船板上旱蹦着，哑哑地张开嘴巴，嘴巴又滑又嫩，鱼肚个个胀鼓鼓的，都怀了鱼子。这个矶湾是鲟鱼产卵休息的地方。

他俯下身去摸那些光滑的鱼鳞。瘦子出去时，恶狠狠地对他说："看好，看紧，别往外面跑。"

他还是摸那些光滑的鱼鳞。

他们时不时带进一摊摊水来，也再没有弄到几条鱼。

"歇歇吧，歇歇吧，老子冻死了，鸡日的！鱼咋这么少？鸡日的！"他听见瘦子骂。

他们进来了，咝咝地抽冷气，从挎包里掏出一听罐头，在鱼堆旁歪坐下来，使劲儿地撬罐头盒子。

咬嘴唇的那个人将打开的一听递给他，又丢过来一串钥匙链，那上面有一把小叉。说："吃，没吃过吧，好吃。"

接着那两个人便呼哧呼哧地吃起来，刀叉在铁罐里掏得清响。

他本来是又冷又饿，看他们吃着，倒什么也不想吃了，只缩缩肩。

"喂，小屄伢，吃呀！"

"我……不想吃。"他说。

瘦子一笑，嘴里快喷出东西来："鸡日的想吃鱼火锅。"

咬嘴唇的人说："我们不走，你也不能走，听到了吗？先吃，吃了再说。"

他没想走，他只是不想同这两人一起吃。

他们吃完了，将空盒子很响地丢到船板上，又掏出烟来吸。

"今天这个日子好。"瘦子说。

"好个卵子，这一趟运气不行。"

"唔唔，价上去了，还行。"瘦子喷着烟圈，后个圈从前个圈穿过去，像滚动的轮子。小孩看着。

"吃呀！"瘦子把他吓了一大跳，"别让这小屁伢跑了。他在想歪心思。别让这小屁伢坏事，把他锁在舱里。"

他们又弯腰出去，把舱门重重地带上，板壁都颤动起来。不知他们在外面用什么东西把门扣插住了，他去拉了拉，拉不动。

"他们搞这么多鱼，都是我们这里的鱼。"他想，"他们生气了。"他踢着鱼，鱼都跳起来，在甲板上乱蹦。一会儿，只有几条还在翘打尾鳍，哀哀地动着嘴巴，又平静下去。

好大的风，山坡上的天线抖得厉害，呜呜地发出号叫，从一团团乱云中穿过来。又一个炸雷打得他耳根子发麻，天线上又滚动起一团火球，更红，更亮。他本来又想朝那两个人喊的，他没喊，只一个人瞪大眼睛细细地看，看得有些发痴。

舱门打开了，那个咬嘴唇的人进来，扔下几条鱼，又把那双被河水泡得发白的手插进兜里乱摸，掏出烟来，闷闷地揿火机点燃吸。

"县里今天有足球赛，我们村很多人都去了，我爸没把我带去。"他找话同那人说。

"职工足球比赛，没看头！你知道巴塞罗那队吗？"那人说。

他摇摇头。

"罗西和罗纳尔多呢？"

他又摇摇头。

"你跟老子谈足球？"那个人嘿嘿地笑了，在嘲笑他，他只好去看窗外。

水涨得很快，他先前看到的一些石头都不见了。今天真没运气，一个螃蟹也没翻着，这石矶上肯定有。他恨不得下去翻，心想那个人肯定不会放他去的。"如果下一阵刀子雨，等这人一出去，他们两个就……大人说早些年下过刀子雨的。"他就想。

那个人还在一个劲儿地抽烟，并不时起身瞄一眼河面。小孩在另一个窗子去看外面的那个人，那个瘦子。人呢？河边上没人。小孩又往更远的地方看，有人。那人被水冲到老远去了，时沉时浮，两只手在水中乱抓。

"你看他！"小孩朝咬嘴唇的人喊。

那人站起来，也朝他指的地方看，马上丢了烟头，一边骂一边拉开舱门往外跑。

小孩也跟着他跑。外面的雨好冷，他打了一个牙嗑。

咬嘴唇的人扑进水里，去抓那个瘦子。小孩着急地站在水边。

那人几次靠近瘦子，都没抓住。瘦子定是昏了，没朝岸这边游，却往河心挣扎去。那人趁一阵水势，终于拉住了瘦子的头发，把他朝岸上拖。到水边，那人一下子便将瘦子倒着提溜起来，瘦子真轻。一会儿，瘦子口里流出一股股黄水来。那人把瘦子放在石头上，又掴了他两耳光，让他清醒，又要小孩揪着他的耳根子，让耳朵的泥水也流出来。

瘦子有些知觉了，"呃呃"地喘着气，死鱼样的嘴唇机械地说："一条大鱼……一条大鱼……"

那人和小孩把瘦子扶起来，架着往趸船走去。

他们把鱼扒开，腾出一块船板让瘦子平躺着，瘦子的脸依然死白，被闪电一照，更吓人，湿衣裳裹在身上，身上到处是骨头，口里却还在说："一条大鱼，一条大鱼。"

小孩仍替他拉着耳朵，咬嘴唇的那个人在他胸前搓。

瘦子能坐起来吸烟了，但还是无力，好像要随时歪倒的样子。

"好冷，这儿好冷。"瘦子说完便缩起脖子和声音打战。

风这时更大，从窗户和破顶棚里扫进来，带来一阵雨一阵浪沫，船一颠一颠地硌着石头，锈蚀的钢丝缆索发出痛苦的呻吟，好像有人在耐心地锯它。

"我肚子痛，又想呕，水喝得太多了。今天倒运，好大一条鱼啊，我拉不住，好大的劲儿啊……"瘦子哆哆嗦嗦地说。

"没死就算命大。"咬嘴唇的人说，并盯着那堆鱼。

瘦子一笑，也盯着鱼，眼睛是红肿的。

"我还是想呕。"他说。

这时，他们移到窗前，朝外面看。他们看到那儿有一条船，一会儿又什么也没有，他们的眼睛在那儿不走了，两人对视一下。

"我肚里不舒服，风又大，这船也故意抠我的胃，我们是不是找个地方暖暖？今天不淹死也迟早要冻死在这儿。"

"你架子不行，"咬嘴唇的人拍了他一掌，"以后少把钱往女人身上丢啦。"

瘦子狎褢地一笑："不是这。干咱们这一行太苦了。"

一个闪电骤然照进舱里，又一声炸雷。瘦子好像在窗外看见了什么，紧张而低声地喊起来："那条船好像在朝我们开！"

两个人的眼睛又瞪圆了，脖子直直地钩着窗齿。

"是在动，"咬嘴唇的人总结说，"不过远着呢。"

小孩也凑过去看。船是一点影子，依然在岸边泊着，在水烟中一忽儿隐去，一忽儿又出来，好像在动，其实并没有动，想是他们眼花了。

小孩又细细地看了一遍，没有动，船肯定没有动。这么大的风雨，船上来干啥呢？真是的。

"坐号子可不划算，还有这两架摩托。"他们嘀咕说。

"喏，山上有个屋子，肯定暖和些，咱们到那上面去观察，等那船开过去再说，待在这里我真受不了。"瘦子说。

咬嘴唇的人看了看山坡，又看了看小孩，在舱里来回走动。

"船靠近咱们就完了。"瘦子进而渲染。"这小屁伢真是多余。"瘦子急急地骂。

"小伢倒不会咋样。"

"这屁伢鬼精，跟我谈足球哩。"瘦子便抓住小孩，硬着嗓子说，"听着，别出声，有人来也别出声，否则把你丢到河里去！"

他们三下两下把鱼拢到一个角落里，用帆布盖着，锁上舱门，跳下船往山上跑，小孩这才反应过来，上前猛摇着窗齿，几乎是用哭诉的声音朝他们高喊："别去，别去！别去那儿！"

那两个家伙停住了，诧异地看着这头小兽。

"我刚才看见两团火！"他说。他喊。

"他害怕。这小屁伢怕我们丢下他。"他们笑起来，又往石崖上看。

"火！有火！要打死人！"他继续喊。

"什么火？"瘦子有些胆怯了，愤怒地朝他吼，"小屁伢，你唬我们，你倒有心计，真是个小屁伢。"身子却斜在石坡上，猫腰支手，毕竟还是踟蹰地转过头，去看那石屋和上面摇摇晃晃的天线。水在他们脚下飞流，轰轰地。

"喂，小屁伢，有这回事吗？"咬嘴唇的人问。

"有，有这回事。"

"船开得很快！"瘦子大声说，拽住咬嘴唇的人又向上爬去。

"你们回来——"小孩在后面喊，但雷声淹没了他的声音，他分明又看见天线上的一团火花。他用肩去撞门，撞不开，他看见地上有一截铁棍，便去撬窗齿。撬断了一根，他马上往外钻，然后没命地去追赶他们。

那两个人登上一块石头，回过头来，看见小孩跟上来了。到处都是光裸的石头，雷声轰轰，他们不知道怎么办才好，他们在石头缝里喘气。

小家伙机灵地在石头中间跑着，一会儿便跑到他们跟前，一个劲儿地喘气。

"你这小屁伢要干什么？"咬嘴唇的人咬着嘴唇。

那个瘦子从背后拧住他的细胳膊，快拧断。

"船没来，你们看错了。船没来，那上面……我们放的牛被雷打死过。"

"你吓老子们?"他们哭笑不得。

"你们没看见那上面的火吗，像妖精跳舞。"

"他跟我们讲故事。"瘦子只一推，他便跌坐在一块尖石上，屁股戳得生疼。

那两个人向他嘎嘎大笑，又拔腿朝上面爬。

他坐在那里，他真想哭。他的心受到了刺伤，还默默地攥着说："我讲的都是真话，他们不相信我。"他果真哭起来，哭得很伤心。

那两个人离小石屋越来越近了，最后钻了进去。小孩的眼睛有点酸。这时，只觉得眼前一片通亮的红光一闪，紧接着就响起一声古怪而强烈的锐响，山在跳动。他的耳朵嗡嗡地发疼，什么也听不见了。

一会儿，他抹了一把雨水，怔怔地朝山坡望去，那石屋里飞出一缕缕白烟，比雨雾白得多，轻得多，慢慢地摇散。接着，他闻到了飘散而来的肉的焦煳味。那根天线比原先倾斜得更厉害，也在风雨中悠悠地弹动。他想象的那只翅膀再也拍打不起来了，蔫耷了。

他有些恐惧地回过头去看河里，他希望那条船开来，但那条船还在原地，根本没动。

他忽然感到很孤独恐惧，不禁在心里说："他们果真没看到那火团吗？"又有些惋惜："那两个人跑得太快了。"

这时他才想起要转回去拿他的那只小竹篓。

云彩擦过的悬崖

守卫在凌霄的人啊，

为我打开蓝色的天门。

——叶赛宁

　　天刚放亮，我就指着冷杉林中的一条小道，对自己说："宝良，你挑水去！"我不是在心里说的，而是大声地说。不知道从哪一年的哪一天开始，我就对自己说话了。我怕自己听不见，总是从肺部扯出气力来，斩钉截铁地命令自己："挑水去！""洗衣裳去！""雷打痴了，伙计，动呀，看西南边有没有火情！""不要再喝了，就这一杯，喝死了没人收尸！"

　　我下去挑水。

　　水在离瞭望塔约两百多米的地方，在一个陡岩下，一个小小的沁水窝；那是从岩缝里渗出的一滴一滴的水，因为水太少，没有多少潮湿的苔藓，又被箭竹和草丛淹埋了，以至于我在此多少年竟没有发现它。大约九年前，林区派了几个人来，发誓要为我找到水，他们拉网似的从塔周散开去，一遍一遍地寻找，终于找到了这个足足让我一个人开销的水源。于是在下面挖了个坑贮水，一天可以挑一担至两担，虽然挑回的水充满了草叶和泥巴，需要过滤沉淀，但这总比到两三公里远的板壁岩和巨锯岩去挑水强多了。而在更远的时候，我吃水都是从山下用拖拉机拉来的，半个月甚至一个月拉几油桶来。水太金贵。那时候，我不到下雨是不洗澡和洗衣的；下雨了，便将大盆小盆拿出来接。冬天呢，冬天就化雪水，将油桶放到火盆边，装上雪让它慢慢融化。雪也不干净，这高山顶上的雪，有许多杂质，是天空带来的，越过秦岭的北方冷空气挟带着细密的沙尘，一直漫卷到这里。

我挑了一担水，喘了口气，就打开楼下的发电机房发电，再回塔里打开电台。我有三个电台，一个是801接收电台，一个是转讯的，另一个是用电池的老式小功率单边带短波电台，无锡无线电厂生产的老古董。过去，我就用这个老古董。现在，当没有汽油或机器坏了，我依然用一下。如今，我用的电台当然是很高级的洋玩意儿了，接收机是与林区防火办联系的，一个转讯机是与山上的巡护员们联系的——他们上山清山清套（套野兽的钢丝）都带有对讲机。我打开接收机，就听见了陶大沟俏皮的声音：

"老哥，还活着哪！"

"那当然，"我说，"大狗子，什么时候上山来喝一杯？"我叫他大狗子。

"算了吧，老哥，只要没火情，我比喝金六福还高兴。"

"没有，今日早上没有。"

"不过这个季节一定要小心呀，几天内还没有雨，风把人的眼窝都刮干了。"后来他突然又说，"差一点忘了大事，老哥，晓得什么大事吧？"

"什么大事？"

"你猜吧。"

"是不是给我找接手的人……"

"对了，你要下山了。"

"你怎么知道的呢？"

"我昨天到局长办公室去，听局长在同一个小子谈话，谈的正是上山的事。"

"是哪个？"

"关门河保护站的小赖，你知道吗？"

"小赖我当然知道，小赖有小孩了。"

"他们准备全家上山。我看那架势就是这样。老哥，你解放了。"

"好啊好啊，人是要解放了，也老了。"

"你不老，还想跟儿子争媳妇啊？！"

我的心里很高兴，我就要下山啦！我终于下山了！我今年五十八了。我想提前一两年下山，看来有希望啦。我之所以想提前退休，是因为我患有严重的风湿病，眼前有严重的幻觉，脑袋和脸皮因几十年紫外线强光的照射乌黢麻黑，麻木。屈指一算，我待在山顶已经有二十六年了，我的女儿死在了山上，我不能再死在山上，我得下山，过几年有人气的日子。

我上了瞭望塔顶。白色的塔柱像蘑菇柄，又高又细，而塔顶的瞭望台就是蘑菇盖，八个斜下来的窗户就是瞭望孔。天上的云很厚重，有时候太阳会把它们顶开。顶得开，天就晴了；顶不开，天就是阴的，甚至会大雨瓢泼。这全凭太阳一时的兴趣。我总是这样看的。因为太阳尚在沉睡之中，在东边，靠兴山和木鱼的方向，层峦叠嶂的上边，天有一块是红中带青的，这表明太阳在出与非出之间。太阳是个有脾气的红脸膛大汉，而月亮却是一点脾气都没有的谦谦淑女。但是浓云出现了，是从西南面的巴东和长江一带出现的，近处有下谷坪，正西的云是暧昧的青色，西边是四川和大九湖——就是那所谓的几万亩高山平原，其实是一块大洼地，一个大冰斗。西北边呢，是陕西和房县，近处自然是美丽的板壁岩和巨锯岩了。而顺着猴子石走去，靠竹山县，那儿有一片真正人迹罕至的原始森林，那才是最具有神农架特色的地方。现在，那儿有一个山西来的大胡子老张正在寻找野人，长期露天居住，他跟我一样啦，完全不食人间烟火啦。正北是阴峪河、百步梯、板仓，更远是陕西。现在，就回到东北方向来了，从这儿有小路下山，如果没有车，我情愿走这条小路，穿过闷头沟，到达小龙潭，再到鸦子口。可是闷头沟让人无缘无故地闷头也是一桩难解的事。那儿有浓密的药用植物，灌木丛生，乱石水沟从里面穿流而过，植物的气息和苔藓的气息、腐殖质的气息，让人脑壳发胀，甚至会出现被怪兽吞噬的幻觉。

这是神农顶，华中最高峰，瞭望塔的所在地。其实，在正西方还有一座比这儿高出十几米的无名峰，因没有人去，它就只能叫无名峰了。在这四周，有许多超过三千米的山峰，韭菜垭啦，老君山啦，金猴岭啦，巴东垭啦，杉木尖啦。还有稍矮一些的大窝坑、白水漂、猴子石、天葱岭、药棚垭、踏子垭、凉风垭。在它们的底部，响岩河、阴峪河、双沟、落羊河正日夜不息地奔流着，在属于它们的峡谷里狮吼一片。而在山上，当然声息未闻。这山顶太沉寂太荒凉啦，可我就要走了。我的脚下，风起过，四围的箭竹发出干涩零乱的喧嚣，一阵一阵。不知为什么，它们在近几年几乎全死亡了，而新的芽子，正缓慢地、稀稀落落地从死根上萌发出来。冷杉在风中受到了鼓舞，它们总是很容易亢奋和愤怒，在塔的背后，一片巴山冷杉林总是造蛋的先锋。它们装鬼，哭号，它们站得笔直，它们枝丫纷陈，阴森恐怖；它们爱闹事，在半夜里会把你唤醒，然后鬼哭狼嚎，有时候，它们日夜不停地大喊大叫，像一群疯子。我说，停下吧，停下吧，难道你们就不累吗？可这些鬼树根本不把我放在眼里。有时候，烦了，睡不着，早晨睁开通红的眼睛，我也会爬上塔顶去，与它们对嚎；我大叫，我用双手拢成号筒，"嗷——"我这样叫着，看谁的声音大吧，看谁更恐怖吧。我这样叫习惯了，有时候，我会对着夕阳叫上半个小时，我也不知道是为什么。我叫得喉咙哑啦，气全泄啦，漫山遍野都回荡着我的叫声。声音打回来，还是单调的。有时候，我听见我的叫声回来了，无比阴森恐怖，仿佛一头被囚禁的野兽。我问我："宝良，你这是怎么啦？"可是后来，我控制不住了，我必须大叫一阵，心里才会舒服些。

风大了，云也浓了，乌云如跑马，重重的山岭突然动了起来，云气呼噜呼噜地往上冒，好像四周着火了一样，在乒乒乓乓地燃烧。可那是错觉，没有烟雾。那只是下雨的前兆。真正的火警可不是这样的。比如云和火烟，都冒白烟的话，云是散漫的，看起来像烟雾，而真正的烟雾是往上冲的，你只要发现往上冲的云，那就是起火了，你就得赶快打开电台报告，那是十拿九稳的。

每天，我要与山下的防火办联系两次，到了秋季的高火险期，可以增加到四次。这是我唯一与外界、与人说话的时候。其余的时间，我就只好沉默或自言自语了。

雨下了起来，同时响起了雷声。在这样入秋的季节，雷声并不稀奇。雷越来越大，雨越来越猛，群山奔涌，天地昏暗，我看到雨打在山坡上、树林里。雾气一团一团地自西向东飘浮，我对这山顶的一切突然感到新鲜起来，因为，我要走了，我的眼光变得忽然好奇了。我就在这里生活了二十多年吗？春去秋来，年复一年。我往塔下走去，我不能扶墙，只好噔噔噔噔地顺着这螺旋楼梯往下走。一到雷雨天气，这墙一摸就双手发麻，整个塔壁都带电。

　　早上我吃的是懒豆腐，是昨天磨的。我就想，磨子不需要钻了，我得把那把錾子还回去。可是雨下了起来，我如何才能把錾子还到阴峪河鲁磨匠儿子鲁娃子的手中呢？我非常急切地想把錾子还过去，我想告诉他们，我要下山啦。我要跟他们告别，我要把山上不能带走的东西给他们。可眼下归还那把錾子才是我要紧的事，我已经占用人家的錾子太久了。我不停地磨呀磨呀，凿呀凿呀，我想我是不是太霸道了。我就说："鲁磨匠，我给你把錾子还过去了，我早该还了。"鲁磨匠死在我堆杂物和烤火的那个房里。那一年春节，我没有办法，我想回兴山的老家一趟，我记得那一年是我在山上整整过了五个春节之后的一年，而那一年我与我的老婆吵得不可开交，我想趁春节去弥补一下感情，就请了阴峪河给我钻过磨子的鲁磨匠代班，替我守几天塔，反正冬天雪壅得厚，火险很低，不需要开电台与山下联系。我把塔门的钥匙交给了鲁磨匠，还把我儿子提上山的两刀腊肉给了他。当然了，磨懒豆腐的一袋子黄豆也放那儿。他从家里还带来了不少的洋芋、白菜，又有一大壶的蜂蜜党参酒。鲁磨匠的这个年在塔里没有说的啦。可是我二十天回来后喊门门不开，我只好撬开了门，看到鲁磨匠在烤火的杂物房坐着，手上还端着一杯酒，他早死啦。他不知道这样用水泥建造的砖房是跟他们那四壁透风的土坯房不同的，在这样的房里烤火，把窗户和房门关得严严实实，那是肯定会因为缺氧窒息而死的。恰恰这一点，我忘了交代他。

鲁磨匠死了，我没有了钻磨子的人，我还得磨我的懒豆腐，我就借来了他生前用过的錾子，自己学着钻，嘿，竟然学会了。

雨下得太大，我不能走这样的山路到阴峪河去。在我出门去塔底下抱柴时，我似乎看见鲁磨匠出来送我。我就说："我不是给你送錾子去的。你放心，我不会拿走你这把錾子的。"

天色无比晦暗，雨水挟带来一阵一阵的寒流。烟霭如墨，山影如魅。我想我得吃一只腊蹄子，庆贺庆贺我即将下山。我拿起了柴刀，鲁磨匠的影子就散去了。我得给他祭一杯酒，我在想，他喝了酒就会说阴峪河的事，说这家、那家、那家、这家的事。说打猎、守庄稼的事。他还喜欢说巴东、兴山、四川那边的事，因为他背着大大小小的錾子和锤子到那些地方去钻过石磨，他什么都知道，然后我就说："鲁老弟，来，再喝一杯。"他就喝了，喝得吱吱响，喝得那个响法，就像酒是玉皇大帝赐的甘露，他喝酒才真是喝得有滋有味哪。跟他喝酒，二两的量可以喝出半斤来，我爱跟他喝酒。那时候，跟他混熟了，他常请我去阴峪河给他的庄稼地看野兽的脚印，守庄稼。我当然得去，有酒喝，而且我的确在行。看野兽的脚印我可以预测它们哪天还会再来，哪天不会来了，不会糟蹋庄稼了。这可是我的一点特别技能，没有谁不服的。跟你说了吧，如果一头野兽在一块田里吃庄稼了，它按原迹返回，这天晚上它肯定会再来，今晚不来明晚肯定来，这两天你得好好地守了；如果它吃了庄稼，再笔直走出田，它就不会再来了，你就不必守了。如果它的脚印跟来时的脚印呈四十五度角离开，三天后它一定会来，这两天就不必守了；如果是呈九十度角离开，四至六天，最多六天它一定会来。所有的野兽都是这个规律，大致如此。野猪、熊、豪猪、猪獾、麂子、獐子，可能有区别，但区别不大，我这里主要说的是野猪和老熊。说到我这点技巧，是多年摸索出来的。我这人爱琢磨，喜欢安静。我过去看兽迹主要是为了打猎，所以，我最先琢磨的就是：这兽是啥兽呀，多重呀，是小的还是老的呀，是活泼的还是快死球的呀。后来，我能一目了然了——这可真神。健康的兽，脚印踩下去，正中间有一个坑；无坑印，就表明此兽正在衰老或正在生病；足印起包不起坑，也表明此兽快死了。寿岁呢，看指甲印，指甲一个长，一个短，不健康；一个弯，一个直，也不健康；两个起翘的，证明此兽快死了。看寿岁，还可以看足距，后蹄子（爪子）踩到前蹄窝里，有一半寿岁；后蹄踩不到前蹄窝里，此兽大限到头了，你追此兽，一定能成。

在阴峪河，我看兽迹，那可是这家请那家接的。一年辛辛苦苦的庄稼可不能一下子给野兽糟蹋了。于是这个"宝良哥"，那个"宝良叔"，拉我去喝酒，膀子都被拉脱了。老的少的，见了我，满目含笑。不过，这也只有在秋季，一年只那么一回，其余的时间里，我就一个人待在瞭望塔里，在这方圆几十里荒无人烟的高山上，看着四周的群山，看着森林里的火情，日复一日。

我取下了一只像石头一样的腊蹄子，在炭火上烧了毛，烧了因潮湿和久放而长出的绿斑，用砍刀剁。剁一只蹄子难，煮一只蹄子也难，在这海拔三千米的高山上。我想，反正有的是时间，我放好了作料：野花椒、芫荽、紫苏叶子、辣椒，接着再刮洋芋。这一袋洋芋是鲁磨匠的儿子鲁娃子背来的，我给了他两包烟，他推说不要，后来还是收了。我总是吃他们的，心里有点过意不去。过去，我们是仇人，鲁娃子是准备砍掉我的脑袋的，因为他父亲给我代班熏死在这里了。有几次，他拿着刀，咬着牙齿，守在我的门口，有时候，会坐一夜，山上的寒露都没把他冻死。那时候，他才十一二岁。他当然杀不死我，但是他的恒心和恨心让我心惊肉跳。后来，这小子就给我送洋芋，送瓜果，喊我"宝良伯"了。这是以后的事。他说："宝良伯，我给你拿了点蜂蜜。""宝良伯，这是刚放的酒。"我一闻，香啊，苞谷酒。我就把鲁娃子让到塔里，给他做吃的，然后，我就托人下山给他买棉袜子，买解放鞋。山上的山蚂蟥太多，穿上棉袜子挡蚂蟥。那一阵，虽然他要杀我，我还是背着枪去了他家，帮他家看庄稼。看庄稼是男人们的事，他爹死了，他还小，我就拿起枪给他们照看，帮他们观察蹄印。我还给他家收庄稼，刨地，出粪。我亏欠他家的。慢慢地，他就对我解开了眉头，拿刀子的手也垂下了。

　　我在咕噜咕噜的肉香中等待着开锅。我斟好了酒。外面的雨还在稀稀落落地下，风把树上的雨簌簌吹下来，死去的箭竹林发出荒凉的、过早到来的冷噤声，飒飒作响。山上显出了秋意，草甸上的风毛菊算是开了，到处黄艳艳的一片，而紫羊茅、青茅和藁本快枯黄了，柴胡、火绒草藏在它们中间，依然有一些绿意。在东北坡往闷头沟下去的方向，一丛丛的山楂和峨眉金银子正在雨中兀自红着，大红泡在灌木林的深处也暗暗地红着，看上去像洒了一地的血，好似野兽们在那里搏斗过。昨天晚上，有几只九节狸就在那儿呜呜地打斗，它们大约是争食有几个游人丢弃在那儿的食品。总之，秋天来了，而风将更加强劲，山冈将更加荒凉和冷清。雪虽然不会马上就下——现在的雪向后推迟了，推迟了足足一个月。而当年我来到山上的时候，也就是二十多年前，这山上总是在九月十七号至二十号下当年的第一场雪。我已经摸出了它的规律，大约进入八十年代后期，具体是在一九八六年，第一场雪就推迟到十月了，如今，初雪的日期总是在十月上中旬，而且雪也没有那时候大了。

我开始喝酒的时候雨已经停住了，西边开了天，云彩在山谷间浮游，已如强弩之末。我给鲁磨匠敬了一杯酒，把酒洒在火盆的旁边。我用手指卡着玻璃杯子，想喝上大半杯也就可以了，可是后来我又倒了半杯。我的牙齿还好，能扯得动蹄筋，我的舌头对那熏出陈年老烟味的腊蹄十分偏爱，加上酒的滋润，我就想说点什么，我说："噢，我要下山了。"我看了看空空荡荡的塔内，一盆火，两张露出填充物的人造革破沙发，一个茶几，四把柳木椅子。我一个人喝着酒，西边天空里的红霞正从窗户外反射进来，它们依然离我很远，给我的感觉是，它们在别人的村里热闹着，不管多大的夕阳，不管多大的朝晖晚霞，离我都是远的，我寻思是因这圆圆的塔内太空阔了，而我显得那么渺小，简直像一只蚂蚁。有时候，我甚至忽略了我自己。整个塔内就是风、夕阳、陌生的云雾和空气，它们直往窗户里灌。而在更高的塔顶，在那个蘑菇似的平台上，我就像站在一只怪兽的脑壳里，它有八只眼睛，空洞洞的眼睛，没有眼珠子，它是个死的，是个空壳，它站在这么高的位置，像巨兽的遗骸，被山风和冷雾掏空了，和巴山冷杉、华山松、山柳、刺柏、花楸站在一起，站在时间之外，在这里，像一座远古的废墟那么挺立着，而我呢，我当然只能是一个幽魂，一个自以为活着的、快乐的、能喝酒和行走的古堡幽灵。

我喝多了，我啃了一地的腊蹄子，我吐着酒气，我又喝茶。

我摸索着到塔底去开发电机，我要与陶大沟"大狗子"联系：无事，下雨哪来的火警呀。

通往大九湖和坪阡的路隐隐约约地印在白水漂那儿。我的腊蹄子就是坪阡的人送来的。八百瓦的小发电机在塔底响着，就让它响去吧，在这日近黄昏的时候。我倒在床上，酒让大脑有些迷糊。我望着屋顶想，回老家与儿子媳妇住一起吗？我当然要回老家去安度晚年。我还有一点积蓄，工资也不错，五百多块钱，他们不会不欢迎的。可是，如果我碰见了田菊英呢？田菊英也跑来给儿子带孙娃儿，跑来玩呢？那我就回单位，找领导要一间平房也可以的，我没有功劳也有苦劳，而且我是正式职工，当然得要一间栖身的屋子。我不愿见到田菊英，我过去的老婆。我为什么不愿见到她？因为那都是过去的事了，唉，过去的事情。

我是三十二岁上山的。那时候，我在伐木队伐木，林场的领导对我说："苏宝良，你愿意上山去守瞭望塔吗？反正你一个人，而且你这人又爱安静。"我说："那就去看看吧。"我实在不愿伐木了，一声"顺山倒"，又不知哪一个兄弟被树砸死。我的一个很好的兄弟，在伐场清山时，一根缠着搭挂树的粗大猕猴桃藤像弹石子一样把他弹上了半空，落地时撞到了岩石上，一声不吭地就死了。就在第二天，我答应来山上。我记得那是一个雪天，我和两个送我上山的人背着行李。我们从鸦子口经过大、小龙潭，又翻过金猴岭和巴东垭，到达瞭望塔，山上的雪足有一米厚，十八公里的路程，从早上走到天黑。送我的人说，这还不算最大的雪，最大的雪有两三米深，人一下去就爬不出来了。我进了塔，一切似乎给我备好了，还有千百斤木炭，我说行吧，我就留下来吧。其实那时候我已经结婚了，可是这事我没给场里说，我就是这么个人。来年五月开春的时候，我就把我的老婆田菊英接来了。五月的雪还没有化完，山上的冬天足有二百五十天。我的老婆来后半夜不敢出去，把我那洗脸的脸盆尿了满满一盆子尿——那都是吓的！我就说："这像什么话，你要是住不惯，你就滚蛋。"她果真就滚了，一个人哭哭啼啼地下了山。她是个刚烈的女人，自以为是，从来不屈服的。也就是从那之后，我们的感情就基本完了。

　　我上山以后的某一天，风雪弥漫，从巴东垭方向走过来一个人，在雪地里跋涉。他背着两扇磨子，胸前背后各挂着一个。我老远就跟他打招呼，我说："咳，过来歇歇脚。"他就从丁字路口往我的塔里来了。他说他姓鲁，在下谷坪帮人打磨子的，是个磨匠。他跟我的年龄相仿，人整个也像一副石磨，两只眼睛青乌乌的，发硬，就是一双豹子眼；十个指头又粗又短，右手捏着一把黄桷锤。我说："你把这副磨子卖给我吧。"他说："这磨子我给别人钻坏了，准备背回去自己用的。"我说："何必呢，我给你钱。"我给了他一块五角钱，买下了这副青紫石的磨子。"嘿，嘿！"他拿着钱，说："以后我背洋芋给你吃。"他是阴峪河的人。我推了不多久，磨齿就磨平了，有一次他上山来，我就问："鲁老弟，没带錾子来吗？"他说："你的磨子要钻了？你一个人怎么这么费磨子呀？"我就说："是你的石质不好。"他就火了："也就一块五角钱，我才不愿受这个冤枉呢，我把钱还你！"山里人的脾气真是大，说话不会拐弯儿，就像遍山的石头说话一样，我就给他敬烟。他看了我的石磨，又看了我煮的一大锅懒豆腐，明白了，说："难怪，你何必一天到晚推黄豆？"我就说："一个人待在塔里没什么事，不推黄豆干什么去？"我不停地磨黄豆，我的豆腐磨得特别细，煮的一锅豆粉，竟没一点豆渣，一把黄豆在我的手上，可以磨半天。我就是这么不停地磨呀，磨呀，来打发时光。

不磨又能干什么事呢？我这人劳碌惯了，一个人坐在塔里，当时又没有电台跟下面联系，要是有事或者发现火情，我就得跑步到十八公里外的鸦子口去打电话。我一个人呆坐着，可以去巡山，也就是白水漂到闷头沟隘口的这一段距离。山上的箭竹呀，草甸呀，每一棵正在活着的或死去的巴山冷杉呀，华山松呀，秦岭冷杉呀，还有椴树、花楸、山柳、刺柏和两株罕见的数十米见方的匍地柏，我都了如指掌，熟悉它们就像熟悉我身上的癫疤。有一次，我在闷头沟那儿挖到了一棵人形的黄芪，我把它放在窗台上，让它陪伴我。这是棵公黄芪，裆里还有鸡鸡。有一天晚上，我看见它从窗台上跳下来，摇摇晃晃地在塔里走动，向我笑着，给我点烟，倒茶，还翻跟头逗我乐。后来它就变成了我的儿子兵兵。我就说："兵兵，你干什么呀，你可不要玩火。"我看见他给我点烟的时候拈着一块炭火，把火星吹得满山飞舞，真玄。这自然是做梦。可是醒来后，我就更喜欢这黄芪了，怎么看，它都像我的手臂白亮如藕节的儿子，活脱脱他的一张照片。

我三十岁才结婚，因为伐木队里男多女少，我这种木讷、闷声闷气又成分不好的小镇人没有谁会喜欢。我的父亲最早的时候是县政府的录事，因为字写得不咋样，就被开除回来了。后来，在小镇的基督教堂里跟一个叫郭约翰的法国牧师抄写经文。我们那个贫穷的、一泡尿可以屙到头的江边小镇上，竟有两座教堂，一座基督教的，一座天主教的。我的父亲跐着中国的桐油木屐，却穿着一身宽大的牧师袍子，就像裹着一床被单，胸前挂着郭约翰给他的十字架。我的父亲被称为假洋人。在我的童年记忆中，我的父亲每天在基督像前祈祷，在身上画着十字，用我们小镇的方言念着那些佶屈聱牙的经文和祷词，不厌其烦。在那个长江边的山坡小镇，他面对长江，高声喊道：唯愿公平如大水滚滚，使公义如江河滔滔。其实解放前他曾掩护过地下党，兴山最大的赤色农会组织大刀会，就是在这个教堂成立的，并将其作为交通点。解放以后，他在我们小镇的制帽厂里学会了踩缝纫机缝草帽。一九六六年，他患了重病，只好一头扎进了长江。我在家里没有工作，勉强读到初中。我的母亲拉扯我们，甚是辛苦。我只能做些小工，比如背棉花匣子啦，给收购门市部打包啦，给食品站下河赶猪啦。有一天，神农架林区在小镇招收伐木工，有饭吃，有工资，我就报名来了。我的老婆是我的街坊，一个长得没有多少特点的、瘦里瘦气、黑不溜秋的女人。没结婚前，我对她没有特殊印象，她的家用石头砌在一个乱石成堆的水沟旁，好像随时要垮掉的样子，一大窝姊妹，父母又邋遢又没有文化。镇上的人给我介绍，说就是田茅匠的三丫头。我努力回忆起那个三丫头，才从记忆里扒出一个灰头土脸的姑娘来。我说，那就结吧。我大她八岁，给她家拿去了盒装的点心，草纸包的水晶糕，还有一段花布，加上我从神农架带回的一只腌了的麂子，两个麝香囊等一些乱七八糟的东西，就成了家。他们都知道我是苏牧师老实巴交的儿子，在神农架砍伐木头，三十岁了还没找对象。每年春节回来的时候穿着工作服，脚蹬大棉靴，虽然有点呆头呆脑，长相老，但在伐木队拿工资，还算神气。

　　我的第一个孩子是个儿子。家里来信说老婆生了，我也没多少惊喜，一个人坐在雪山上看了家里的信。信是老婆请人写的。

让我给儿子起个名字，我就回了信，说就叫苏兵吧。就这样，儿子叫了苏兵。我依然在伐木，早出晚归，睡在伐木队的统铺上，吃着没有油水的洋芋和鱼儿掺沙（苞谷加少许大米）。再后来，我的女儿出生了，又是来信要我取名，我回信说看着办吧，我想不出好的名字来。后来我回去，女儿都有了名字，叫燕子，学名苏燕。我也没问是谁取的，就燕子吧。无所谓，我已经到山上守塔了，我一个人吃着懒豆腐，观察火情，在神农顶上走来走去，远在兴山的女儿叫什么，那关我何事呢？莫非我是个无情无义的人？不是这样。我一年回去一次，顶多两次。有一年夏天我回去，我发现我那淘气的儿子竟在江里玩水，而我那连走路都不稳当的女儿也在江边扔石子。西陵峡的水是相当急的，我吓出一身冷汗，跳进江里拽上我的儿子就是一顿猛揍。我在想，作为一个父亲，应该每天跟在儿女身边护卫他们才是。那一阵子，我成天提心吊胆，生怕他们又跑到江边玩水去了。可是，我无法天天如此，我又回到了遥远的神农顶上，在三千米的高峰上。我总是朝兴山的方向望着，一闭上眼就是西陵峡黄浆似的湍流与旋涡。然而，过几天我就淡忘了，遥不可及的事情，被眼前我的工作，我的瞭望与巡护，我的磨黄豆和每日三餐的烦事儿给冲淡了。就是这样，眼不见心不烦，我与他们，我的老婆和孩子没有了感情。牵挂吗？没有牵挂。说真的，没有。只有见到他们，我才记起我是一个父亲，或是一个丈夫。在生活的漫长暗示和默认里，我以为我原本就是一个人，没有父母，没有家庭，一块山间的无根云而已。

可是，我的女儿上山来跟我作了几天伴，在这儿玩了一段时间后，我发现我是太爱她，爱他们，我的孩子们了。记得大约是在一九八八年的夏天，有一天傍晚，两个去罗圈套和百步梯清山的护林员带着一个瘦筋巴骨的黑皮女孩来到了塔里，两只猴板栗似的褐色眼睛滴溜溜地乱转。我问他们："你们带的是谁呀？"他们说："这是你的女儿。"嘿，我已有两年多时间没回家了，我的女儿当时已经有七八岁，而我最近见到她时，她才五六岁。我哪认得呀，我认不得她了。我的女儿又不喊我爸爸，歪着头愤恨地、警惕地朝我望着，手上拿着一个脏兮兮的书包。我说："你是燕子？"她也不作声，只是瞪着我。到第二天她才喊我一声"爸"，那是因为她饿了。她问我："爸，那是什么花呀？"这闺女，她对花感兴趣。我就告诉她那是一种很毒的羊角七的花，另一种却是蹦芝麻，圆筒似的，小酒盅儿，麻黄色。我就爱摘这种植物叶子下到懒豆腐里吃。我还告诉她碎米荠花啦，舞鹤草花啦。我就带她去山上挖野菜，什么地白菜、藁本叶、山马齿苋，都好吃。特别是这高山上的天葱天蒜，往往一坡一坡的都是，我们到了天葱岭，空气里全是浓郁的野葱野蒜气味，且长得特别苗壮茂盛，好像是神仙撒了一把种子似的，这么高的山，荒凉无人，那不是神仙种下的葱蒜又怎么可以理解呢？山上的一切对我那个在长江边出生的闺女来说都是新鲜的：从山褶里飞速而下的轰隆的泉水，整天在树上窜来窜去、摘食云雾草和嫩树叶的可爱的金丝猴、松鸡、松鸦、灰椋鸟、苦恶鸟、歌鸫、雉鸡、毛锦鸡，以及偶尔可以见到的麂子、九节狸、豪猪、野猪甚至老熊，到处的鲜花，激浪翻滚的云海，她都喜欢。我们摘了满满一筐的野菜就回去磨豆子。我推，燕子喂。这妮子鬼得很，她先是一把一把地喂，我就说，你能不能少喂几颗呀？她就少了，她一颗一颗地喂。那推什么呀，全推磨齿，磨齿磨平了，豆浆里还全是砂。我说，你能不能三颗四颗那么喂呢？她就数半天，数三颗四颗。我说，大致就行了。她说，你要我三颗四颗嘛。她说，爸，你来喂，我推。她硬要推，推又推不动，磨子也被推翻了，黄豆、豆浆全洒到地上。我吼了她几句，她竟不吃饭了，就睡在沙发上，也不进房去睡。虽是夏天，但山上的夜晚那可是要盖大被子的，还要生火。我怕她着凉了，要抱她进去，她不去，死犟。我说："那你到塔顶去。"她就去了。嘿，这妮子，那可真是犟木头打出来的。塔顶上没有灯，到了半夜，我怕她着凉，就学怪物叫。她终于受不了啦，连滚带爬地下了楼梯，冲进房里钻进被子。我说："你只有这么大个胆子啊！"我嘿嘿地笑，她就哭。第二天，她还是不理我，要她吃饭，不吃。我说："不吃就滚下山去，回到你妈那儿去。"嘿，又一个田菊英！她这小小的年纪，拿上她的书包，就顺山路走了，我一直追到巴东垭才把她追到，把她抓住了拽回来。我说："山上全是老虎，你走到哪儿呀？"小女孩嘛，一吓，就把她吓住了。可这孩子的气大，像一个汽轮机。只在山上几天，她就掉了一层皮，山上的紫外线太强。过几天，她又揭去了一层皮，嗬，那个油黑脸不见了，蜕了两层皮，细皮嫩肉了，脸红扑扑的。我说："好哇，燕子，换了一层皮，就不再像你妈了。""我要像她，又怎么样，不要你管！"她护着她的妈。她说："衣裳是你给我们缝的啊？扣子是你给我们钉的啊？米是你给我们打的啊？早上去学校是你给我们热饭吃啊？"她这么说，我就没话了。我问她："是哪个指使你来的？是不是田菊英说的，要你死到你的神农架爹的山上去。"燕子说，不是的，是她自己要来的。她问她的妈，说，别人都有爸，咱为何没爸呀？你看，两年不回去，连我的女儿都把我忘了。她这一说，她妈就说，你爸不是在神农架吗？这样一说，她就硬要到神农架来，要收拾书包去山上看她爸，看我。这样，她妈就给了她车钱，让她一个人到神农架找我来了。先是到我的局里，后来局里就让巡山员把她给带上来了。她说这个经过的时候我看着自己的女儿，泪差一点掉了下来。这么小的年纪，还想着她爸，上山找我，还没被人拐走。人都说女儿恋爸，儿子恋妈，这真是没错。

　　暑假结束后，我把她送回兴山的家中。我那滚得像泥猴的儿子正拿着手罾在江边捞虾子，就像小时候的我一样，一模一样。可是，我不能回来，不能带着我的儿子去捞虾子，然后，父子踩着慵懒的夕阳走回家去。那一次，我才真正感到了对孩子们的亏欠，感到为人之父其实应该有一种责任。并且，我还知道了，在两代人中间，真的有一种感情，有一种无私的、发自心底的感情。我在内心里说，我爱你们。可是，我无法爱这个家。家对我太陌生啦，家使我觉得像住在别人家里一样，根本没有神农顶那个古堡似的石塔自在。我想，我跟我那老婆没有一点感情，我真回去了，与她住在一个屋檐下，天天睡一张床，我如何能受得了！我还记得我老婆骂我几十岁了还没开窍的话。我想，算了吧，我还是离婚吧，她带一个我带一个，我带燕子。就这样，我跟她提出了离婚。

　　春节时，我是想带点儿什么回去的。大雪封山后的一天晚上，一只几十斤重的麂子因为饥饿和寒冷躲到了我塔底的柴堆里。那时我还有一只老猎枪。我见到了麂子，我就本能地拿起了枪。我要射杀它，那可是太容易了，在伐木队时我打过猎，特别是晚上射鸟，手电筒照到了，一枪一个准。可现在，当我一个人在这大雪封山的瞭望塔里，和一只饿得浑身发抖的美丽的麂子对视，四野无人，也许只有我们两个活物在此了，我失去了射杀的勇气。我端着枪还在想，我春节提几只麂胯回去，给孩子们煮汤，谁不知道麂子汤是天下最鲜的汤呢，然而我不知为什么垂下了端枪的手。我已经与这山上的一切有了一种依恋之情，就像山下的单位一样，一个人要和领导同事搞好关系，我一个人在山上，谁是我的领导？天空。谁是我的同事？群山、树木、草甸、鸟和野兽，以及无边无际的云海，它们是我的同事。我感到了那隐隐之中它们的灵性，它们的知觉，我可不要跟它们搞反了，我要与它们相处，不能剑拔弩张，拔刀相向。我要在这山上平静，也得让这儿的一切平静。哪一个发了毛，都会发毛，你若害死了它们中的一个，其他的都会来暗害你，它们的魂，都会涌向瞭望塔，而我将多么孤立无助。就是这样，上山后我没再杀死一只野兽，它们是我的邻居。后来禁了山，我就更没有射杀的欲望了。只是偶尔一次，在帮鲁磨匠守庄稼时，我打死过一头野猪，那是害兽，它要将我守庄稼的棚子拱倒，我才动了枪，那头猪，也作为我对鲁磨匠留下的孤儿寡母的一种补偿。就这么一次，我做了不少的噩梦。

我空手回到兴山过年，只带了一斤我自己采的蘑菇，还有我女儿喜欢吃的一大捆大葱。可我的老婆埋怨我带回的钱不够，过年买肉、鱼，开年后两个孩子的学费。我有什么办法？我就那么一点工资，我在山上除了抽那么点烟外，又不嫖，又不赌，莫非让我连一条裤子都不穿吗？而我的老婆，她跟着我这几年都没有一套新衣裳了，两个孩子就是无爹的娃儿，穿得连叫花子都不如。我说："我又吃了什么，又穿了什么？我的头发还是自己对着镜子胡铰的呢……那就离婚吧，你再去找个男人享福去吧。""离婚是不可能的。"她说。我就买了一条红梅烟，在正月初五去了镇人民法庭庭长家。庭长要我把烟拿走，他说："宝良哥，别想那个美事了。我判你们离婚，镇上的街坊不骂我丧尽天良才怪。看一看你老婆娃儿在家过的是啥日子吧。你老婆在家给你拉扯两个孩子，你照了一点闲？她又没什么坏名声，没偷人养汉，你凭什么要把她蹬了？你这个案件我受都不会受理，受理了，一街的人骂我，还以为你给了我多少好处。"我走上街，嘴里抽着红梅烟，口里全是苦的。我怎么办呢？哪是我的家呢？我还是回山上去吧。

　　我永远记得正月初六的那个雪天，我坐车到了木鱼坪，还是一辆个体户的破中巴车，他们才有那个胆量在大雪天开。到了木鱼坪，没有车了，要翻过皇界垭到鸦子口，这段路有十公里，然后再走十八公里才能到神农顶。雪足有一米厚，且又全是上坡，我背着个破旧的大牛仔包，在公路上跋涉，好不容易走到鹞鹰岩道班，一个值班的职工邀我进去坐了坐，烤了衣裳，并给我吃了一碗饭。他听说我要赶神农顶去值班，便出来送我，为我背牛仔包。当时天已经黑了，北风呜呜地响，气温很低，公路上没有脚印和车辙印，雪越来越深。那人在前面走，让我踩着他的脚窝。一直上了皇界垭，他已经送了我四五里地了，我要他转去，他却表示一定要把我送到鸦子口，但是天越来越黑，越来越冷，又下起了一阵雪子儿。我对他说："你不回去我就不走了。"他只好回转，把包给了我，要我一定注意脚下，慢慢走，不要走到悬崖边去了。我握了握他的手，他的手是那么的温暖，我的鼻子一阵发酸，我才想起我还不知道他姓什么，可是风雪已吞没了他。我背上包，向皇界垭的南坡走去。我还后悔没把竹雪橇带着，下山时放在了鸦子口。那竹雪橇太长，有一米多长，是我自制的，把箭竹砍来，用铁丝烧红了穿上，穿五六根即可，然后再配两个竹抓子，在神农顶的雪山上健步如飞。那一刻虽没有竹雪橇，我上山依然很有劲儿。那个陌生的养路工给了我一股力量；我在神农架碰到了太多的好人，神农架给了我一种亲切感，在风雪弥漫的寒冬也不会有心寒的感觉，不一会儿就会补充一些暖意，看到的到处是和蔼的眼睛，连树木和天空的投注都是，我爱这儿，我不想到别处去，到哪儿都不如这儿自在，到哪儿我都做不好了。我还是只能做这种活儿，望望天空，守守山林，谛听它们的动静，分清楚云彩和烟火的不同，迅速地报告，或者自己把它扑灭了。

以后的两年我没有回去，一次也没有。虽然有人劝，家里也不断地写信来，但我对没有回去的那种心理洋洋自得，使我在这儿冷寂的山上打发漫长的时光有了一种刺激和亢奋。我因而获得了群山的支持。我仿佛听见了我父亲在念那本经书的祷语，疲乏的，他赐能力；软弱的，他加力量。我最初来到神农顶时，就感到这是神仙居住的地方，而阴峪河的农民说这神是当地的山神，肯定不是我父亲说的那个外国神了。反正是有神的，你看那高山上修剪得平平整整的草甸，那一蓬蓬箭竹大致呈长方形生长，每一蓬的间距几乎是一模一样的，连宜昌城里的花坛都没有布局得这么好，是谁精心栽下的呢？肯定有一个人，有一个神仙，有一群，他们居住在这里。我看不见他们，他们看得见我，我与他们比邻而居，难道这不是一件幸福的事吗？在黄昏时分，我看见过一队一队的什么东西打山尖而过。后来他们说是飞碟，我说是飞星，是神仙乘坐的玩意儿。还有许多晚上，我看见过那山野中出现的强光，刺人眼目，那光比电焊的光还强烈，肯定也是神仙们在玩什么花样。还有，我听到了各种各样的吼叫，是从山腹里传出来的，有时候像牛，有时候像人。这绝不是幻听，我知道，幻听是我熟悉的声音，不是鲁磨匠就是我死去的女儿燕子，要不就是我自己。我有时候发现总有一个人在我耳边唱歌，后来一细听，是我自己，在唱一首从阴峪河学来的民歌，哭一样的：鹞鹰儿，飞得低，一双眼睛往下移，哪有鸡儿与你吃。毛老鼠，眼睛红，看见人，钻岩洞，好比媳妇怕公公。这是小娃儿唱的血附身号子，解咒的。我女儿就问："为什么媳妇怕公公？"这个小丫头，我如何能跟她解释呢，我就说："她怕打嘛。""可你从来不打我。""我是你爸嘛。""为什么别人的爸就打自己的女儿呢？"嘿，真是的，我真是从来没打过我的燕子。这首歌，就是我给燕子唱的，她死了以后，我还唱，在她的坟头，在闷头沟那长长的长满天蓼和木通的刺沟里唱。

我没有回去，我的女儿又来了，是第三年的暑假。她长高了，又变黑了，我就说："嘿，到我这儿来脱皮的，脱得细皮嫩肉了又回去。"那一年的太阳却不见了，漫长的连阴雨，半个月见不到太阳。山上全是大雾，两米外就看不清任何东西。那可真不是人过的日子呀，人都快疯了，要不是有燕子做伴，我想我肯定会发疯的，加上整个身体的关节疼痛，一双膀子像泡在醋缸里了。天终于晴了，天一晴，万山青葱，萋萋可爱，暖风一吹，雾收了，空气也干燥了，燕子就嚷着要到天葱岭去挖天葱。我得清洗、翻晒塔里的衣物被子，还得与山下联系——那时候已经有了单边带电台。我就说："你一个人能去吗？"她说当然能去。

她对这一带都熟悉了，而且胆子大得出奇。我让她带着砍刀，还教了她许多对付野兽的技巧。比如说遇到熊了，不要走直线，要弯着腰走"之"字形，在林中与熊转圈，把它转晕，因为熊走直线。你若碰上大树，赶快拐弯，后面的熊不会拐弯，一头撞上大树，几下之后它就不会追赶你了。我对她说，遇到狼你也不要怕，神农架一般都是独狼，你要冷静，见了狼，站在那儿不动，也不要后退，只管凶狠地用眼睛盯着它，盯它的眼睛。你千万不要掉头，不能转脸，不要搞小动作、抬手、抬腿，就那么死盯着它，它蹲那儿多长时间，你就盯多长时间，最后，狼就会离开。所以，你不要怕。但野兽却是怕人的，任何野兽，比如熊、老虎、野猪，从来不会主动伤害人。哈，不知道吧。一、你不侵犯它的地盘。二、它不在发情期。三、它不带幼崽。如果在春天，它又带着小兽，它可能会侵犯人，但这种时候很少很少，倒是，野兽见了人，往往早就跑了，包括毒蛇。

燕子出去挖野葱，回来对我说，她见到了一头驴子。"哪儿来的驴子呀？"我笑她，"准是看走了眼。""没，我听它鸣呃呃呃地叫，就是一头驴子嘛。"我没在意，以为就是一只麂子或岩羊，也或许是獐子。但燕子给我描述，没有角，只有耳朵，灰麻色的。恰好那一天鲁磨匠路过这里，我给他说了此事，鲁磨匠吓得碗筷都掉到地上了，看着燕子，说："幸好你没被吃了，那是只驴头狼！"驴头狼，驴头，然而是狼。鲁磨匠说："这不稀奇，还有驴头獐呢。好些年没见了，又回来了，这驴头狼可凶了，见什么吃什么，比老虎还厉害。"这一下吓得我和燕子都不敢出门了。我们就待在塔里，而外面正阳光灿烂，阳光可以晒掉人十几天的潮霉气。

接连几天，我仔细谛听周围山岭的声音，除了有一两头麂子的叫唤外，什么都没有，山岭依然是岑寂的。这使我放松了警惕。有天上午，我到塔底下去抱柴，总觉得旁边坡上的那片冷杉林里有一双眼睛在注视我，刺得我惴惴不安。我直起腰，抬头往林子里望去，一头驴子模样的东西正坐在树林里，朝我看着。驴头狼！我操起一根大劈柴，瞪着它。因为我背靠着敞开的大门，并不害怕，我见过了各种野兽，于是大声吼它，要它"滚"，我慢慢后退到塔门的台阶上，这下我更有了胆量。我操起门口的一把柴刀，向那驴头狼示威，半个小时后，那驴头狼才走了。第二天让我完全放松警惕，是在我与燕子到阴峪河去做客之后。路上我们带了枪，到了鲁磨匠家里，就听见村里人说发现了驴头狼。我就想，驴头狼只有一头，估计它现在到阴峪河来了。阴峪河是一条海拔较低的河谷，有东西吃，若老在神农顶，迟早要饿死。通过我多年的观察，神农顶不过是所有野兽的一条过道，它们并不扎在这里。我遇见过几次野人，都是看到它们从与竹山交界的那片原始森林，从南天门再到板壁岩，取道白水漂，然后向下谷坪的低山而去，低山有丰富的食物。不仅我看见的野人如此，一些山上的游客看见的野人，也是从白水漂那儿去了低山。因此，驴头狼也不过取了个道儿，到了阴峪河。又是一天，是个很凉爽的阴天，我和燕子一起到天葱岭去挖野葱，我要她紧紧跟着我，不要跑开一步。可那天，我的女儿竟爱上了马桑果。我知道马桑果能吃，却不知道吃多了会中毒的，会犯迷糊。我看了看四周，好像没有什么危险，闻了闻空气，也好像没有野兽的味道，看地下，也无兽迹。我想我背着枪，我怕什么。我就对燕子说："我在那边挖葱，有什么事你就叫我。"女儿答应了。

我挖了一筐葱,却还没见女儿过来,她究竟要吃多少马桑果啊,我就向那片马桑灌木丛喊:"燕子,你别吃了,上来啊!"可是没有回音。我的心一阵发紧,我大喊:"燕子,燕子!"还是没有回答。我连滚带爬地下到那片灌木丛,找我的燕子,燕子呢?燕子不见了,燕子吃过马桑果的那儿,遗了一地的马桑果柄儿和未成熟的果子。我真的快发疯了,我喊哪,喊,找啊,找,箭竹林子、灌木丛、刺沟、山上、山下、阴坡、阳坡,石头缝缝里都找遍了,喉咙都喊得滴血了,就是没有燕子的影子,也没有她丢下的东西。我又往塔里跑,以为她回了家。然而塔门依然紧锁,前前后后都没有见到她。山冈上静静的,而松鸦、寒鸦和老鸹这些清一色秽鸟的叫声让我感到大事的确不好了,腿一软,坐在了石阶上号啕大哭起来。过了一会,太阳悠悠地滑到了西边,我想我还得去找她,我的妮子,我就往阴峪河跑去,喊几个人来。太阳掉进西山,人才喊来,大家拉网似的搜找,打着电筒,火把。找了整整一个晚上,第二天上午九点多钟,我们才在板壁岩下面的一条原始森林遮蔽的水沟底下找到了燕子的尸体。我们先是在一个瀑布的上面发现了一只燕子的泡沫凉鞋,然后在几十米深的瀑布下看到了燕子。燕子的身上几乎没有伤痕,就是喉管被咬断了,一点点小口,又没有血,血大约是被溪水冲干净了,脸上依然又红又白,神态平静,好像根本没有痛苦,也没有搏斗。这是怎么啦?她怎么到这儿来啦?这儿离天葱岭可是有十多公里地。阴峪河的乡亲说,这是被驴头狼咬了的,前些年,有一个被驴头狼咬了的娃子也是这么死的。驴头狼会使人迷魂。驴头狼跟上了我的女儿,当她迷路后,就一口把她咬了,但没有吃她。可是,它为什么要跟我过不去啊,我在想,我究竟做错了什么?在这山上，我连一只蚂蚁都没掐死过，我整天守护的就是它们生活的山林，为它们——这些野兽照看它们的家园，怕被盗伐了，怕被火烧了，然而到头来，这些可恶的野兽却恩将仇报，咬死了我的女儿。我在那儿捶胸顿足地哭得不省人事，还是阴峪河的乡亲们找来了我女儿的干衣裳给她换了，用绳子把她、把我吊上了瀑布。然后，他们又给我的女儿打了一口杉木棺材，把她给葬了，就葬在闷头沟。起初，他们还不让我知道我女儿的坟地，半年后，他们才告诉我。那时候，我女儿的坟已经被串果藤和楼梯草爬满了。

想到我的女儿，我心里就不是滋味；想到我的女儿，山上就大雨瓢泼。雨果真又下起来了，电光闪闪，雷声如锤。我在想，我如何去给鲁娃子还錾子呢？现在的雨水如瀑，向山下汹涌地流去，一条又一条汇成的悬河，冲卷着山上的枯枝败叶和乱石，到处是树枝被风吹折的咔嚓声。华山松和巴山冷杉被暴雨冲刷得光秃秃的了，又被厉风刷啦啦地抽打着，阴绿得充满了愤怒和无奈。雨水从年久失修的木窗棂缝里溯进来，塔内一片汪洋，而风在天黑之后的怪嚣使四周的窗户变成了鬼魂的合奏，雨幕已经压到塔前，再也看不清什么了，山岭和小路都被一一抹去，世界又缩小在这潮湿的塔内。

我想清理一些东西。我打开木箱、纸箱，有燕子的书啦，衣裳啦，我的笔记本啦，多年的奖状啦（笔记本也是奖品）。从笔记本里无意间滑落了一张厚厚的纸，叠得好好的，然而已经发黄了，并散发出淡淡的霉味。

是一张判决书，一张民事判决书。

哈，这玩意儿。我凑在油灯下展开来读它，俨然一个旁观者、收藏者的身份看它：

神农架人民法院民事判决书（××）民判字第 09 号

原告：苏宝良，男，现年四十九岁，汉族，兴山仙泉镇人，现系神农架林区工人，住神农顶瞭望塔。

被告：田菊英，女，现年四十一岁，汉族，兴山仙泉镇人，现系家庭妇女，住兴山仙泉镇。

上列原、被告人因离婚一案，本院依法组成合议庭进行了公开审理，现已审理完结。

原告苏宝良诉称：因本人长期一人在神农架工作，两地分居，婚前了解不够，经人介绍结婚，基本无感情基础。婚后苏很少回兴山，经常因经济问题、子女抚养问题发生争吵，致使苏常常几年不回家，特别是其女在苏处玩时因迷路被野兽咬死后，被告田菊英诬苏有故意让其女死亡之嫌，以便顺利离婚，苏十分愤怒，表示从此不回兴山。在此之前，苏曾于×年×月×日向兴山仙泉镇人民法庭起诉离婚，但因苏无正当理由，未能受理，致使夫妻长期分居。被告田菊英称：苏宝良确有故意杀女意图，因孩子由田带大，苏与孩子素无感情，并将其视为离婚障碍，加之有较严重的精神变态，因此，被告田菊英除不同意离婚外，并要求按《刑法》第二百三十四条第二款之规定，追究原告苏宝良犯故意杀人罪的刑事责任。经按法定程序审理，对被告反诉追究原告故意杀人罪之事实不能认定，即恢复了离婚诉讼程序。我院受理此案后，多次调解无效，经依法公开审理，被告田菊英当庭曾向苏宝良承认自己的过错并保证不再提及女儿死亡之事，并坚持不同意离婚。原告苏宝良以夫妻感情确已破裂，其心已寒，不能再过为由，坚决要求离婚。

本院认为，原告苏宝良与被告田菊英婚后不能和睦相处，致夫妻分居数年，原告苏宝良应负主要责任，只要双方各自改正不足之处，消除误会，夫妻感情完全能够和好如初。据此，根据《中华人民共和国婚姻法》规定，判决如下：

不准原告苏宝良与被告田菊英离婚。

案件受理费四十元，由苏宝良承担。

如不服本判决，可在接到本判决书的第二天起十五日内，向本院提出上诉状及副本三份，上诉至湖北省十堰市中级人民法院。

审判长　庄大峰

审判员　任光富　严家启

书记员　高辉

××年×月×日

我收好这张判决书，那是过去的事了。我依然觉得滑稽，这世上之事。对于婚姻的好坏，为什么我们自己没有决定的权利，而要让几个对你素不了解的法院的人来煞有介事地、一本正经地对此宣判？我决定不上诉，又回到了神农顶我的瞭望塔里。离或不离对我还有什么意义呢？多年来我就一个人，只是，我不想再见到那个女人，那个诬陷我故意杀死了自己女儿的女人。当时的情况就已经糟透了，当我把女儿的不幸用电话告知家中后，我的老婆就上山来了，拿走了女儿的部分遗物。接着，在一个晚上，两名警察把我从塔里带走了。我被关了三天三夜。我回来后听说警察去阴峪河调查时，阴峪河的老百姓一致为我作证，说我的女儿不是我杀死的，是迷路后被驴头狼咬死的，虽然这事儿有点蹊跷，但苏宝良是个好人，他待他的女儿很好，绝不会害死她。在派出所的置留室，我在那三天三夜里暴跳如雷，大喊大叫。本来我的性格在山上就变得孤僻了，古怪了，不能控制自己。我说我不是杀人犯！我用头撞墙，把头撞得鲜血直流，我还咬自己的手指。我说我出去了肯定要杀人的，他们问我杀谁，我说我杀田菊英。在派出所出来后，我又回到了山上，可是我却出现了严重的幻觉，我每天看到我的女儿，我一坐下来，女儿就指着我的鼻子说："是你杀的，是你杀的！"我说："燕子，你可得把良心放在中间，不要学你那坏娘。"然而燕子不听，我只要一坐在椅子上，女儿就点我的鼻子了，为了躲避我女儿，我只有不停地走动，在塔里，走上塔顶，三十三级楼梯我上了又下，下了又上；我在山坡上，在雨雾里，在风雪中，在箭竹林和草甸的深处，木头一样不停地走着，然后回到塔里，不吃不喝，倒头便睡。我拿着枪，对着天空、石头和森林砰砰地放枪，我甚至射击我自己的塔门。我对我的女儿说："燕子，你还不回兴山去上学啊！"我一直把她往山下赶，赶下了巴东垭子，赶下了小龙潭、金猴岭。可是，我回来，她又回来了。

　　真正离婚是在四年前，那时我的儿子已经结婚了。我的儿子来信说，你们要是不能一起过就不过了吧，反正已经没在一起过了，您把离婚协议书寄回来，我让我妈签字。我那老婆就签了字。我找了个代理律师办这个事，事就成了。我儿子、媳妇带着他们的儿子到神农架来看我，我说出了想下山的念头。儿子、媳妇说："那就跟我们一起过吧。"我说："我上山时，儿子才一岁，而我下山时，孙子都有一岁了。"我的孙子那可是个调皮蛋，把尿拉得塔里到处都是，非要往我的口里撒尿，说是给爷爷喝酒。说："爷爷，来，喝酒酒。"那是能喝的吗？我的孙子没一点教养，就像个野小子，野人。他们走的时候，我还真的喝了一壶我孙子的尿，那滋味，嘿，还真不错。从那以后，我老是回味着我孙子的尿，想着想着就笑了，就哑巴着嘴笑成一团。所以说，我要下山啦。

我还清理出了一张病休证明单，是木鱼坪医院的钟大海医生给开的，证明我多处软组织受伤，左眼严重充血，四肢冻伤，需休息一个月。事情的经过当然得从那些从四川下来的采药队伍说起。这些瘦得像知了壳的四川人，总是鬼鬼祟祟地游弋在我们神农架的高山密林中，除了挖贝母、柴胡、破血子、活血珠、红景天这些药铺急需的大药材外，游方郎中们用的小药材也挖，当然，他们更想在神农架的老林中挖到百年黄芪和党参，还想在峡谷的峭壁上采到一种名贵中药——金钗。我记得那个秋天异常干燥，而人们的情绪也因为天气而变得不可捉摸。当我拿到法院的宣判书后，我的心已经冷了，但又无端地燃起一盆大火。我的心是冷的，而我的情绪却发生了火灾。我每天站在塔顶，望着白色的云海下面的山脚，那个人声鼎沸的遥远世界，我一点也没有为难过谁，我远离他们，可是，当我下山想告诉他们我不想跟一个女人过时，他们却粗暴地用法律的名义冷冰冰地拒绝了我。在这一点上，我认为我与山下的世界产生了敌意。作为一个一贯恪尽职守的护林人，我对从山下蹿来的人突然愤怒起来，是无端愤怒，对那些浑身充满了山下人群气息的人，不管是谁，只要他们踏过山下的泥水，抽着山下的烟，带着花花绿绿的山下人吃的方便面，甚至一揿就燃的气体打火机，都成了我的敌人，成了我无法接受的东西。那天，他们看见我端着枪跟踪他们，就拐到吞云垭那儿的一个隘口，我出现在山顶的一块石头上，对他们说："滚，你们放下药袋子，滚下山去！"那些人站在一堆，他们一定看到了我居高临下，头发直竖，屹立在山上的怒气冲冲的样子。他们小声地说："那个塔里的老头儿今天盯上了我们。来者不善，善者不来。"

"我们没有挖什么。"他们说。

"放下走人！"我用枪头对着他们说。

"我们没有挖党参。"

"我们连猪苓也没挖到。"

"我们挖的是川地龙，当柴烧也没用。"

"不放下，我就开枪啦。"

"我们今天不生火炕蕨本。"

"你们生火就是放火。"

"我们给您两包烟不行吗？"

"两包也不行，滚！我喊一、二、三，丢下了就滚，不然，我就开枪。"

我是怎么开的枪，我记不起了，是因为激动而走火？好在我的枪口在他们头顶，我的子弹滑过了天空，在对面的山壁上撞出了火星。连我自己都吃了一惊，那枪声是十分壮观的，并拖着长长的慑人的尾音，在松林间回荡，惊起了几只松鸡扑棱棱地向别处飞去。可是这些农民并没有退缩，一步都没有。其中一个鼻子不知被什么东西啃掉了半边的人竟然上前几步，对我说："我们放下了，里面还有个猪肚子，是准备走亲戚的。"

他们说着拔腿就跑了。

我跳下石岩去拿那几个药袋子，我感到十分诧异，他们跑得如此之快是为了什么，其实我的枪里已经没了火药。我就打开了那个最前面的袋子，一摸，有个铁盒子，揭开盖儿，果真有个猪肚子，不过有些发臭了，但若是卤一下，是完全能下酒的，一半凉拌，一半煮懒豆腐吃。凉拌放蒜汁儿啦，野葱啦，最好放一把用盐溇了的紫苏，我的口水都出来啦，我很少吃新鲜的猪下水，我不自觉地用手去捏了捏猪肚，我的妈呀，是硬的，我当然知道这是什么，这是炸野兽的！野兽一咬就炸！求生的本能使我如此敏捷，一摸到硬块就出手了，就扔向了山坡下。一棵华山松被拦腰炸断了，树叶和枝条四处纷飞，一块带石头的草皮直接击中了我的眼睛，一块石头击中了我的腰部。我被扑倒的时候不知从哪儿冲出来一群人，一把将我按住，对我拳脚相加，然后，捆住我的手脚，把我踢下山坡。

我在一个山洼里醒过来时已是繁星满天，秋风劲扫落叶，连粗大的冷杉也凄厉地呼啸着。我浑身疼痛。我当然想站起来，但我站不起来，脚已经是别人的了，脚被捆缚住了，手呢，手在后头。我想看一看我究竟在哪儿，结果我看见了我那熟悉的瞭望塔，像一根直通通的柱子，上面盖着个斗笠似的东西，那就是我的家，那就是我多年来住在那里，喝酒、吃饭、睡觉并且守望的家。它在山顶上，山上的斜坡全是茂密古朴的森林，它们簇拥着那个塔楼，使它显示出一种特别的、说不出的气概来，它与山峦和树林牢固地结为一体，又似乎不是它们，是另一种东西，另一种永远也揣摩不透的、要与苍穹说话并将继续生长的东西。它温暖，它亲切，它有着空洞的眼睛，无声地瞩望我并召唤我，它的眼睛是女性的，有生气的盲人的眼睛。它站在那里就是一种召唤和激励。我就挣扎呀，翻滚呀。我想找一块石头磨绳子，我坐起来，背靠着一棵树，在树上磨，我把我的双手磨破了，绳子却丝毫不断。一种热切的回家的渴望，使我忘了疼痛，我把手背上的皮全磨掉了，血肉模糊，我还以为我是在磨着绳子。后来，啪一下，绳子就断啦，我又去解我脚下的绳子。那是什么时间了，那是又一个早晨，万物覆霜，激流般的白云像洪荒里的大海，在咆哮，在翻滚，在往下冲刷，在驰骋，无数灰白色的鬃毛飞扬，无数条孽龙在搏斗。远远的山梁上，一棵树蓦然冲出了云海，在无缘无故地猛烈颤抖，摇晃。塔呢？塔突然之间出现在我不远的半山坡上，那是塔的倒影！那是瞭望塔的光，清晰地为云海打开了一道门，好像从此走进去，能一窥这云海深处的奥秘！我真的快流出泪来了，我忘了四肢麻木、青紫，甚至淌着血，我的一只眼睛也视物不清。可是，从云海中出现的塔柱的光真的给我注入了力量，真的使我从疲乏、软弱、绝望甚至错乱中醒过神来，好像一只手指，伸在我晦暗的目光前面，引导我，让我知道我该向哪儿走去。群山像巨人沉浸在聚散无定的云絮里，它似乎在沉睡，又像在翻身，我知道马上会有一缕光芒穿透过来，果然光芒就来了，从云隙间垂挂下来，在蜃气里飘曳着，群山的巨人拉开了他的蚊帐，下床来，招呼鸟鸣。这一切都表明我将活下去，与晨光、云海和太阳在一起，任何不测都打不倒我，因为，我拥有这一切，我住在那闪光的塔中，沾着千年的祥瑞，我依托着巨大的恩泽，看起来是正在光秃下去的山岭，衰败的荒草和季节，然而在云海之间，什么奇迹都将会发生。我对我说："云海呀，我真的很爱你。"灾难对于我这样的人似乎丧失了意义，它能说明什么呢？它恫吓我？威胁我？要我的命？要斩断我与那个山下世界的所有联系？要我把所有的过去都变成惨痛的怀念？这又有什么？嘿！就一个人，这又有什么？冻掉了我的四肢，这又有什么？炸瞎了我一只眼睛，这又有什么？我站在这无人之巅，虽然伤痕累累，但谁能看到我所见过的各种各样的景象呢？有一天，我从阳光灿烂的山顶下到红花营去，走出云海，才知道山下已经下了三天的大雨，电闪雷鸣，泥泞不堪，谁又能知道，在万里云海之上，那一轮太阳只照耀着我一个人呢？

我在想着那一次奇怪的云海——我只见过一次。那一天是雨过天晴后，当我从瞭望塔出来，站在塔前的大护坡上，天空万里无云，而神农顶一直到木鱼坪，却是一望无际的云海，那云海一直在我脚下的护坡边，也就是说，只有瞭望塔浮在云海之上，仿佛一脚踏去，就是无底的大海。没有一丝风，世界是绝对静止的，这实在是太惨了，也没有鸟叫，云海一动不动，太阳照射在云海上，世界在这一刻凝固了，更令人惊叹的奇观出现了，水平的云海上突然出现了一个巨大的气泡，它从云海深处钻出来，往上一冲，慢悠悠地破裂了，在破裂的瞬间冲出一个烟圈样的巨大的圆环，那圆环又悠悠地往上浮动，最后消失了，而云海呢，合拢了，又静止不动。过了一会儿，我不经意在另一处又看到了一个同样巨大的气泡，从云海里出来，又破灭了，又幻化成一个大烟圈。这是真的吗？这是怎么回事？那一天，我站在这云海的孤岛上面，双脚久久不能挪动，就只晓得搜寻云海之上的那些奇怪的气泡——二十多年，我就只见过这么一次，简直像神话！据我的经验，可能在云海下面，也就是大九湖、阴峪河下面说不定正在下雨，上面的太阳照射得太猛时，下面的气压产生一种蒸气，往上冲，冲出云海，咚的一声破灭了。其实下面下雨，上面阳光普照的情景并不少见，可为什么都没有发生这种大泡泡奇观呢？像这么静止不动的、平面的云海，我在小范围里见过，在某一个山谷，或是某一面背风处，但没有见过气泡。这样的云海一般出现在冬天。冬天的云海是轻柔的，动得缓慢，像猫子走过时的样子。而夏天因受暖湿气流和季风的影响，云海是流动的，变幻急遽，充满着惊慌和朝气，诡谲和疯狂。

有一种云海，是永远恭谦在山尖之下的，它总是让山尖露出来，当地人叫它"云山"。它依山势高低形成，决不淹没山尖；这是夏日常见的一种流云，有风，无风，有雨，无雨，这云都留下一个山尖，从远处看，也就几米高的样子。当你看云时，云海里到处是龟背似的山峰，奶子似的山峰，巨人横卧似的山峰，好像水到了一定的水位，就不会再上涨了，山尖是浮着的，轻如覆瓢。

夏日的流云又是对神农千峰臣伏的一种云彩。我见到过一次万山覆没，而唯有白水漂的一块巉岩从云海里突出来，它并不高，它在山腰，为什么云彩无法吞没它呢？我看到巉岩脚下，小灌木们全都莫名其妙地倒向一边，露出惶悚。等云海散去的第二天，我去了那块石头那里，什么都没有，它跟周围的石头没有两样，也并不凸出，可为什么云彩那么怕它？这其中的奥秘说得清楚吗？可是云呢，云也是有生命的，它并不是虚幻的东西，它生生灭灭，来去无踪，但它一样会有秀气、神气、怪气。

有一种云海，是在将雨未雨时，天上的云就下来了，是云，不是雾，雾是灰蒙蒙的，这云却是白的，纯白纯白。它们总是顺着靠阴峪河方向的山脊，一条一条地哗哗淌向山底，不断地滚动，像瀑布，一下子没有了，一下子又流来了。你永远也不会知道，它们是从哪儿来的，为什么会有这么多云。是不是在隘口的那边，有一条云河溃口了呢？这云瀑跟云龙有相似之处，云龙是潜龙，它又怪了，它是从远处的山谷向近处潜游而来的，它摇头摆尾，踢踏着云雾烟尘，吞吐着万千气象，可它只流动在山谷的根部，它在山谷里跟那峡谷的惊涛沉湮一气，鬼鬼祟祟，使你感到山谷的惧怕和险恶。在阴峪河的峡谷里，在反音梁子的峡谷里，巨锯岩的峡谷里，都传说过有巨大的癞嘟（癞蛤蟆），有水怪，它们眼似铜铃，目光如电，伸出毛茸茸的大爪子，从深潭里跃出来要抓岩上行走的人，它们只要出现，便会妖雾腾腾，黄烟阵阵，整个峡谷都是一片呛人的硫黄味，然后，一定是暴雨如注。只要你拿石头砸它，不出三分钟，冰雹就砸下来了，砸得你浑身伤痕，虽然那时候在百步之外还是太阳如火。而这云龙与它们有没有关系呢？反正，我对那些接踵而来的云龙是敬畏的，那白色的精灵会带来一股从山洞淌出的腥味，给人的感觉是黏糊糊的。

哈，我还看见过一种云海，也就是当地人说的那种云山形成后，山尖露出峥嵘，之后，会生出一层薄如蝉翼的云纱来，像一个玻璃罩子，罩住群山，它们呈弧形。有这样的罩子也一定是雨过天晴之后，而且你必须神清气爽，双眼明亮，你才会看见那一层罩子，如此严密地罩在山顶上，仿佛会有一只手把它揭开（那又是谁的手把它盖上的呢）。美人似的山尖就躺在那个透明罩子

云彩擦过的悬崖　　**269**

里，啊，让她睡吧，这个睡美人。你在说，在心里说，并且祝福，让这样的"罗帐轻轻"心生柔情。你会记起年轻时在学校里读过的一首古诗，那陈谷子烂芝麻的朦朦胧胧的意境竟出现在你的意识中了，吃懒豆腐的意识，挖天葱的意识，独居的意识，荒无人烟并且衰老、哮喘、胡子拉碴的意识。这真是！罗帐轻轻，后面的词句是什么啦？是五更寒？是被翻红浪？是闭月羞花，沉鱼落雁？你都忘了，你好笑。后来，那个玻璃罩子无形地消隐了，在更远的山冈又形成了。你发现眼睛发酸，并且，使劲眨几下会眨出一颗颗的泪珠儿来。

你别看这云彩无根无基的，软绵绵的，可它发起力来能变成树，变成旋涡，变成喉咙，千千万万的喉咙。我曾看到过云海里的旋涡，那比三峡的旋涡大多啦，哗哗哗哗地就旋下去了，很深很深，深不见底，那不就是喉咙吗？那是云海的喉咙，接着你就会听见群山奔潮。有一天，我真的听见了云潮的吼叫，是云潮，不是风，也不是树，它们往往向一个方向拉直了身子急驰，你看着看着自己的身子就会倒下，整个群山飞速地往后退，云绷紧了弦啦，疯狂地射向一个地方，就像亿万颗流星，横扫千军。云的惊恐是可怕的，它们一定受到了什么刺激。而最安详、巍峨、瑰丽的云就是云林。瞧，它们站起来啦，它们笔立千仞，它们也有强硬的颈脖和身子，跟巴东垭的石林比，云林更高大，高不可攀，直指青空。它们大大小小，千姿百态。早晨起来，太阳像一张喝了蜂蜜灵芝酒的人的脸，东边的远天一条条的浓云和薄云交错横陈，浓云成了赤金色，而薄云却是橘黄色，霞光轻歌曼舞地飘曳而下。这时候，云林就突然形成了，形成在山影的上面，你还以为山长高了呢？哪来的这么高的山呀，该不会又是蜃景吧？

是陕西的山还是四川的山？是湖南的山还是云贵高原的山？都不是，是云，就是云，云被太阳染成了一根根高大的红柱子，它像是石林，又像是一个从未见过的远古城市的废墟。看哪，在云林的最凸处，全成了泥金的颜色，而烘托它们的山巅的锐齿栎树尖，也像一支支燃烧的火炬，光洁的、蛋壳般的奶黄色在云林的衬景里，使得那低矮的山峦上的树全在混沌之中，既肃穆也惺忪，像期待的墨绿色。这时，石林更高，更冲腾，更红，你仰视它，你望着，看它们悄悄地、慢慢地变化，高的变矮，矮的变高，胖的变瘦，瘦的更瘦，然后，太阳成了白金，云林成了絮团，成了奔马或红色的败鳞残甲，满天飞散，而且，它们排列整齐，间隔相似，转眼之间，噢，心境又不同啦。

　　不过，我最讨厌的是一种阴湿的云海，它们是从山褶里，从山洞里跑出来的，带着苔藓、蝙蝠屎的霉味。它们凝重，湿漉漉的，你碰到它，头发、衣裳就会湿透。它们从山这边流到山那边，又从山那边流向山这边，把山谷一条条灌满。这云海一出现，那就是十天半月的连阴雨了。不过在我看来，最大的云海奇观是头顶上的阳光刺眼，脚下的云海里雷声轰鸣，且下着暴雨。你怎么知道山脚下正且雷且雨呢？那就得看云海了，如果周围的云海波涛汹涌，焦躁不安，起伏剧烈，就算是你没听见雷声，山脚下也是雷暴成灾之时。如果雷声大，你可以听到闷闷的雷声，像云海里有人推动巨石。不过，你是绝对看不到电光闪耀的，我一次也没见过。我经常坐在塔门口，晒着毒烈的太阳，听着云海里的雷声，想着山下在田间劳作的农人，想着他们的蓑衣、斗笠、泥泞的村路和泥泞的田垄。这真是两个世界，天上人间。在这样的云海之上，我真的没有感觉到我是一个神仙吗？哈，我这样的神仙，一个即将步履蹒跚的糟老头子，抽着烟丝，衣衫陈旧，每天强迫自己打起精神来的看山人；双臂酸痛，不敢碰冷水，喝起酒来不要命的老艄夫；我挑着覆满落叶的水上坡、下坡，我不停地劈柴和垛柴，我端着枪无缘无故地在山上像一头狼那样号叫，我常常学着野兽的样子把箭竹绞成一个窝躺在那里；在山上的四月到来的时候，可吃的只有箭竹笋，我就与各种野兽争抢竹笋，我混杂在它们中间，挖着、扳着竹笋，熊、野猪、金丝猴和岩猴，还有野人、棺材兽，等等。你说，这样的神仙不就是一个野人、山精吗？我爱云海，那是真正属于我的唯一的变幻莫测的、令人激动的世界。比起永远是一副不变面孔的山冈、巴山冷杉和箭竹林、高山草甸来说，云海是我的激励。它走了，而山还在，悬崖还在，每当我内心激烈地冲撞过后，看云彩散去，看渐渐清晰起来的近岭、远山、天空，大地是如此清朗，山崖是如此的结实，我会突然找到一种支撑。是谁安抚我？与经常出现的幻觉和幻听搏斗，战胜它们，包括战胜想一杯酒把我灌死的那种自虐、懒惰和恍惚。看哪，云彩一朵一朵地擦过悬崖，就像人擦过岁月，生命擦过世界。这动人的云彩，它们被悬崖撕碎了，永远站在那儿的是山冈，你和我，嶙峋支撑的骨头。你让我站在这高高的山上，你能让我相信那些神啊，仙啊，还有父亲说过的什么复活吗？至少我的女儿是不会复活的，我就在天上，我与天空如此贴近，与天空的星星、云彩为伍。我下山去，我要理发，买两三个好吃的肉包子和馓子。我说，今年的收成怎么样？我的工资又加了吗？然后，我拆开信来，读着家书，一肚子的火，一肚子的牢骚和牵挂，一肚子的叹息，然后，沽好一壶地封子酒，喜滋滋地回到我的塔中家园。

我站着的时候，云彩漫漶到我的脚下，云的波浪舔着我的裤腿，我感觉到，我不是山，也是一块石头。

　　就这样，我炼成了石头。

　　什么都不能动摇我，我心似铁，一块死铁，有时候也会柔软的铁，看被谁，被什么揉搓和熔化。

　　有时候，我会被星空熔化。

　　这冰凉的星空，可它会熔化掉我。

　　雨住了。当我清理旧物的时候，星星出来了。星星出来的时候，就像突然结出的果子，就像我窗外的那一树峨眉蔷薇，伸手可摘。就这么近，就像床铺下的满满的一地金豆子，有时晚上外出，一脚踏去，生怕星星把我滑倒个仰八叉。在漫长的总是难熬的一个又一个晚上，对星空的观察是我最美妙的乐趣。那些被称为飞碟的圆的、长的、草帽般的飞星我当然也喜欢，但并不是每天能见，而且它们稍纵即逝，我不太在意。我最喜欢的是看星星打架。

　　哈，这些星星，它们如此密密麻麻。它们每天如此，为了争抢位置，总是大打出手，打群架，打得烟尘滚滚。在更远更高的地方，它们打架我看不见，可是那明亮的或模糊的星尘，就是它们整夜不停打斗搅起的尘雾，这跟一群鸡在粪堆上打架有什么两样呢？你们打吧，打吧，我看见这里还在打，而那里又打起来了，整个天空都在搏斗，肉搏，拳脚相加，不分胜负。真是好看，我在想着它们是什么样的人，用头撞，用肩膀撞，这些圆溜溜的星星，独眼的或者肚脐发光的星星，太多啦，太多必然你啄我，我啄你。打吧打吧，打不赢的就站不住了，哗——滑下来了。有时候滑下来一颗，有时候滑下来几颗，有时候一个晚上一群一群地滑下来，好像整整一大块的星星都没有劲儿了，疲乏了，嘣嘣嘣地往下掉，你伸手就能接到它们。有一天晚上，陕西方向的星星就垮掉了一大窝，半夜我起来解手时，看见它们还在三三两两地往下掉，我想，那边天塌了，肯定要黑一片了，可第二天晚上，别的星星又占有了那一块地方，又开始打，又满天的烟雾星尘。当你看到夜夜满天的星辰你会忧伤无助、无望、惶悚，你会感觉到隐隐的疼痛，来自心上的。你不知道这种没有边际的若即若离的荒凉会发生什么，无端的恐惧会攫住你，牵扯你，它是如此难以化解，除非你有强大的自制力、定力。我必须面对它，躲是躲不脱的，我就直视它，直视这密压压的古怪的星空，寻找它的罅隙，寻找它虚弱的部分下手。

我先是盯住了银河，那宽大的、流淌在头顶的愤怒的河流。我找到了那两颗母亲小时候告诉我们的牛郎织女星。我把它们想象成两颗眼睛，而银河就是一条大蟒蛇。"你就是一条大蟒，你能吃了我吗？"我大声地对它说。这条横亘在天空的僵死的大蟒，正在游向四川，所以，我不能害怕它。它的眼睛紧紧地盯着大九湖、巫山、万县、重庆、丰都或者涪陵，我被它忽略了，也许，它害怕神农架，想向另一个地方游去，或者它正在冬眠。它被星星的乱石峡谷已经磨得气息奄奄了，它在溃逃；它的眼睛变得那么小了，有时候只有一只是亮的，有时候还犯迷糊。让星星的人流擒住它的尾巴，把它打死，剥掉，炖了！红烧这条巨蟒。

我还发现了一个巨大的和尚头，我看见这个光溜溜的脑袋非常有气度，他禅定着，瞻望着十堰、谷城和陕豫交界的地方。这个和尚怎么跑到天上去了呢？那儿就是西天乐土？和尚是安详的，没有苦脸，他长得如此丰仪万端，胖胖的（胖人总是很可爱），后脑勺的赘肉也清晰可辨，鼻梁端正，嘴巴不大不小，人中长，眼睛炯炯有神，耳朵又长又厚。哈哈，多可爱的和尚，就像小时候我见过的庙里的和尚，和蔼可亲，举止不惊不乍，步态从容。他如何修得这么一副神态！沉着，冷静，安逸，不怕鬼，不怕死，毫不在乎，吊儿郎当，韬光养晦，能活下去就活下去。

我还找到了女人。我找到了一个非常漂亮的女人，长发飘飘，像在水里游泳一样的，眼眸含情，秀气的颈子，大大的乳房，适中的屁股，修长的腿。我真的找到了，我仔细地把她从星群中剥离出来，我花了整整一个夏天，终于把她拽出来了，清清楚楚，正贴在长江、兴山方向。后来我真的很吃惊，兴山不是出美女吗？不是出王昭君吗？她就是昭君娘娘？她眼睛似开似合，她看见我了？她没看见我？她就那样一副样子，害羞的、若有所思的、心事重重的样子，可怜可爱的样子。有一段时间（甚至几年），我若不朝她看一眼就不能入睡，我非得要看着她，定眼看她的乳房、大腿、下身、屁股时有一点邪念，那只是一晃而过的，并不往心里去的邪念。虽然我一个人在山上，可以无所顾忌地看她，盯着她看，可是，犯罪感依然存在。因为她太美了。有一次，我真的控制不住，就用瞭望火情的望远镜去看她，我抱着一种突然而至的下流想法，恨不得看到她肉里去，看个究竟，可是我在那五千倍的望远镜里，她却突然不见了，散开了，混入一团糟的星星中。再用肉眼看呢？又出现了。我知道她一定生我的气，说不定骂我是个老流氓。后来，我又看上了金磨子。金磨子就是北斗七星，是副手磨，鲁磨匠给我凿的那种。有手柄，很好使力，很灵活，因为那是一副金磨子，所以金光闪亮的。有一天，我在天上发现了这一副磨子，我感觉我的人正在变高，手正在伸长，可以抓到那个磨柄了。我推起星空的金磨，我磨黄豆——那应该是金豆，流出的汁是金汁儿，我煮地白菜、蹦芝麻叶子，那是金地白菜、金蹦芝麻，然后，我放更高的天葱天蒜，放在星空里摘的调味佐料。啊，哪一块星星生长的天葱天蒜？哪一块星星又可以掐一把香味扑鼻的紫苏？天上——那，到处是金色的生姜和蒜头，还有黄灿灿的辣椒，用银河的净水来煮。我每天在塔里磨着沉沉的石磨，想着天上的金磨。金磨慢慢地往下垂去，往北方垂去……啊，冬天来了，一年又将过去了。

为了应对漫长的冬季，我得赶快准备啦，准备油、盐、腌菜、泡菜、大白菜，准备五千斤白炭，因为，至少有几个月的封山，山路上的积雪最厚处达四米厚。那自然不是因为下了这么厚的雪，而是山坡上的积雪被风吹下路基。在这样的高山上，下雪是没有雪花的，全是雪晶儿、雪子儿，它们下了就会簌簌地往路基上滚。这漫长难耐的冬季几乎就没有火险了，路断人稀。我整天就待在塔里烤火，听听收音机，或者拿出竹雪橇到山上去逛逛。但是，路上也还是有一些行人，山下不远的路，是鸦子口唯一通往四川巫山和大九湖的路，不管雪多深，也还有三两行人，踏着深深的积雪，背着肮脏大牛仔包向山那边走去，特别是近几年，每到春节临近，就会有大批的人不辞劳苦跋雪而归。他们总会绕几步叩我的塔门，到塔里来坐坐，烤烤火。他们大都头发很长，蓬乱，神色倦怠，所有的故事都是被包工头克扣了工钱，春节回来，身无分文，饥寒交迫。还跟我说，谁谁一同出去的，被瓦斯爆炸炸死了，谁被砸死了，谁的一只膀子断了。我就把懒豆腐放在火盆上，邀他们吃饭。这些可怜的人，他们比我差多啦，我还能守着一个地方拿工资，可他们能守着什么呢？我看见他们吃饱了饭，抹着很不容易被食物催出的汗珠，对我一声一声地致谢。我说，走吧走吧，有人回来就不错了，钱就去他妈球吧。一碗汤汤水水的懒豆腐就把这些人复活了，他们是些山外的野草。他们很容易满足，可是，他们辛辛苦苦干一年，连吃懒豆腐都不能满足。春节过后，他们又要沿着来路出去，他们会给我背来一些洋芋、红薯、芫荽，他们又将怀着新一年的希望，向山外走去。我目送着他们，我的心里既庆幸又悲伤：为自己庆幸，为他们悲伤。在另一个春节来临的时候，他们又会像候鸟准时出现在这大雪深厚的山路上，也会有一个、两个、三五个不能回来，在山外死了。他们又是身无分文，又是吃懒豆腐，并说："苏伯，能不能把野花椒和山椒多放一点？一年都没有吃咱们山里的口味了，味寡淡得啥都不想吃。"我当然得满足他们。

那我跟他们比快活多啦。我打发日子的办法就是盯着懒豆腐想主意。在开始的日子里，我真的不知道怎么度过日复一日，日似一日的日子。后来，我发现，懒豆腐总不能这么吃吧，我把它吃出了花样。我对我自己说：这一顿咸一点，下一顿又淡一点。第二天，我就说，这一顿我要辣一点。可是辣得我胃痛，睡不着觉，下一顿我就放弃了辣椒。然后抓起了花椒，说，这一顿麻一点。麻得我口舌不清时，到了又该做饭的时候，看着咕嘟咕嘟冒热气的懒豆腐，我就说，这次干脆酸一点，然后就倒进了醋。哈，太酸啦，再下一顿，我就以酱为主了，放豆瓣酱，黑乎乎的，好吃。再然后呢，放地白菜，再放藁本叶，再放蹦芝麻叶，再吃山马齿苋清火，再煮洋芋果了……不知不觉，一个星期过去了，多容易混呀，找到了这个窍门，再下个星期又这么来，嚯，半个月过去了。我把日子一点一点分割着过，就像小时候跳房

云彩擦过的悬崖　　**277**

子，一步一步地跳。我的锅，何时不是热气腾腾、香味扑鼻？我的酒杯何时不是兴味盎然、碧波荡漾？我的脸膛何时不是红光四射、知足常乐？

我开始磨豆腐。

一宿无话。

早晨起来，太阳扫去了阴霾，阳光像干草堆一样黄爽爽的。我还有许多的东西来不及清理，我想趁天晴到阴峪河一趟，我收拾了一包半新不旧的衣裳和鞋子给鲁娃子拿去，他们出坡干活用得着。我拿着錾子和包袱出门的时候听到了拖拉机的声音。哟，是养路的上山了，拖着碎石子。难得见到他们上山一趟。我在台阶上远远地朝那路上望着，驾驶室里跳下来一个人，竟然是田菊英，我的前妻！

我站在那里走也不是，不走也不是；锁门也不是，不锁门也不是。

田菊英越走越近，她是朝这边来的，我先是看见她的头顶，她的头上全是白发，在太阳的直射下像一堆冬日的茅草。她提着一个黑塑料袋子，里面鼓鼓囊囊的，我老远说："你来干什么？"

我的口气也不算生硬，也不算软和。

"我来看看燕子。"

她上了台阶，径直走进塔里，没朝我看，随便得仿佛这儿是她的家。

"我昨晚梦见了燕子，"她又说，"她说她在那边缺钱花。"

是不是我昨晚也想到了燕子，把信息传给了山下几十里外的她？她现在在我们保护区管理局打扫卫生。

"我给她烧点纸就走的。"她说。在她拿出火纸、香签时，又说："听说你要下山了。"

"这关你什么事？"我说。

"我只是问问。"她说。然后，她拿起火纸、香，又找我要了包火柴，出门向闷头沟走去。

她当然有权利来看她的女儿。这是一桩不愉快的事情。好在今天的阳光不错，整个山岭该黄的黄，该绿的绿，该雾的雾。

我就只好等她回来了。然后我看着拖拉机上面的民工往路上用锹抛石子。

算来，燕子应该是在这山上怀上的，在田菊英第一次来山上时。现在，我们把燕子还给了这座山，我什么都不带走。我懒得想这样的事。

五年前，局里的领导念及我几十年一个人在山上艰辛守塔的功劳，说经研究决定，让我转一个小孩的户口来局里并安排个合同工。我就说，把我那前妻转过来吧。领导说，你们莫非要重归于好？我说，算了吧，我是念及她也失去了女儿，既算是局里也算是我对她的一点补偿吧。我儿子在兴山有个副食门面，我那前妻什么都没有，家庭妇女。她过来了，算合同制工人，有工资，还有点小福利，加上打扫卫生捡拾的破烂，一个月可以搞到四五百块钱，而过去，她分文没有。这边的函发过去了，我的儿子上山来了。儿子说："爸，就跟妈一块过算了吧。"我说："你放嗝，不要放嗝了！人怕伤心，树怕伤根。我把她弄过来，是看在你妹妹的份儿上！"我儿子说："那我们尊重您自己的意见。反正妈总是在念您的好，老说对不住您。"我说："她为什么早不这样说？晚啦，我不稀罕啦。"我不稀罕别人说对不对得住我，我也对不对得住你们。总之，过去的事就别提了。

现在，她来了，她穿着皮鞋，穿得干干净净，她拍了拍手上的香灰和泥巴，又去掏那个黑塑料袋子，掏出一件米黄色的毛背心来，好像怕我误解，马上说："这是巧云给你织的，托我拿上来的。这儿还有一封信，我给你带上来了。"她把信和毛背心放在茶几上，然后她说："我走了。"

我这才朝她的脸上看，因为我听见她的声音有点发颤，她脸上的泪水像雨后的山溪，哗啦哗啦地流，可脸上却没有多少表情。她是在女儿的坟上哭了吗？她是在哭女儿，还是在哭自己这一生的命？我的心有些乱了方寸，我忙喊住她，说："拿两包香菇、木耳给巧云、兵兵带去。"

这是顺理成章的，媳妇巧云给我织了背心，我当然得给他们点东西，其实我是给眼前的前妻的。我克制着自己的情绪，很快就把东西拿出来装好并递给她，我说："这是阴峪河的人给的，前些天我去给他们照庄稼看了兽迹。"

"你这么会看兽迹，那时候就不知道有驴头狼来？"

她的话好突然，好噎人，还是那么噎人，一如既往，如年轻时一样。

"不要提那陈谷子烂芝麻的事了！"我怒吼。

我看见她踏上那条红石小路下山了，我看见她满头白发，我看见她浑身臃肿。

我忽然惶惑不知所措起来，手里拿着錾子，有一种无家可归的感觉，身体变得虚弱不堪。我要下山吗？我将到哪儿去？这石头，这草甸，这二十多年来朝夕相看两不厌的疏疏密密的巴山冷杉和秦岭冷杉林，这华山松、匍地柏、枯枝梅，这满山遍野的朝雾夕岚，时晦时亮，时寒时暴的天空，现在都向我展示出它们疏离的态度，没有一桩东西是我熟悉的，我再来跟它们打招呼，它们一定不会理我了。而我，在这儿白白过了几十年吗？山啊，山啊，看，这几年满山的箭竹林也死了，它们开了花，它们结了竹米，它们在死亡中站着，混迹于那些碧翠的生命中间。可是，它们死了，多穗石松和七筋姑草正从它们密不透风的死亡手臂里伸展出来。它们六十年一个轮回，它们必须开花，然后死去。莫非这竹子也像人一样，也是有灵性的？而我呢，我也将六十岁了，我将下山去，被这青翠的群山挤对走了，它们给我的信息就是如此：下山去吧，下去吧，你老啦。

我真的老了吗？我去年观察到的四川的那场森林大火，比地球遥感卫星探测到的火情报告早了整整一个小时。我的眼睛还好使。前两年因游客上山野炊而引发了火灾，那时电台没有电，老式单边电台也没有电，我只好噔噔地跑了三十多里去报告，只用了两个多小时就叫来了几十人，而我除了气喘外，身体没有哪儿不适的。在这三千米的高山上，我没有感到我的衰老，我说过，在四五月间，我会变得气壮如牛，暴烈如虎，在箭竹林里与熊、野猪、猴子们大打出手，争抢竹笋。这算什么！当春天的雁阵在一声声凄厉的鸣叫声中飞回来时，冰雪乍裂，峡谷的河水苏醒了，开始肆意狂泄，我就做好了准备。我在吞云垭最后一片没有死去的箭竹林里，拿着一尺多长的开山刀，还有一摔即响的土制炸弹，占据了有利地形后，就见一百多只恒河岩猴从吞云垭的石林刷刷刷地从烟尘中滚滚而来。它们比我稍微迟到了半个小时。我知道这群猴的猴首是只独眼，极其凶残，它们知道这山上只有我一个人，所以从不惧怕我。它在东西两边的隘口放了两个哨，与一群公猴嘀咕了一会儿，猴群就分成了两边，近三十只身强力壮的公猴决定把我围起来，其余的母猴下树抢摘竹笋。经过几个月的饥饿，当猴子们面对鲜嫩的竹笋时它们是不要命的。战斗从天上地下同时打响，那是独眼猴王的一个呼哨，天上的猴从树冠扑向我，地下的猴一跃而起抓住我。我用刀背砍，我用拳头砸，我捧炸弹，这当然只能吓唬它们，而不敢真炸，但炸飞的土石如急雨一样射向它们，打得它们哇哇乱叫。我的脸被它们抓破了，我也抓破了它们；我的头发被它们拔掉了，我也揪掉了一把把的猴毛；我想折断一只猴子的爪子，猴子也咬去了我耳朵上的一块肉。两败俱伤，腥风血雨，在吞云垭我气势如虹地与一百多只岩猴搏斗，我踏着夕阳而归，背篓里是十多斤翡翠般的竹笋。虽然我两眼充血，面带爪痕，可那些一百多只的猴子呢，它们什么都没得到。

这一场人猴大战不过是小试牛刀。我与一头棕黑的熊争斗才是惊心动魄，有趣万分呢。那是四月底五月初，满山的杜鹃花一下子被阳光和春风点燃了，呼啦啦地燃着，狂乱着。熊从洞里醒过来啦，睁眼一看，嗬，好红的花花世界，它舔了舔冰凉的脚掌，把它舔热后，站了起来，它直指吞云垭。熊在漫长的睡眠里醒来后还是呵欠不断，惺忪倦怠，所有的关节都锈了，需要阳光和饮食来润滑。还有嘴巴，要通过不停地咀嚼食物来唤醒身体的各种感觉与欲望。但是它想，那个家伙不会让我吃到刚刚破土而出的竹笋，那个家伙也是个食量惊人的饕餮鬼。那个家伙是谁？是我，苏宝良。它一看，果然本人在此。

"滚开！"我说。

我端着枪，知道那熊此时就会出动了，这是有规律的。不止一头，可能会有几头。熊那时还不太凶狠，还没有到发情的季节，虽然杜鹃花的花事在怂恿人，撩拨人干野蛮的勾当，但是毕竟肚腹空空，脂肪不多，筋骨松软，血液太凉。

熊闻到了竹笋的美妙气味，它的黏涎从嘴角不停地流出来，几十米就闻得到那种十分冲人的恶心的涎味儿。我看见它站了起来。它比我还高，身材宽大，两只前爪已经做好了刨人的准备——这就是攻击的前兆。它这么站立着，胸前就露出了一个小碗大的白点，那正是它心脏的位置。

我举起了枪。

熊知道，它的致命的弱点被暴露出来了，它看见了枪，它认识枪。熊是通人性的，它知道什么东西对它有威胁，什么东西对它没有威胁。它知道我不会扣动扳机真朝它射击。这个家伙，它为何知道呢？

它没有发怒，而是走了过来。

它用屁股对着我，它那肥硕的蠢笨的屁股。意思是：你掰你的，我掰我的。

可是，我整整一个冬天也很少吃到蔬菜，就这一小块竹笋了，我不能让它占有我的竹笋。我用枪挑它的屁股，看它能怎样。我并没有想到后果，因为我的心态并不老，有时我以为我还是个小孩儿呢。我就敢摸你的屁股！

我挑了它一下，它的屁股抬了抬，依然折竹笋往口里送。我又挑了它一下，接着用枪捅它，捅它的痛处。那是头公熊。我看见它的脸扭歪了一下，感觉到了疼痛，可是它并不在意，依然在抢掰竹笋。最好的竹笋是不能让它吃掉的，我跑过去抵它的脑袋，用手去抓它手上的竹笋。一大把竹笋被我们抢断了，我抢到了一些，熊却生气地把剩下的竹笋丢到了地上，睁着通红的小眼睛望着我。

"滚开!"我再吼,"你也配吃我的竹笋吗?你以为我真不敢开枪?"

我在它的面前一根一根折竹笋,我用刀砍,一手拿刀,一手拿枪。老熊又站了起来!熊扒住我的背篓,把手伸进篓里,抓出了一大把竹笋。我甩不开它,只好脱下背篓的背筋,熊全身伏在背篓上,哗啦一声,我的背篓被压瘪啦,竹片全折断啦。它呼呼地喘气,嚼出笋渣子来,还想寻那瘪背篓里的现成的竹笋。我用枪,用脚一把将它推下山岩。这可需要力气。熊往山下打了好几个滚,它从一棵野花椒树下站了起来,它被激怒了。它呼呼地就蹿上了坡,简直比利箭还快,一巴掌打了过来。我的衣裳被撕烂啦。嘿,你别看它筋骨酸软,可它的本相一露出来,它还是头真熊!我身手还算矫健,一让,衣裳掉了一块。我正想打一架呢,我憋了一个冬天,我想打,想喊,想发疯。我就不开枪吧,不让开就不开,我抓住枪头,用枪托劈它!我说:"你踏了我的花篓啊!"它站了起来,我死死地抓住它的两个爪子,不让它的牙齿靠近我。我不能开枪,难倒还不可以用脚踢那个白点——它的心脏吗?我站得很稳,我反正是两只脚站立的,而它站着两个短短的、侏儒症般的后腿就不能伸展用力了。我进,它退;它进,我退。我们在竹林里翻滚,压断了好多清甜的竹笋。我反正不让它的牙齿靠近我,可我时不时踢它的心脏,并踢它的鸡巴。我说:"你这个梦游家伙!回山洞里做梦去吧!"熊的肚子是空的,那儿一碰就疼,甭说心脏了。它把我的衣裳全抓坏了,可是它抓不到我的肉,抓不到我的脸,后来它不想打了,它想跟我做朋友。它坐在那儿,向我伸出手,要我分一些竹笋给它。我收拾着踏烂的竹篓，把竹笋往篓里塞。我回去时，它就跟着我，一直跟到我的塔里，坐在台阶上。为了报复我不给它竹笋，它摔坏了我三盆好不容易挖来养着的小丛红景天，然后，呜呜地跑了。它一定是还没有完全从冬眠中醒来，否则，早要了我的命。

面对神农架最凶狠的野猪我也是不怕的。有一次，在一个叫一碗水的山谷那儿，五头野猪带着一大窝猪娃拦住了我的去路。它们刚在一碗水的泥潭里滚了泥，浑身舒坦，一个个泥巴裹着硬毛，就剩下一对血红的眼珠和六寸长的獠牙。看我的吧，我像狼一样嗥叫起来，在几十年的与山中野物的交往中，我自己也变得像一头野兽了：我嘴巴宽大，牙齿外露，舌头猩红，我不停地发出比狼还恐怖的声音，足足嗥叫了一个小时，硬是把这群野猪给唬跑了。在这样的山上，谁能有我如此激昂、膨胀的生命？可是，一旦我下山去，我就彻底地衰老了吗？就一文不值，成了个臭皮囊了？

我拆开养路队捎来的那封信，啊，是河南写来的，一个学生写的。没有什么，又是不停地问候啦，又是问苏叔为什么不给他回信啦，又是感激恩人啦，并且说，还要来神农架看我。可是我将要走了，你到哪儿去看我？是哪一年的事，我记不住啦，我的记忆力真的差了，我是不是的确老了？我救了他，一个小伙子，是个学生，他只身到神农架来，遇到了冰雹，因穿得太单薄，在晚上十点多钟敲我的门。鬼知道我怎么敢开那个门的，难道我就不怕打劫的，不怕是野兽撞门？我记不到是怎么开的门，我提着斧头说，说不定是个讨歇的人呢。我这里常有讨歇的人，我没有碰见过坏人，只要碰见过一回，别人干掉我是非常简单的，我睡觉像死了一样，躺下就打鼾，把我杀了，把我剁成八块，我可能还在睡觉。我开了门，一个人直通通地倒了进来，都冻僵啦，真像一根柱子，就那么倒进塔里了。他哪儿知道神农架的气候呀！他穿那么单薄，一件薄薄的夹克，单裤，凉鞋，可外头下了冰雹，那还不冻成冰棍！就这样，我救了他一命，他在我塔里住了一个星期，复原了，走了，经常来信。

我且放下这样的事情，去了阴峪河。

一路上的红桦向我翻弄着它们的卷皮，这秋天，到处是深紫色的风，遍山吹着，树上是守着果实成熟的椋鸟，树下是等着菌子和浆果落下后腐败的嘤嘤的苍蝇，在这往峡谷走去的路上，比起死气沉沉的山顶，真是热闹多了。庄稼呢？它被许多人匆匆地收了。没有了守庄稼的窝棚，没有了出坡的人，没有了羊，也没有了牛，甚至没有了向生人狂吠的狗。鲁娃子的家紧锁着，有的房子拆掉了，瓦揭下了。我走进一家，总算遇见了一个老人和半大的少年。他们告诉我："老苏，你都忘了吗，咱们村不是要搬迁吗？"

瞧我这记性！

的确，说搬就搬了，这里面是保护区的中心，这里的野兽太多，庄稼人无法生存了。有的守庄稼的孩子被熊吃了，有一个守庄稼的少年半夜翻身，手上拽着的火铳扳机绳子动了，正好打到了来换班的父亲……

"鲁娃子呢？"

"鲁娃子不是搬到宜都去了吗？他没到你那儿去？他肯定要去的，他是太匆忙了，乡里派了车，从九道水和庙包那边上公路的。你要知道，牛他可是自己赶去的，走了五天五夜，听说牛蹄子全走肿了……"

"我是来给他还錾子的。"我没说我要下山了。

"錾子，谁还要这个东西呀？都搬到有电的地方去了。鲁娃子回来说，他们那儿的电是三峡的水电，才五角钱一度，都用上电磨和粉碎机啦。你看看，满村丢的都是磨子，不要那玩意儿啦，你想要，你背十副回去。"

我去村里转了转，果然，到处都是丢弃的石磨，它们将和这空无一人的村子一起慢慢地风化，长苔，被落叶和岁月覆盖。

可我还在想，我下山了会常来阴峪河村里走的。假如我再来，除了熊、野猪和虎豹还有什么呢？还有荒凉的鸟鸣和如火如荼的从堂屋里长出的白蒿吗？

我攥着那把錾子，还有无法送出的包袱，打道回府。

这更加乱了我的方寸。

我在来阴峪河时还在想，我还可以申请在山上待几年，我习惯了这儿的一切，我就这么干吧。而现在，我在想，我待在山上还有什么意思呢？那些零乱的、闹哄哄的兽迹还需要我来看吗？我站在昔日被人簇拥的坡田里，老鸹在乱叫着，八哥和斑鸠在啄食没有收净的虫眼苞谷。我还没有离开，这儿已经物是人非了，我到哪儿去寻找鲁娃子他们并串门呢？村里那苞谷酒的香味还从我的幻觉里飘来，炊烟袅袅，人们大叫着我的名字：宝良哥、宝良叔、宝良伯、老苏，等等。他们不再需要我了，我也像一块曾经生长过许多沉甸甸的秋天的土地，现在抛荒了。

我回到塔里，没吃，没喝，在黑暗中坐了整整四个小时。

我打开电台，我对陶大沟说："算了吧，大狗子，帮我跟局长说，我就待在山上吧。我死也死在山上了，都走了，我也不走。"

我不知道我为什么又变卦了。

"嘿，明天车就上山了，人家小赖一家三口都来了，你怎么像三岁的娃儿，屙尿变！"

"我……"

我只好慢慢吞吞地开始收拾自己的东西。

有什么东西呢？我发现自己的东西好像都是为山上准备的，如果运下山，将一无是处，连我的脸盆，我的茶杯，我穿的长筒雨靴也是为这个瞭望塔而存在的，它们离开了这里，将不再是它们，是另外一些不中用的垃圾，比石头和朽木都不如。那怎么搬呀？塔楼底下的那一大垛木柴，我慢慢劈好积攒的木柴，当我细看它们时，我的天，它们至少可以充裕地烧上五个冬天！在它的里面，可能还有几个鹈鸟的鸟窝。另一些东西是国家的，电台呀，电机呀，望远镜呀，包括那露出填充物的沙发。每年的奖状都贴在塔里了，这算是瞭望塔的荣誉；最大的荣誉被称为"华中第一哨"，省里颁的。还有"预警先锋""降火金睛"……它们都发黄了，陈旧了，新鲜的也被我用糨糊牢牢地贴在了墙壁上。窗户朽了，雨溜进来时总是积水成灾，打雷的时候墙上带电，这也是要跟小赖交代并要想法解决的，人家一家三口，有一个很小的孩子。

我等着接班的那一家人上来，我每天惶惶地看着那条上山的公路，两天后，拖拉机拖来了那一家人。

塔里霎时变得沸腾起来，几乎秃顶的小赖显得很兴奋。他为何如此兴奋呢？他忙前忙后，脸涨得通红，好像喝过了酒一样，两颗大金牙龇出来，笑得合不拢嘴。他以为上山来就像做驸马吗？这有啥可高兴的？这让我难以理解，并由此对他产生了严重的反感。他的老婆呢？一个小女人，瘦瘦的，要模样没模样，要肉没肉，就像一个上山偷挖药材的女人。

"老苏还没有收拾。"小赖对拖拉机上的师傅说。他们不知道把东西放在哪儿。他们先把东西放在厅里了，有多少东西呀，全堆在那里，好像把一个家全搬来了，完整的家，甚至还有一副小钢磨，一个小粉碎机。而且，还有两头猪！

猪现在占据着柴垛的一个位置，猪的叫声和他们一伙儿腾木柴的吵闹声惊飞了好几只鹈鸟。一时间，瞭望塔里的情形全部乱了。还有一个脸皮糙黑得像驴皮的小女孩在塔里疯疯癫癫地乱跑，从楼上跑到楼下，又从楼下跑到楼上。怎么，这儿俨然变成他们的家，他们的乐园啦？我就大声对小赖说："伙计，管好你的妮子，不要让她扶着墙上楼，小心雷电，打雷的时候这墙上都带电！"小赖不屑地对我说："都快冬天了，哪儿来的雷呀！"我说："冬天也有雷，你知道什么，这山上的事情你什么也不知道。"

"我们晚上住哪儿呢？"他说。他只关心这个。

我说："我没想到你们来得这么快。莫非要我今天就走，我什么也不教你？领导是怎么跟你说的？领导没交代什么吗？"

"领导什么也没交代，要我上山，要你下山。"

"胡搞，胡搞，"我说，"你会使用电台吗？你会看山火？你知道从哪里到哪里是归瞭望塔巡视的路线？……"

"老苏，"他说，"你歇歇火，苏伯，那你就让我学嘛，你就教我嘛。"

他们站在我的对面，小赖，他的老婆，他的女儿，还有拖拉机师傅。那个师傅之所以不走，是因为他等着我把东西搬上车去。

天渐渐黑了。他们做他们的饭，我做我的饭。他们叫我过去吃，他们带了酒。我不过去。我对来客是非常热情的，可是今天不行，我感觉不舒服。我与他们保持着距离。

有一个房间是空出来了，就是鲁磨匠死掉的那个房间，他们全偎在那里面，叽叽喳喳，过一会儿就没有声息了。那个晚上，我很久才睡着，脑子里全是群山，我好像在群山之间飞翔，像一只鸟，巡视着神农顶的周围，沟沟壑壑，就像翻一本书，一本巨大的书。我飞翔的时候，好像群山就是我的身子，哪儿都是我；树，悬崖，一望无边的死去的箭竹，都是。

早晨，我像无数个早晨一样爬起来，打开房门，心态一如既往。可一见厅里的情景，我才记起来我所面临的事情。我往外走去洗盥，上厕所，等我一出门，我看到的一切突然使我改变了我已经作出的决定——它本来就很脆弱。

小赖的小妮子正蹲在我的磨子上，泥泞的双脚踏在上面，上面好像全是湿的，那小妮子正在捋裤子——她在磨眼里撒了一泡尿！

"这是干什么？好大的胆！小赖，你管不管你的妮子！"我发现我的声音是咆哮着的，我突然变得激动甚至愤怒。这样下贱的妮子，我的天！她比得上我的娇娇宝贝燕子吗？

小赖清理着他的东西，他一准被清早这巨大的吼声弄懵了，他跑过来怔怔地看着我说："看您……您……"

"那是磨豆腐的磨子，看她在上面做了些啥呀！"

他终于明白是怎么一回事了，他终于极不自然地哈哈大笑起来："您还要这副磨子？您不是已经把它掀到外头来了吗？您生这么大的气！"

"我为什么不要这副磨子？我磨了几十年豆腐的磨子，竟让她一泡尿给污了。你去叫领导来，让他们来说说。去呀，你们都去呀！看我的磨子是不是尿罐！"

　　都应声出来了，一共四个人。我在那儿嚷嚷，驱赶他们，把他们赶出塔外，毫无商量的余地。我看见他们诧异而绝望地向拖拉机上面爬着，他们肯定以为眼前的人是一只野兽，他们四个人，空着手，开着空拖拉机慌慌张张地向山下去了。

　　过了一会儿，塔里又寂静了下来，跟往常一样。我站在那里，像一根树桩，一动不动。我笑了吗？我笑了一声，像母鸡的打鸣。然后我用发抖的双手在墙角里拿起了扁担，挑起水桶。我迈不动腿。我感到我一边的腿和一边的手在慢慢麻去，半边脸也突然麻木了。我无法控制住我的愤怒和委屈。我站不稳啦，我扶住墙，我问我自己："我这是怎么啦？我……"

　　我的手松垂了下来，两只木桶离开了扁担，咕噜咕噜地向山坡下滚去。好半天，它们撞击石头的声音还在晨雾里沉闷作响。

后记 说何锐

　　何锐的去世在文坛引起的强烈反应，超乎人们的意料。人们对他的评价之高，是十分少见的，这让我们深思。不过是一份边地文学刊物的主编，不过是一个编辑，何锐为何让麻木的文学界感到震惊？这其中有什么隐情？也只有当何锐走后，大家回过头来看，才发现中国文学的发展与繁荣，特别是二十世纪八九十年代的文学黄金时期，并不都是由作家造成的，有很大一份功劳应该属于刊物和编辑，特别是像《山花》这样坚如磐石、心明眼亮、昂首向前的刊物和何锐这样优秀的编辑。

　　类似《山花》的省级刊物，全国非常多，但为何《山花》能够脱颖而出，与国内的一流刊物比肩而立，而且还是中国最为先锋的期刊？我只能说，一是何锐的眼光。作为一个批评家出身的编辑，何锐有自己对文学的独特看法，也许他认为先锋作家的姿态就奠定了一个好作家的基础，这与我的想法是一样的。文学如果没有先锋性，就会失去其内在的活力、变革的野心和驱动的能量。二是何锐生活在边地，心地比较干净和安静，冷眼静心，不赶潮流迎合大众，也不取悦任何人配合演出。何锐作为纯粹的文学人，想办一份纯粹的好刊物，干一件纯粹的正经事，得一个纯粹的好名声。

这样的人在这样的文学氛围里，是少之又少，如凤毛麟角。

有一阵子，我听说何锐根本没有办刊经费，可他又想要全国名家的稿子，还想稿费高于全国刊物，钱从哪儿来？都是他到处筹的。我有时会想，这个"刊痴"，这是何苦呢？找作家要稿也近乎低三下四，办刊办得这么艰难，搁谁都没有这个耐心，混日子算了。

何锐办《山花》的故事有点儿"堂·吉诃德"——充满悲壮的英雄主义献身精神。这也是中国文学成长的一件奇事，他作为一个奇人，成就了一个奇迹。

何锐自1994年接手《山花》，就开始了他的"折腾"，首先成立贵州企业决策研究会，主编《企业决策》，说白了就是找企业筹钱。有了钱，就在刊物上搞许多新颖的、有冲击力和号召力的栏目，整合和聚集中国最优秀的作家和评论家。这个几乎没有生活情趣和个人魅力的主编，何德何能在文坛呼风唤雨、啸聚山林？只能说，他的个人魅力就是对中国文学发展的一片赤诚、一片丹心。

何锐说："我的职业几乎不是寻找过去，而是寻找未来的大作家。"这个人真是放下小我的一个文学圣人，从不搞小圈子，不搞亲疏，不当老大，这种朴实憨厚的圣德，是人们怀念他的重要原因。

在北京开一个会时，我与何锐见过一面，他一副苦相，瘦弱，戴眼镜，似乎没有享受过生活的乐趣，就是一个编辑机器。见了面，他就说："我是何锐，给我们写稿。"此后，我会经常接到他的催稿电话。他总是夜晚打来，说："我是何锐，不跟你拉家常，套近乎，开门见山。应松哪，最近有稿子没有？等你的稿子。"听说，他跟所有作家都是这样，晚上打电话，直奔主题：要稿，然后挂断电话。这种锲而不舍的"骚扰"，是《山花》好稿成堆的原因。他后来安排了一个编辑跟我联系，也挺热情的，但没有何锐亲自出马这么固执敬业。我真佩服何锐的钉子精神，简直到了不谈私交、公事公办但能成事的地步。何锐是一个苦行僧式的文学编辑，这种人自他离去，基本绝迹了。何锐是一个伟大的令人尊敬的编辑，一个生而为文学的人。

我并不是《山花》的老作者，我的写作也不太勤奋，一年就写那么多，两三个中篇，一两个短篇。有一次，我写完了一个短篇《星空下的火车》，本来没想给《山花》的，因为约稿太多，且是大刊，实话说，对纯粹的《山花》虽有尊敬，但也没真想给他们稿子。可是，何锐的电话又来了，点名最好是给中篇。中篇太难写，写好了真的不会给《山花》，就想算了吧，给个短篇吧。这可能是老何的策略，要你的大的，你不给，碍情面不过，总会给我个小的。行吧行吧，交差吧，结束这种"骚扰"吧，于是就将这小说给了他，他很快就在头条发表了。

这个《星空下的火车》应该是我最好的短篇，我的第一个短篇小说集子就是以此为书名的，可见我对这个小说的喜爱。过了几个月，他的电话又来了，我说实在没有了，他说他现在好稿太缺，是不是弄一个给他救急。我那时手头刚完成一个短篇《弥留》，只好给了他。这两个都是神农架题材的，都发在2005年的《山花》上。

我在《山花》上发的不多，也就两三篇，我的印象就是如此。后来我越写越少，再没有给过他稿子。这些年，看起来我写得很多，主要的印象来自选刊，因为一个小说会有几家选刊选，方方总说我是写作劳模，其实我真的写得太少了，惭愧惭愧。

我的同学野莽兄，正在编一套纪念何锐的"锐眼撷花"文丛，要我加入，算是对何锐先生的一个纪念。野莽是何锐的好朋友，这件事对逝者和生者都是很有意义的，是一种特别的文字感恩和怀念。最后想说的是：但愿天堂里没有文学，文学太累太苦了，何锐老兄，你在那边还是好好享受生活吧。

2019 年 5 月 1 日于神农架